한국 단막극

2

Сборник Корейский одноактнаых пьесы

한국 단막극 2

2

Сборник Корейский одноактнаых пьесы

안희철(Ан Хи Чер)

김나영(Ким На Ен)

김정숙(Ким Ден Сук)

김현규(Ким Хен Гю)

강제권(Кан Де Гвон)

김성진(Ким Сен Дин)

번역 : 최영근(Цой Ен Гын)

평민사

차례

서문

    사단법인 한국 극작가협회는 2023년 카자흐스탄 국립 아카데미 고려극장, 카자흐스탄 작가회의, 카자흐스탄 알마티 주르게네프 국립예술대학교와 함께 '양국의 문학과 연극'을 주제로 교류 사업을 추진했다. 그것을 기념으로 12편의 한국 단막극을 러시아어로 출간하였다. 앞으로 한국의 많은 희곡이 러시아 문화권에서 읽히고 공연되기를 희망한다. 아울러 지속적인 해외교류 사업을 통해 한국의 우수한 희곡 문학이 번역되어 많은 나라의 관객들을 만났으면 한다.

введение

В 2023 году Ассоциация драматургов Кореи инициировала проект обмена с Театром Корё Казахской национальной академии, Ассоциацией казахских писателей и Алматинским национальным университетом искусств имени жургенева (Казахстан) по теме «Литература и театр двух стран». В ознаменование этого события на русском языке были изданы 12 корейских одноактных пьес. Надеюсь, что многие корейские пьесы в будущем будут прочитаны и исполнены в российской культурной сфере. Кроме того, я надеюсь, что благодаря продолжающимся зарубежным проектам обмена превосходные корейские литературные пьесы будут переведены и достигнут аудитории во многих странах. - Эта книга была опубликована в рамках проекта поддержки международного обмена искусств Совета искусств Кореи.

벽과 창

안희철

Hee Cheol Ahn (1973년 출생, art-play@hanmail.net)

1998년 오늘의 문학 희곡부문 신인상
2001년 부산일보, 전남일보 신춘문예 희곡 당선
2017년 〈아비, 규환〉 - 대구연극제 대상, 대한민국연극제 금상
2022년 〈만나지 못한 친구〉 - 제60회 K-Ttheater Awards 베스
　　트작품상

[작품집]
『천국보다 낯선』, 『아비, 규환』, 『봉보부인』, 『데자뷰』, 『만나지 못한
친구』(평민사)

〈벽과 창〉
사람들과 사람들 사이에는 무수히 많은 벽과 창이 있다. 벽으로 막
고 소통하지 않을 것인가, 창을 열고 소통할 것인가, 혹은 문을 열
고 나가 만날 것인가. 선택은 모두 사람의 몫이다.

등장인물

진석
정호
희정
어머니
형
아저씨
후배들

무대

1. 침대, 소파, 책상, 장식장, 오디오, 텔레비전, 컴퓨터 등이 가지런히 놓여있는 깔끔하고 큰 방. 왼쪽 뒤편에 닫혀있는 큰 미닫이 창문이 있다. 그 창문은 벽과의 색대비가 분명해야 한다.
2. 장면이 바뀔 때는 잠시 암전되었다가 다시 조명이 들어오는 단순한 효과를 이용한다. 이 효과로 과거와 현재를 오고 간다. 다만, 그 간격은 매우 빨리 처리해야 한다. 또한 진석의 심리상태에 따라 조명은 시시각각 변해야 한다.
3. 진석의 방이 아닌 곳에서는 소파가 놓여있는 앞쪽만 조명을 비추고 그곳을 과거의 장소로 자유롭게 사용한다.
4. 진석은 의상의 변화 없이 자유롭게 과거와 현재를 넘나들지만, 정호는 매번 산뜻한 정장으로 바꿔 입으며 시간 변화를 보여준다.

무대 밝아지면 방구석 벽에 등을 기대고 앉아있는 진석의 모습이 보인다. 방은 깔끔하지만 왠지 모르게 답답하고 어두운 느낌이 든다.

진석 (고개를 들어 서서히 객석을 노려보며) 해피는 행복하다. (실없이 웃는다) 일주일째입니다. 난 오늘도 어제처럼 방안에 이렇게 가만히 틀어박혀 있습니다. 가끔씩 창문이나 텔레비전을 바라보는 것 외에는 별다르게 관심을 가져 본 일도 없어요. (사이) 방구석 벽에 등을 기대고 앉아서 고개를 약 45도 각도로 들면 창문은 정확히 나의 시야에 들어오거든요. (고개를 몇 번인가 아래위로 움직이다가) 맞습니다. (목을 뻣뻣이 고정시킨 채) 지금 이 각도가 정확히 45도예요. 제 눈높이에서 창문을 향하는 각도를 정확히 재어본 적이 있거든요. 아무튼 저 창문은 양팔을 쫙 벌리고도 족히 한 팔 정도는 더 들어갈 수 있는 너비에, 내 키와 기가 막히게도 똑같은 높이로 천장을 향해 뻗어 있어요. 난 저 창문을 보면서 가끔은 행복하다고 생각했죠. 정말 그런 적도 있어요. 이 동네에서 저만한 크기의 미닫이창이 있는 단칸 자취방을 찾기는 쉽지 않거든요. 아마도 그래서 행복하다는 생각이 가능했을 거예요. 그러나 이젠 아닙니다. 난 절대로 행복하지 않습니다. 행복한 건 오직 해피뿐입니다. 내가 정보신문을 뒤적거리며 담배를 피워 물고 있을 때, 마지막 남은 라면을 씁쓸한 마음으로 끓이고 있을 때, 그때가 언제든 해피는 나와 달리 한가로이 제 집안을 뒹굴며 빈둥대고 있을 테니까요. 그런 여유로움은 오직 행복한 자에게서만 나오는 거죠. 아, 해피가 누구냐구요? 1층에 있는 개랍니다. 주인집 개죠. 해피는 주인집 식구니까 어떻게 보면 전 해피네 집에 세 들어 살고 있는 셈이네요. 해피는 방세 걱정, 세금 걱정, 먹을 걱정, 직장 걱정, 아무것도 없죠. 난 정말 해피가 부럽습니다. (한숨을 내쉰다) 그래도 내가 해피보다 나은 건 내 방이 해피의 방보다는 훨씬 넓고 큰 창문도 있다는 거죠. 정말 이런 방은 흔치 않거든요. 이곳에 이사 오기 전에는 해피처럼 좁은 방에서 살았어요. 이 동네 집들이 다 그래요. 짐 몇 가지를 넣고 나면 어깨를 다닥다닥 붙여야 어른 4명이 겨우 누울 수 있는 작은 방 하나에 부엌 하나가 연결되어 있습니다. (웃음) 말만 부엌이지 실상은 그렇지도 않아요. 기름보일러가 더 많은 자리를 차지하고 있으니 보일러실에 가깝다고 해야겠네요. 그런데 집주인은 부엌이라고 말하죠. 아마도 그건 구석에 싱크대를 대신하는 작은 수납장과 한쪽 구석에 엉성하게 자리를 잡은 수도가 있기 때문일 겁니다. 그 수납장의 모양새란 것도 정말 한심해요. 누가 보더라도 쓰레기장에 버려져 나뒹굴고 있던 것을 방금 주워 온 것처럼 보이니까요. 그것 때문에 오히려 부엌이 아니라 쓰레기 창고로 보인다니까요. 전부 하숙이나 자취를 위해 지은 집들이니 오죽하겠어요. 그런 집에 내 방처럼 제대로 된 창문이 있을 리 없죠. 골목길 쪽으로 뚫려 있는 14인치 텔레비전 크기의 미닫이 창문이 유일한 환기구라니까요. 그리고 창문의 위치는 왜 그리 높은지, 제대로 밖을 내다보려면 까치발을 해야만 하죠. 높이와 크기 모두 이상적인 창문의 규격에서는 벗어나 있습니다. 내가 알고 있기로 이상적인 창문은 45cm 높이의 의자에 앉아서 목 관절에 무리를 주지 않고 편안하게 밖을 바라볼 수 있는 높이와 크기로 만들어져 있어야 하거든요. 난 그런 곳에 살고 싶어요. 근데 그런 걸 어떻게 알았냐구요? 그러니까 내가 창문에 관한 그런 정보를 얻게 된 건 지금의 내 방을 구하고 얼마 지나지 않아서죠. 그날 그녀를 만났어요. 희정이요. 그날 희정이 아니, 그냥 그녀라고 하는 게 좋겠네요. 그럴만한 사정이 있거든요. 아무튼 그녀의 책을 보고 알게 됐어요. 내가 그 책을 빌리거나 해서 본 건 아니구요. 커피숍에서 의자 밑에 떨어져 있던 책을 주웠어요. 연락처나 이름이 있나 해서 뒤적이다 우연히 형광펜으로 칠해져 있던 부분을 읽게 되었죠. 거기에 그런 내용이 있었어요. 이상적인 창문에 대해서 말이죠. 그날은 연극반 정기공연 관계로 정호를 만나기로 한 날이기도 했죠. 커피숍에서 정호를 기다리다 의자 밑에 떨어져 있던 그 책을 발견한 건 어쨌든 그 당시 나에겐 큰 행운이었죠. 예정대로 정호를 만났고 예정에 없던 그녀도 만날 수 있었으니까요. 하지만 그 후에 별다를 건 없었어요. 그래요. (고개를 끄덕이며) 흔히 예상하듯 다시 몇 번의 기회로 그녀를 만났고 그러다 그녀와 사귀게 되었죠. 짧은 기간이었지만 내 여자인가 싶었어요. 하지만 그 상황이 언제까지고 계속 되리라고는 생각하지 않았어요. 영원할 수 없다는 걸 이미 그 순간 짐작했던 거죠. 이

거 표현이 너무 거창했나요? 생각해 보세요. 아니, 절 자세히 보세요. (자신의 몸을 훑어본다) 난 이렇게 덩치가 작고 보시다시피 미남도 아니죠. 그런데 그녀는 키가 170센티미터에다 몸매는 얼마나 섹시한데요. 물론 얼굴도 예뻐요. 한마디로 킹카 아니 퀸카였죠. 그런 그녀를 내가 사귀었다니 지금도 믿기지 않아요. 정호라면 몰라도 나하곤 전혀 어울리지 않는 여잔데 말이에요. 그래요. 순전히 정호 녀석의 도움이었어요. 녀석의 도움이 아니었더라면 아마 그렇게까지 사귀기는 어려웠을 거예요. 돈이 오가지 않은 관계는 (히죽 웃고) 성관계 말이죠. 그녀가 처음이었어요. 누가 나한테 관심이라도 보여주겠어요? 평범한 여자야 가능했을 수도 있지만 퀸카를 먹는다는 건 (순간 멈칫) 먹는다는 표현은 좀 심했나요? 아무튼 그렇게 잘 빠진 여자야 어디 구경이라도 하겠어요? 그러고 보면 정호의 도움이 정말로 컸죠. 정호 때문에 난 그녀 앞에서 초라하지 않았어요. 타고난 몸이야 어쩔 수 없지만 그것도 치장하기 나름이더라구요. 재벌 2세처럼 보이는데 혹하지 않을 여자가 어디 있겠어요? (관객 중 한 명을 바라보며) 아닌 척하지만 똑같아요. (갑자기 표정이 굳어진다) 그러나 지금 내 옆에 그녀는 없습니다. 그리고 정호 녀석도 없습니다. 갑자기 둘 다 연락이 없어요. 왜일까요? 하지만 난 그들을 찾지 않습니다. 우린 처음부터 잘못된 관계였으니까요. (단호하게) 그래! (목에 힘을 주고 연극의 주연배우처럼 말을 한다) 그녀는 내가 기다린 버스가 아니다. 설령 내가 기다린 버스였다고 한들 이미 그 버스는 떠나버리고 없다. 이제 다시는 그 버스를 잡을 수 없을 것이다. (목소리에 힘이 빠진다) 그러나 정호는 문제가 다르다. 지금 잡지 못한다면 난 어려운 상황에 처하게 될 것이다. 어떻게든 녀석과의 관계를 유지해야만 한다. (햄릿이라도 된 것처럼 말한다) 녀석에게 연락을 하느냐, 마느냐. 그것이 문제로다. (한숨을 쉬며) 왜 이렇게 정호에게 집착하냐구요? 궁금하기도 하시겠네요. 끊어질 것 같았던 녀석과의 관계가 다시 이어질 수 있었던 것이 이 방 때문이니까 이곳에 이사 온 날을 얘기하지 않을 수 없겠네요. 백수가 이렇게 크고 좋은 방에 산다는 것이 이상하다고 생각하셨을 테니까요. 더블침대에 오디오, 비디오, 없는 게 없죠. 근데, 정말 내 것은 하나도 없다고 봐도 돼요. 저렇게 돈 되는 것은 모두 정호가 준 거니까요. 작년에 방과 함께 받았죠. 정호는 필요 없다고 했는데, (물건들을 둘러보며) 아직까지도 거의 신제품으로 보이죠? (씁쓸한 웃음을 짓고는) 사실, 그때 정호의 호의를 거절했어야 했어요. 하긴 그랬다가는 이렇게 살 수가 없었을 테니 고마워해야 할까요? 정말 아직까지도 정리가 안 되는 문제입니다. 그때 이사 오던 날은 어땠는지 아세요?

잠시 무대 암전. 조명 다시 들어오면 정호 혼자 무대 중앙에 서 있다.

정호   (돌아보며) 뭐해? 들어와.

진석   (들어오며 주위를 둘러본다) 여기냐? (혼잣말로) 정말 크네. 지금 없혀사는 선배 자취방에 비하면 특급호텔이군.

정호 방이 좀 작지?

진석 작다니? 이 정도면 보통이지. (혼잣말로) 보통이 아니라 나한텐 궁전이다.

정호 그래, 좀 좁더라도 크게 불편한 건 없을 거야. 여기 침대랑 가구 가전제품 모두 두고 갈 테니까 써.

진석 저걸 다?

정호 쓰던 물건이라 기분 나쁜 건 아니지?

진석 (혼잣말로) 나야 횡재지. (방안을 둘러보다가 장식장에서 용문양이 새겨진 칼을 발견한다) 멋진데. 선물 받았냐?

정호 그거? 마음에 들면 가져.

진석 아냐. 선물 받은 것 같은데 됐어. 네가 챙겨 가라.

정호 아냐, 너한테도 필요한 때가 있을 테니까 가져라. 난 그걸 아주 요긴하게 썼거든.

진석 (의아한 듯) 이걸 어디에 써?

정호 때가 되면 알려 줄게. 아마 넌 오래 걸릴 거다.

진석 ….

정호 저기 창문 좀 볼래? 이 근처에서 저만한 창 구경하기가 쉽지 않을 거야. 경치도 좋고.

진석 정말 창문이 무지 크네. (창가로 가서 밖을 내다본다) 근데 특별히 볼만한 경치는 아닌데.

정호 그래? (이상한 미소)

진석 (어색하게 웃으며) 아니야, 농담이야. 보기 좋네. 근데, 전세기간은 얼마나 남았냐?

정호	많이.
진석	많이라니?
정호	네가 있고 싶을 때까지 있어.
진석	무슨 말이야? 너 전세금 돌려받을 때까지만 있으면 되는 거야?
정호	그 전세금을 받을 때가 언제가 될지 모르니까 그냥 있어. 이 집주인 우리 아버지 빌딩에 가게 임대해 있는데 이 방은 그 임대료의 일부야. 가게 빼지 않는 한은 방 뺄 일은 없으니까 걱정하지 마. 설마 갑자기 자기 밥줄 때려치우겠냐?
진석	그럼, 너희 아버님께 말씀이라도 드려야 되는 거 아냐?
정호	어차피 그 건물은 내 몫 중에 일부니까 상관없어. 관리도 내가 하는데.
진석	그래? 그럼, 사양할 필요가 없겠지. (둘러보며) 너 오피스텔로 들어가더라도 침대랑 저런 것들은 필요하지 않냐?
정호	됐어. 난 새 물건으로 새 기분 내는 게 좋으니까, 아 그렇다고 너보고 헌 기분 내라는 건 아니야.
진석	그래, 상관없어. 너한텐 쓰레기일지라도 나한테 필요하면 난 다 받을 수 있어.

잠시 무대 암전. 조명 들어오면 무대에는 다시 진석뿐이다.

진석	그때 선택을 잘했어야 했어요. 근데 3년 만에 다시 만난 녀석의 호의를 난 너무 쉽게 받아들이고 말았어요. 하긴 선택의 기회가 없었던 지도 모르죠. 부모님에게서 아무런 도움

도 받지 않고 산다는 게 그것도 대학을 다닌다는 게 쉬운 일은 아니니까요. 그래서 정호의 도움을 마다할 수가 없어요. 그런데 왜 녀석은 연락이 없을까요? (시계를 본다) 오늘이 기한입니다. 이제 시간이 얼마 남지 않았어요. 무슨 시간이냐구요? 녀석은 어떤 일이 있더라도 일주일에 한 번은 연락을 하거든요. 물론 특별한 일이 없다면 일주일에 한 번은 꼭 나와 만나죠. 그녀와 본격적으로 사귀게 되면서 녀석과 만나는 횟수는 더 늘어났구요. 녀석과 만나는 횟수가 늘어났다는 것은 그만큼 경제적 여유를 더 누릴 수 있었다는 것을 의미하죠. 정말이지 녀석이 없이는 내 생활이 유지될 수 없었죠. 나를 재벌 2세쯤으로 생각하는 그녀 때문에 아르바이트도 관두고 거의 녀석의 도움만으로 하루하루를 버텨왔으니까요. 최소한 일주일에 한 번은 녀석을 만나야 살아갈 수 있게 되는 거죠. 그래서 이미 이별을 짐작하고 만난 그녀에게서 연락이 없는 것은 문제가 되지 않지만 정호가 연락하지 않는 것은 아무래도 불안해요. (말없이 창문을 바라본다. 그때 휴대폰 요란하게 울린다) 여보세요. (사이) 예. (사이) 왜 또 그러세요? 아버지 술 드시고 그러시는 게 하루이틀도 아니잖아요. 그만 좀 하세요. (사이) 제발 그만하세요. 돈 걱정은 마세요. (사이) 제 걱정은 하지 마시라니까요. 저는 제가 다 알아서 해요. (사이) 방세든 뭐든 제가 다 알아서 산다니까요. 지금 급한 전화 올 게 있거든요. 제가 다음에 전화할게요. (휴대폰을 침대 위에 던져 놓고 담배를 피운다) 또 일주일이 지난 모양이군요. 어머니는 일주일에 한 번씩 전화를 해서는 오늘처럼 우시죠. 날짜나 시간 개념에 무딘 내가 일주일이란 시간을 느끼는 건 어머니 전화 때문입니다. 물론 정호도 있죠. 하지만 두 전화의 차이는 크죠. 어머니의 전화는 별 도움이 안 되니까요. 괜히 머리만 아파요. 결혼생활 30여 년 동안 행복했던 시절이라곤 어쩌면 신혼 몇 년밖에 없었을 어머니가 아버지와 이혼하지 않는 것은 내가 이해할 수 없는 가장 불가사의한 일 중에 하나니까요. 그 해답을 찾으려고 해봤자 내 머리만 터지는 거죠. 그냥 잊고 살려고 해요. 물론 그 문제의 해결을 위해서 많이 노력도 해봤어요. 지난가을엔 말이죠. 형이 신혼여행을 떠나던 그 순간에도 난 어머니에게 아버지와 이혼하라고 했다니까요. 술에 취해 아들 결혼식에도 오지 못한 아버지니까요. (사이) 그럴 때면 어머니는 이렇게 말씀하시죠. '네 아버지, 언젠가는 마음잡고 예전으로 돌아오실 거다.' 나는 그 말을 믿지 않아요. 어머니에게는 따뜻한 아버지의 모습이 남아있을 테지만 나에겐 그런 기억이 없어요. 한 번도 아버지의 따뜻한 관심이나 웃음을 본 적이 없어요. 늘 술에 취해 계셨죠. 그리고 닥치는 대로 던지고 박살을 내는 거예요. 그게 취미이자 특기이시죠. 그런 사람과 부부 관계를 유지하는 어머니를 보면서 이런 생각을 했었죠. 어머니도 제 정신은 아닐 거라고. 결국 고등학교 2학년 때 난 집을 나와 버렸어요. 어머니는 몇 번인가 말렸지만 그리 심한 반대는 아니었어요. 아버지요? 무반응이었어요. 술을 드시지 않았을 때는 언제나처럼 무표정이니까요. (사이) 처음

엔 혼자서 자취하다가 나중엔 정호 집에 들어가서 살았어요. 같은 반 친구였죠. 녀석은 학교에서 유명했어요. 돈을 잘 쓰기로 말이죠. 그래서 녀석에겐 친구가 많았죠. 녀석 옆에는 항상 많은 친구들이 붙어 다녔죠. 녀석의 돈이 떨어진 날은 없었으니까요. 대신 녀석에게 뭔가를 제공해야 된다는 걸 알지만 문제가 될 건 없었죠. 녀석은 큰 걸 바라지 않아요. 녀석이 하는 말을 관심 있게 들어주고 하자는 대로 하면 그만이니까요. 난 달랐죠. 녀석 말에 시비를 많이 걸었으니까요. 그래도 녀석 옆에 있을 수 있었던 건 녀석보다 공부를 잘 한다는 것, 특히 녀석이 좋아하는 문학에 대해 녀석보다 많은 것을 알고 있다는 것 때문이었죠. 그러나 정말 무엇이 내가 녀석 옆에 오래 있을 수 있게 만드는 이유인지는 아직 확실하게 결론 내리지 못하고 있습니다. 아무튼 그 당시의 나로서는 이런 것들이 중요한 문제가 아니었죠. 불가사의한 가족 속에서 빠져 나올 수 있었다는 해방감으로 흥분하고 있었으니까요. 단지 마음에 걸리는 것이 있었다면 그때부터 어머니가 시작한 술장사 때문이죠. 자신보다 키가 훨씬 작은 왜소한 남편의 술주정에 한마디 잔소리도 없는 사람. 모든 걸 그대로 받아들이며 생고생을 자청하던 건장한 체격의 불행한 여자. 그 여자가 나의 어머니죠. 그런데 정말 불가사의한 것은 그런 어머니가 그 지겨운 술을 판다는 것이었죠. 정말 아무래도 그건 이해하기가 어려웠어요. 최근까지는 말이죠. 최근에는 이해가 됐냐구요? (사이) 그런 셈이죠. 먹고살기가 어려우니까 뭐라도 해야겠다는 거 아니겠어요? 배운 게 도둑질뿐이라면 어쩔 수 없 잖아요. 그래요. 확인할 수는 없지만 처녀시절부터 술집에 나갔었다는 소문이 들리더라구요. 형 결혼식 때, 집에 가서 야 알았죠. 그냥 소문 아니냐구요? 아뇨, 사실인 것 같아요. 제 머리 속에서 대충 시나리오가 그려지더라니까요. 막노 동을 하던 아버지와 술집여자였던 어머니가 결혼을 했는 데 아버지가 뒤에야 그 사실을 알았겠죠. 그러고 보니 아들 이 자기 자식이 아니지 않을까 고민했겠죠. 그 아들은 우리 형이겠죠. 나야 둘째니 우리 부모님 자식이 분명하겠죠. 뭐 이 모든 게 아닐 수도 있죠. 순전히 저 혼자 생각일 뿐이니 까요. 아무튼 그 답답한 상황에서 벗어나지 않고 맴도는 사 람들이 너무 싫어요. (이때 방문 두드리는 소리와 함께 '진석 학 생'이라고 부르는 주인집 아저씨의 목소리 들린다) 드디어 올 게 왔군요. (방문을 열고 나갔다가 잠시 후 들어온다) 주인집 아저 씨랍니다. 전기세, 수도세, 오물세, 그런 거 달라는데 다음 에 드린다고 했어요. 가진 게 있어야죠. 정호를 만난 지가 일주일이 지났으니까요. 지금 저한테 남은 돈이 있을 리가 없죠. 정말 녀석은 나에게 매우 호의적이죠. 경제적인 것 에 관해서는요. 녀석 집에서 고등학교를 졸업하고 같은 대 학으로 갔을 때도 등록금은 녀석이 쉽게 해결해 주었죠. 물 론 녀석을 위해 리포트는 거의 모두 내가 해결해야 했지만 요. 아무튼 시간이 갈수록 이상하게 녀석에 대한 적개심이 생겼는데 그건 어떤 다른 이유가 아니라 녀석의 얼굴 표 정 때문이었어요. 그 여유만만한 표정 때문이죠. 그런 표정은 아무런 근심걱정이 없는 상태가 아니고서는 나오기 힘들 거라고 생각했어요. 그러나 확신에 가까운 나의 추측은 빗나가고 말았죠. 녀석의 부모님은 사업 때문에 따로 떨어져 계시던 게 아니더군요. 내가 독립할 무렵 이혼했다는 겁니다. 그럼, 그런 여유로운 표정은 단지 경제력에서 나온다는 말일까요? 아니면 이혼한 부모님이 각자 재혼해서 잘 살고 있기 때문일까요? 이 문제에 대해 녀석은 이미 오래전부터 대답을 준비하고 있던 것 같았죠. 자신의 의지가 전혀 반영되지 않은 부모님의 이혼으로 인해 자신은 불행해졌다고 말이죠. 그래서 행복해지기 위해서 어떤 노력이든 다 하겠다는 거예요. 앞으로는, 만남이란 건 어쩔 수 없다고 하더라도 헤어짐은 오직 자신의 결정에 의해서만 가능하다는 겁니다. 자신의 허락 없이는 누구도 자신과 헤어질 수 없다는 이론이죠. 자기가 사람들 사이에 있는 키를 쥐고서 닫든 열든 마음대로 조율하겠다는 꿈에 부풀어 있더라구요. 그땐 그게 녀석의 꿈일 거라고만 생각했죠. 하지만 그건 이미 나의 현실 가까이에 와 있더라구요. (사이) 언제부턴가 이미 넘을 수 없는 벽이었죠. 하지만 어딘가에는 창이 있겠지요. 그래요. 창이 있어요. 그런데 그 창이 자꾸만 줄어들고 있어요. 그리고 내 방의 창도 같이 줄어가요. 이제 저 창으로 밖을 내다보기가 두려워요. 정말 답답하군요. 그래도 그녀와 함께 있던 때는 왠지 모를 자신감이 넘쳤었는데 이제는 점점 답답해져요. 그때는 이렇지 않았지요.

잠시 무대 암전. 조명 들어오면 진석, 정호, 희정, 후배들 동아리 방에 서 있다.

희정   진석이 오빠, 작품 제목이 뭐야?

진석   벽과 창

희정   벽과 창? 멋있다. 누가 쓴 거야? 오빠 희곡 쓴다더니 혹시 오빠 작품이야?

진석   아냐, 난 아직 멀었지. 내가 나중에 훌륭한 작품 쓰면 너부 터 보여줄게.

희정   이건 내용이 뭔데?

진석   지금 연습 들어가니까 봐. (후배들에게) 야! 준비됐지? 19호, 오늘은 제대로 해봐. 아니면 알지? (고개 숙이는 19호) 자신 없냐?

정호   선배로서 내가 시범을 보여주도록 하지.

진석   (무뚝뚝하게) 그래?

정호   꼭 이렇게 하란 건 아니지만 이렇게 감정을 잡을 수도 있 단 말이니까 잘 봐. (모두 정호를 쳐다본다. 정호, 몇 번 헛기침을 하고는) 내 아버진 막노동꾼이었지. 새벽에 나가면 한밤에 야 일당 몇 백 원을 쥐고 돌아오곤 했어. 그리고는 어머니 를 들고패는 거야. 신나게. 자기가 이 모양 이 꼴인 게 모두 어머니 때문이라면서.

진석   그만, 그만! (희정을 힐끗 본 후) 정호 네 감정도 나쁘진 않지 만 리얼리티가 전혀 묻어나지 않잖아. 후배들에게 제대로 보여줘야지. 그게 뭐냐? 넌 역시 이런 쪽엔 안 되겠다.

정호　그래? (후배들을 둘러본 후) 그럼 네가 해봐. 네가 연출이니까. 여기선 네가 짱이잖아. (뒤로 물러난다)

진석　야! 19호, 잘 봐. 네 호흡을 고려해서 끊을 테니까 집중해. 진짜 나의 상황이다, 정말 내 심정이라고 몰입을 해. 느끼란 말이야. 시작한다. (심호흡을 하고) 내 아버진 막노동꾼이었지. 새벽에 나가면 한밤에야 일당 몇 백 원을 쥐고 돌아오곤 했어. 그리고는 어머니를 들고패는 거야. 신나게. (아주 짧게 병적으로 웃는다) 자기가 이 모양 이 꼴인 게 모두 어머니 때문이라면서. 한바탕 패고 나서야 곯아떨어지는 거야. (속삭이듯이) 칼로 뜸을 떠도 모를 만큼 깊이 잠들어 버렸어. (다시 웃고는) 그러면 어머니는 나를 쥐어박았어. 나만 아니면 벌써 도망가서 다른 놈 만나 잘 살 텐데 나 때문에 도망을 못 간다고 눈물, 콧물까지 짜가면서… (신들린 듯이 집중한다) 어렸을 때는 그 얘기를 무심코 들었는데 나이를 좀 먹으니까 그게 달라지는 거야. 아버진 여전히 어머니를 들고패고, 어머니도 여전히 날 쥐어박으면서 울어대고, 나만 없어지면 모든 게 다 잘되겠거니 싶더라구. 그래서 집을 나와 구두닦이로, 암표장사로, 좀도둑질도 좀 하고 공사판에서 벽돌도 나르면서 막 살았지. 그러다 보니 차츰 아버지, 어머니를 알겠더군. 아버지가 어머니 때문에 그 꼴이 됐다구? 헛소리야. 어머닌 또 나 때문에 그 꼴이라구? 개수작이야. 사람들은 누구든지 마음만 먹으면 도망갈 수 있어. 마음을 안 먹는 거야. 무서워서. 사실 지금껏 살아온 꼬락서니가 아무리 짐승만 못해도, 아무튼 거기엔 그런 대로 익숙해 있거든. 그래서 도망을 못 가는 거지. 그런 게 사람이야. 도망을 간다, 간다, 그저 말로만 씨불이면서 막상은 못 간 다구.

정호 (박수를 치며) 정말 리얼하다. 정말 리얼리티가 살아있어. 마 치 정말 네 얘기를 하는 것처럼 리얼하다. 훌륭해. (이상한 웃음)

희정 (눈을 동그랗게 뜨고서 진석과 정호를 번갈아 가며 쳐다본다)

무대 암전. 조명 들어오면 다시 진석의 방. 여전히 혼자 있다.

진석 내가 남들처럼 정호에게 굽실거리기만 한다면 또는 정호 가 내게 물질적인 호의를 건네지 않는다면 우리 관계는 끝 날 겁니다. 다른 친구들과 달리 내가 오랫동안 정호 옆에 있을 수 있는 건 그런 가시 때문일 겁니다. 누구도 쉽게 정 호에게 가시를 세우진 않을 테니까요. 그게 정호에겐 재밌 었겠죠. 왜 그렇게 생각하냐구요? (사이) 이건 순전히 해피 때문에 알게 됐죠. 결국, 해피 얘기를 해야겠군요. (사이) 해 피와 나는 첫 만남부터 어긋나 있었죠. 녀석은 날 좋아하는 눈치가 아니었어요. 물론 그런 녀석을 좋아할 이유는 내게 도 없었지요. 다만 아무런 이유도 없이 녀석의 미움을 받는 다는 것이 내 자존심을 상하게 했죠. (사이) 해피는 거의 모 든 면에서 행복할 수 있는 완벽한 조건을 가지고 있어요. 제 집이 있고, 풍족히 먹을 수 있고, 따뜻한 햇살을 마음껏 누릴 수 있는 넓은 마당이 있고, 주인의 사랑도 있죠. 난 주인이 주는 만큼은 아니어도 각별한 관심을 가지고 친해지려 했어요. 하지만 해피는 나에게 적대적입니다. 내가 주는 음식은 다 받아먹고도 나에 대한 태도변화는 일어나지 않는 겁니다. 꼬리를 흔드는 것은 단지 그때뿐이죠. 그리곤 어떠한 호의도 표시하지 않아요. 가끔씩은 죽여버리고 싶을 정도로 날카롭게 짖어대는데 유심히 살펴보면 침입자로부터 집을 지키겠다는 의지가 아니란 걸 알 수 있어요. 집주인이 집에 없을 때는 절대 짖지 않거든요. 아무리 낯선 사람이 와도 절대 짖지 않아요. 하지만 집주인이 집안에 있을 때는 아무리 낯익은 사람이 오더라도 목이 찢어져라 짖죠. 눈치를 얼마나 살피는지 모른답니다. 물론 나에게는 무조건 적대적입니다. 예전엔 집주인이 없을 때는 나에게 관심조차 보이지 않았거든요. 그런데 내가 녀석 버릇 고쳐보려고 발로 차려는 시늉을 한 적이 있었어요. 그때부터는 아예 나만 보면 짖어요. 그래도 먹을 거라도 갖다 주면 조용하죠. 물론 그때뿐이고 다 먹고 나면 또 짖지만요. 그래서 녀석 길들이기를 아예 포기했죠. 그게 바로 나와 정호의 차이라는 걸 알았죠. 일주일 전이었습니다. 그날도 그녀와 정호, 이렇게 셋이서 만나기로 한 날이었죠. 그녀를 만나기 위해서는 정호의 도움이 절실히 필요하니까요. 아무튼 그때였죠. 그녀가 오기 전에 우리 둘이 있었거든요. 그때 내가 무심코 말을 꺼냈죠.

무대 암전. 조명 들어오면 커피숍에 진석과 정호 앉아 있다.

진석 난 해피가 정말 싫더라.

정호 (기다렸다는 듯) 왜?

진석 내가 아무리 잘 대해줘도 소용이 없거든. 먹을 걸 줘봤자 그때뿐이야. 그리곤 똑같아. 녀석, 왜 그렇게 날 미워할까? 그래서 녀석 길들이기는 아예 포기하기로 했어.

정호 그래? 녀석 아직 변함이 없구나.

진석 해피가 너한테도 그랬냐?

정호 물론, 하지만 내가 질 수는 없잖아. 사람은 아니지만 내가 엄청난 노력을 가했지. 너하곤 비교가 안 될 정도로 말이야.

진석 그래서 성공했냐?

정호 (자랑스러운 듯) 물론.

진석 그럼, 그동안 너나 해피나 정이 많이 들었겠구나.

정호 정? (웃으며) 아니야. 그건 단지 게임일 뿐이지. 내 성격에 한 번 시작한 게임을 포기할 수는 없잖아. 어쨌든 끝을 봐야 하니까 해피에게 돈 꽤나 들였지. 절대 흥분하지 않고 언제나 웃으며…, 개나 사람이나 똑같잖아. 계속 잘 해주는데 어쩔 수 있어? 날 따라야지. (사이) 근데 간혹 말이야. 정말 드문 경우이긴 한데 녀석처럼 으르렁거리는 경우가 있더라구. 아무리 잘 해줘도 계속 그래. 그럴 땐 어떤 방법이 좋을까 고민도 했었는데 해피에 대한 해결방법은 우연찮게 발견했지.

진석 해결방법? 그게 뭔데?

정호 너 처음에 이사 올 때 내가 말한 거 잊었냐? (진석, 잘 모르겠다는 눈치이다) 그거 말이야. 칼. (사이) 친구 녀석한테서 선물 받은 칼을 가지고 집에 들어오는 길이었지. 근데 녀석이 또 짖어대는 거야. 그때, 갑자기 그 칼이 생각나는 거야. 술김이었는지 그냥 확 찔러버리고 싶더라. 그래서 칼을 빼들었지. (갑자기 목소리를 낮추며 긴장감을 조성한다) 근데 말이야. 칼을 보더니 녀석이 갑자기 꼬리를 내리는 거 있지. 아예 꼼짝을 못하더라구. 역시 동물이 인간보다는 그런 본능적인 감각이 발달했어. 아무튼 그러고 나니까 별로 재미가 없더라. 그래서 끝냈어. 그때쯤 이사한 거야. 끝이 다 보인 게임이잖아. (웃으며) 또 새로운 걸 찾아야지. 세상에는 정말 재미나는 게임이 많잖아. 어차피 다 게임 아니겠어? 뭔가 자극이 없거나 단순하면 재미가 없는 게임 말이야. 그래서 난 항상 가시처럼 팍팍 찌르는 걸 찾고 있지. 순순히 내 뜻대로만 되면 무슨 재미가 있겠어? 넌 어때?

무대 암전. 조명 들어오면 역시 진석의 방.

진석   그래요. 결국 해피도 정호에겐 크게 자극적인 가시는 아니었죠. 나만이 녀석에게 가장 큰 가시일 테니까요. 그래서 녀석은 나를 놓지 않고 있는 거겠죠. 물론 그런 녀석의 태도가 나에게도 도움이 되니까 거부할 이유가 없죠. 그런데 그렇게 생각하니까 왠지 자꾸 답답해지더군요. 정호의 게임에는 나도 포함되어 있다는 걸 확실히 느낄 수 있었으니까요. 하지만 녀석이 나에게 하고 있는 게임을 포기하게 하거나 끝내게 할 용기는 없었죠. 사실 내가 녀석의 게임기에 불과하다는 것은 이미 예상하고 있었던 일이니까요. 중요한 건 어떻게 해야 오랫동안 나란 게임기에 흥미를 잃지 않고 붙어있게 만드는가였죠. 녀석이 게임을 관두면 난 경제적 여유를 누릴 수 없을 뿐만 아니라 그녀와의 관계도 유지할 수 없을 테니까요. 마지막 남은 자존심을 지키느냐 내겐 과분한 그녀를 지키느냐. 지금 사는 꼬락서니가 아무리 짐승만 못해도, 여기엔 그런 대로 익숙해 있는데 여기서 도망을 가느냐 마느냐. 정말 어떻게 해야 할까 고민이었죠. 그때 그녀가 왔어요. 우린 자주 그랬던 것처럼 셋이서 함께 술을 마셨어요. 밤이 늦어선 아예 호텔방을 잡고서 마시기 시작했죠. 얼마나 지났을까요. 그녀는 먼저 술에 취해서는 침대에 쓰러져 잠이 들었어요. 하지만 정호와 난 계속 마셨지요. 그리고 필름이 끊겼어요. 정신을 차렸을 땐 버스 정류장이더라구요. 호텔에서 어떻게 나왔는지 도무지 기억이 나질 않더라구요. 아무튼 집에 가야겠다는 생각뿐이었죠. 근데 내 앞에 서는 차는 택시뿐이더군요. 하지만 가진 건 토큰뿐이었으니 버스를 기다렸죠. 새벽에 첫차를 기다리면서부터 일주일이 지난 지금까지 생각을 했지만 도대체가 생각이 나질 않는 거예요. 호텔방에서 내가 정호와 무슨 말을 했는지 그리고 내가 왜 나와 버린 것인지 전혀 감이 잡히질 않더라구요. 하지만 그날 무슨 일이 있기는 한 것 같아요. 그도 그녀도 연락이 없거든요. 일주일이란 시간 동안 정호의 연락이 없다는 것을 봐서는 내가 뭔가 중요한 말을 했나 봐요. 만약 오늘도 연락이 없다면 정호는 나에 대한 게임을 포기했거나 종료한 것이 분명합니다. 물론 그 중에서는 후자가 정확한 말이죠. 녀석은 절대 게임을 포기하지 않으니까요. 그렇다면 내가 그 익숙한 정호의 게임에서 벗어난 것일까요? (실없이 웃는다) 이제 시간이 얼마 남지 않았습니다. 곧 일주일이 지나버립니다. 앞으로 몇 분 안에 정호의 전화가 오지 않는다면 게임은 종료된 것이 확실합니다. 그러면 용돈이 필요하다고 어머니에게 치사한 전화를 해야 합니다. 그건 집에서 독립한 내 게임의 종료입니다. 그렇게 해야 할까요? 아니, 그럴 순 없습니다. 정말 답답하군요. (방구석에서 텔레비전에 시선을 고정시킨다. 다시 방의 벽을 둘러본다. 이번에는 담배를 피워 물며 창문을 바라본다) 창문은 여전히 닫혀있습니다. 아무것도 보이지 않아요. 창밖의 상황은 전혀 알 수가 없어요. 닫혀 있을 뿐만 아니라 불투명 유리에 빗살무늬까지 있어서 아무것도 내다보이지 않으니까요. 전원이 들어와 있지 않으면 아무 소용이 없는 텔레비전처럼 말이죠. 바깥세상과 소통할 수 없는 창이죠. 하긴 지금 내가 앉아있는 각도에서 본다면 창문을 연다고 한들, 하늘 외에는 어떤 것도 보이지 않을 테니까요. 굳이 창가에 붙어 서서 본다고 해도 늘 똑같은 풍경이 보일 뿐이죠. 일주일 전에 보았던 획일적인 모습의 주택과 아파트 단지가 오늘이라고 해서 사라지거나 변할 리는 없으니까요. 매일 똑같지만 매일 다른 건 하늘밖에 없어요. 지금 이 순간 하늘은 무슨 색깔일까, 어떤 표정을 하고 있을까. 하지만 이 방구석에서는 바깥의 날씨를 정확히 알 길이 없습니다. 몸으로 느끼는 습도의 정도로 비가 오는지, 창이 들썩이는 소리로 바람이 부는지 짐작할 뿐이죠. 일주일 전부터 이렇게 몸으로 느낄 뿐입니다. 답답하긴 해도 창문을 열겠다는 생각은 그때부터 하지 않았죠. 아직까진 그 생각에 변함이 없습니다. 아직까지는요. (손목시계를 쳐다본다) 거의 마지막 순간이군요. 게임은 종료된 것 같군요. (그때 휴대폰 요란하게 울린다) 아직은 정호의 게임기로 남아있어도 괜찮을 것 같습니다. 그래야만 나도 다른 게임을 진행할 수 있지 않겠어요. (급히 전화를 받는다)

무대 왼편 구석에 등장하는 어머니, 핀조명을 준다.

진석 (조금 긴장한 목소리) 정호니?

어머니 (술 취한 목소리) 진석아, 너 아직도 내가 아버지와 이혼하길 바라니?

진석 (이내 실망하는 표정이다) 왜 또 전화하셨어요? (사이) 됐어요. 어머니는 언제까지라도 아버질 기다리실 거잖아요.

어머니 진석아, 집에 들어와서 네 형이랑 우리 모두 같이 살자.

진석 싫어요. 그런 말씀이라면 관두세요. 전화 끊을게요.

어머니 아버지가…, 아버지하고 (말을 조금 더듬는다) 안 살면 집에 들어올래?

진석 됐어요. 어머니가 아버지에 대한 미련을 버리지 않는데 그게 무슨 소용이 있어요? 게다가 어머니는 그런 용기도 없어요. 어머니는 절대 아버지에게서 도망 못 가요.

어머니	(술에 취한 목소리 높아진다) 아냐, 그런 게 아냐. 도망 못 가는 게 아냐.
진석	언제나 말뿐이죠. 간다, 간다 하면서 막상은 못 가잖아요.
어머니	난 못 가는 게 아니라 안 가는 거야. 그리고 너한테도 아버지가 필요해. (혼잣말처럼 작은 목소리로) 아니, 필요했어. (작게 흐느낀다)
진석	아뇨. 필요하지 않아요.
어머니	네 아버지 생각은 안 하니? 불쌍한 네 아버지 생각은 안 하니? 우린 아버지가 없어도 살지만 아버진 우리가 없으면 살 수 없어. 왜 그걸 몰라? 사람이 왜 사람이다더냐? (흐느끼며 혼잣말) 이제 모두 끝났어. 네 아버지가….
진석	됐어요. 그러니까 서로가 서로를 필요하게 관계를 잘 유지해야죠. 그 관계가 깨지면 가족이건 뭐건 필요 없어요. 다 깨지는 거죠. 급한 일 있으니까 전화하지 마세요. 필요하면 제가 전화할게요. 이만 전화 끊어요. (전화 끊자 핀조명이 암전됨과 동시에 어머니는 흐느끼며 퇴장한다. 곧바로 전화벨 요란하게 울린다) 전화하지 말라니까요.

무대 오른편에 등장하는 정호, 핀조명을 준다.

정호	여보세요. 진석이 아니니?
진석	정호구나!
정호	난 전화 잘못 건 줄 알았잖아.
진석	미안해! 별일 아닌데 아무튼 그럴 일이 있었어.

정호　그건 그렇고, 어떻게 내가 안 한다고 너도 전화 한 번 안 하냐? 역시 다른 친구들이랑 달라. 진석이 너답다. 잘 지냈나?

진석　나야 늘 그렇지. 넌 어때?

정호　네 덕분에 내가 요즘 바빠. 아주 쌍코피 터지기 일보직전이다. 그래서 연락하기도 힘들었어.

진석　무슨 말이야?

정호　어허, 웬 시치미야? 희정이!

진석　희정이?

정호　그래. 네가 그날 넘겼잖아. 희정이도 날 좋아하는 눈치고 너도 이젠 매력을 못 느끼겠다면서… 생각나지?

진석　(당황하나 이내 태연하게) 아… 그래.

정호　그래, 네가 그랬잖아. (진석의 말을 흉내 내며) 그동안 늘 받기만 했는데 이렇게 뭔가 줄 게 있어서 기쁘다. 어차피 나하곤 어울리지 않아. 선물이라고 생각해. 너도 그걸 바라지? 라고 했잖아. 다 기억나지? 자식, 혹시 술에 취해서 기억 못하나?

진석　아냐, 기억하지. (고개를 끄덕이며) 다 기억이 나. 모두 다.

정호　난 혹시나 네가 기억하지 못하면 어쩌나 괜히 걱정했다니까. 희정이는 너 보기가 좀 쪽팔리는가 봐. 생긴 것 같지 않게 보수적인 편이 있잖아. (웃으며) 그걸 많이 밝히는 것 빼고는 말이야. 아, 용건은 이게 아닌데 말이야. 너 등록금 아직 안 냈지? 마지막 학기인데 잘 끝마쳐야지. 생활비도 없지?

진석　…

정호   내일 내가 해결할 테니까 그건 걱정하지 말고 놀러나 가자. 너는 리얼한 삶을 사는데 그런 걱정 따위는 하면 안 되지. 희정이가 섹시한 친구 하나 데리고 온다니까 너도 외롭진 않을 거야. 내일 보자. 아, 괜찮으면 지금 오피스텔로 와. 술이나 한잔하자.

진석   (힘없이) 그래. (전화 끊는다. 한동안 말이 없다) 술이 취한 상태이긴 했지만 녀석의 게임에서 벗어나려고 했던 내 결심이 있었군요. 지금 확인이 됐어요. 하지만 녀석은 아직 게임을 끝내지 않았군요. 아니, 게임의 난이도를 한 단계 높인 것 같습니다. 어차피 녀석에게서 벗어나는 것이 쉽지 않다면 그리고 아직까지 내게 녀석이 필요하다면, 난 지금까지보다 더 강하게 녀석을 자극해야겠죠. 그래야 우리의 관계가 유지될 수 있을 것 같군요. 녀석이 원하는 만큼 자극하지 못한다면 창문 하나 없는 완전한 벽에 갇히고 말겠죠. 나의 모든 게임이 종료되고 말겠죠. (실없이 한참을 웃는다. 웃음을 그치고 닫힌 창문 앞으로 가서 선다) 지금쯤 해피는 무엇을 하고 있을까요? 나를 자극해서 먹을 것이라도 얻어낼 궁리를 하고 있을까요? 그렇다면 원하는 대로 해줘야겠습니다. 생각해보니 아직 해피는 나에게 만족스러울 만큼 재미난 대상이니까요. 물론 그 관계가 그리 길게 가지는 않을 것 같습니다. 서로 주고받을 수 있는 게 없이 한쪽으로 기울면 끝이 나니까요. 해피는 나의 게임기일 뿐이죠. 그러나 정호와 나의 게임에서는 오직 녀석만이 게임을 온전히 종료할 수 있습니다. 어머니가 게임 종료 버튼을 누르지 않기 때문에 내가 어머니와의 게임에서 빠져 나올 수 없는 것처럼 아버지는 어머니를 놓지 않고 있죠. 게임에서는 언제나 이처럼 조종자가 있어요. 둘 중의 하나는 조종자가 되고 하나는 게임기가 될 수밖에 없는 거죠. 일방적으로 게임의 대상이 되지 않으려면 나도 상대를 향해 게임을 해야만 합니다. 그래야만 모든 관계가 유지될 수 있어요. (창문을 잡고서 문을 열 듯 말 듯 하며) 그런데, 그런데…, 뭔가 이상해요. 왠지 자꾸만 허전해져요. 왜일까요? (이때 전화벨 울린다) 여보세요. 어머니세요? 전화 좀 하지 말라니까요.

형   (목소리만 들린다) 진석아, 나다.

진석   (사이) 형?

형   (아주 차분한 목소리다) 계속 통화 중이던데 어머니였냐?

진석   응.

형   언제 올래? 그냥 지금 올래? 바쁜 일 없으면 지금 바로 와라.

진석   무슨 말이야? 내가 왜?

형   어머니가 말씀 안 하셨냐?

진석   ….

형   아버지 돌아가셨다. 교통사고다. (사이) 술 취해서…, 이미 지나간 버스 잡는다고 차도로 그냥 뛰어드셨단다. 이미 떠나버린 버스를 뒤늦게 어떡하겠다고….

진석   ….

형   언제 올래? 지금 올래? (사이) 바쁘면 너 할 일 정리하고 내일 와라. 어차피 지금은 버스도 없을 텐데, 무리해서 올 필요 있냐? (사이) 이번에 오면 우리 모두 함께 살 문제도 의논해 보자. 네 형수도 원하니까. 암튼 내일 보자. 이만 끊는다.

통화가 끊어진 전기 신호음 길게 늘어진다. 진석, 멍하니 앉아 있다.

진석 (일어나서 창문을 활짝 연다) (사이) 새벽공기가 매우 차군요. (손을 머리에 대어본다) 금새 머리가 차갑게 식어버렸어요. (이번엔 손을 왼쪽 가슴으로 가져간다) 방이 더운 것도 아닌데 뜨겁군요. 감기가 오려는 것일까요? 코와 목도 괜히 이상해지는데요. (사이) 어쩌면 해피에 대한 내 생각을 다시 처음부터 정확하게 정리할 필요가 있지는 않을까요? 그래요. 만일, 해피를 자유롭게 풀어준다면 녀석은 이곳을 떠날 수 있을까요? 익숙한 이곳을 떠날 수 있을까요? 그러면 해피는 진정 행복해질 수 있을까요? (갑자기 고개를 방문으로 돌리며 생각에 잠긴다) 그럴 것 같지 않군요. 해피가 자유로울 수 있는 방법은 (사이) 그것밖에 없어요. (장식장을 뒤져서 정호가 준 칼을 집어 든다) 아니, 이건 어디서나 마찬가지죠. 중독성 강한 이런 종류의 게임에서 벗어나기 위해서는 아예 게임기를 없애버려야 합니다. 이미 스스로 컨트롤할 단계는 지났으니까요. (사이) 그런데 내가 게임기라면 어떻게 해야 할까요? 내가 게임기라면… (사이) 그래요. 나를 조종하는 자의 손에서 벗어나야만 자유로울 수 있으니까… 아버지처럼 스스로를 파괴하는 방법은 쓰지 않겠습니다. 난 차라리 아주 우수한 게임기가 되겠습니다. 이게 정말 모두가 행복해질 수 있는 방법이죠. (손에 쥔 칼을 쳐다보며 이상야릇한 미소를 짓는다) 이제 이 방으로 다시는 돌아오지 않을 겁니다. 이 꽉 막힌 벽들 사이로 다시는 돌아오지 않을 겁니다. (칼을 쥔 손에 힘을 주며) 게임을 끝내버리겠습니다. 제 손으로…. (칼을 꼭 쥔 채 조심스럽게 방문을 열고 걸어 나간다. 무대 서서히 암전)

잠시 후, 해피의 짖어대는 소리와 대문 열리는 소리 들린다. 그리고 진석의 목소리 들린다.

진석 (목소리만) 정호냐? 나 지금 갈 테니까 기다리고 있어. 다른 데 가지 말고 꼭 기다리고 있어.

다시 정적이 흐른다.

막.

Стена и окно

Автор Ан Хи Чер

Перевод на русский язык Цой Ен Гын

Действущие лица:

Дин Сен

Ден Хо

Хи Ден

Мать

Старший брат

Ученики (младшие коллеги)

Сцена.

1. Кровать, диван, письменный стол, парфюмерный стол, радиоприемник, телевизор, компьютер - все эти вещи находятся аккуратно в большой чистой комнате. С левой стороны позади имеется большое окно, которое открывается. По сюжету окно и стена должны отличаться по цвету.

2. Когда меняются сцены действий надо умело использовать световую гамму, чтобы эффективно показать прошлое и нынешнее время. И еще: свет должен меняться по мере изменения психологического состояния Дин Сек.

3. Вне комнаты Дин Сек, где стоит диван, и его надо просвечивать

только переднюю часть, чтобы показать давно минувшие дни.

4. Одежда Дин Сек будет показана без изменения, независимо от прошлого и нынешнего времени, но Ден Хо, который переодевается каждый раз в модные, дорогие костюмы, показывает смену периода времени.

Светлеет сцена. Дин Сек сидит, опираясь спиной к стене. Хотя комната чисто прибрана, но кажется тут сумрачно и не комфортно.

Дин Сек.   (подняв голову смотрит в зрительный зал). Хеппи счастлива (смеется). Прошла неделя. Я как и вчера нахожусь вот так в этой комнате. Иногда смотрю в окно и еще телевизор. А так больше мне нечем интересоваться (пауза). Когда я сижу, опираясь спиной на стену и поворачиваю шею на 45 градусов, то окно попадает точно в поле моего зрения (поворачивает шею верх-вниз).Точно (повернул шею прямо). Этот ракурс точно 45 градусов. Я когда-то измерил этот ракурс. Ракурс направленный с высоты моих глаз на окно. Это окно имеет такую ширину, чтобы я мог просунуть раскрытые обе руки и можно еще одну руку свободно высунуть. И, удивительно, точно по моему росту направлено к потолку. Я смотрю на это окно и чувствую иногда себя счастливым человеком. Правда, было такое. В этом районе нелегко подыскать такую отдельную однокомнатную квартиру с таким открывающимся окном. И поэтому я подумал, что я счастлив. Но сейчас нет. Я абсолютно не счастлив. Счастлива лишь одна Хеппи. Когда я курю и просматриваю газету, когда я с мрачным настроением варю последнюю пачку рамен, Хеппи в отличие от меня наверняка в это время крутится в своей конуре, мучась от безделья. Вот такое свободное времяпровождение свойственно лишь только счастливым людям. А-а, спрашиваете кто такая Хеппи. Она - собачка с первого этажа. Собака хозяина. Поскольку Хеппи член семьи хозяина, то получается, что я прживая тут, оплачиваю квартплату семье Хеппи. Я завидую Хеппи, потому что она не беспокоится из-за оплаты комнэты, налога, питания, работы, в общем ни за что. Очень завидую ей (глубокий вздох). Но все же я нахожусь в лучшем положении чем Хеппи, имея намного большую площадь комнаты и большое окно. На самом деле редко встретишь такую комнату. До переезда сюда, я жил в очень тесной комнате, как Хеппи. В том районе все квартиры такие. Внесешь в квартиру несколько вещей и приходится тереться спиной о стену. 4 взрослых человека едва смогут лечь спать. И еще присоединена маленькая кухонька (смеется). Одно название кухня. Бойлер с маслом занимает большую часть кухни. И получается, что это почти как бойлерная... Но хозяин считает, что это кухня. Это от того, что в углу стоит маленький шкафчик, заменяющий мойку, и на другой стороне стоит занимающая большую площадь водопроводная система. А шкафчик заслуживает отдельного разговора. Потому что он выглядит, как будто его подобрали только что с мусорной свалки. Из-за него кухня выглядит как склад для мусора. Все эти дома, наверное, были построены для временного обитания. В таких жилищах не может быть как в моей комнате, такого большого окна. Шириной размером с 14-сантиметровый телевизор и направленное на переулок окно является единственным источником свежего воздуха. Но почему оно так высоко расположено?

Чтобы посмотреть наружу надо встать на цыпочки. По высоте и ширине окно отличается от стандартных размеров. Насколько я знаю, обычные окна дают возможность удобно смотреть наружу, сидя на стуле высотой 45 сантиметров без ущерба для суставов шеи. Мне хочется жить в таком месте. Спрашиваете, откуда я знаю такие вещи? Я узнал подробные сведения об окнах после того как я нашел эту комнату. В тот день я встретил ее, Хи Ден. В тот день Хи Ден, нет лучше ее называть «её». Есть причина, почему надо называть её так. В общем, узнал, прочитав ее книгу. Нет, я не попросил у нее эту книгу. Нашел книгу в кафешопе под стулом. Поискал имя и адрес хозяина книги и случайно увидел запись, сделанную ручкой. Содержание было о необычном окне. Это был день выступления в спектакле и назначенной встречи с Ден Хо. Сидел в кофешопе, ждал Ден Хо и там нашел книгу, которую она уронила под стулом. Для меня этот день находки книги был счастливым. Потому что когда в назначенное время встретился с Ден Хо, то неожиданно встретился и с ней. Но потом ничего не было такого необычного. Вот так. Как положено, встречался с ней несколько раз, а потом стали дружить. Недолго встречались, но я подумал, что она моя женщина. Но не думал о том, как долго будут продолжаться наши отношения. В тот момент почувствовал, что они не будут вечными. Может быть я слишком грубо выразился? Но подумайте сами. Нет, посмотрите на меня внимательно. Я не крупный и далеко не красавец. А она при росте 170 сантиметров, и фигура на вид очень сексуальная. И, конечно, была красавица. Одним словом выпала... королевская масть... Не верится, что дружил с такой женщиной. Другое дело Ден Хо. Но я явно был ей не пара. Вот так. Случилось это при помощи Ден Хо. Без его помощи, наверное, я бы не смог быть с ней. Отношения, когда обходятся без денег... (смеется). Я имею в виду половые отношения. Она была у меня первой женщиной. А какая из таких женщин могла бы обратить на меня внимание? Простенькая могла бы, но удержать такую масть... (немног о помолчав). Не слишком ли круто выразился? Такую красавицу...разве можно так просто завоевать?... Так что помощь от Ден Хо была огромная. Благодаря Ден Хо я не терялся перед ней. Коль родился с таким телом, тут ничего не поделаешь, но иногда можно подкорректировать его. Женщина выглядит совсем юной, но она все равно, кажется, недовольна своей внешностью. Такова суть женщины (смотрит на зрительниц). Вы все одинаковые (внезапно выражение лица твердее т). Но сейчас ее нет рядом со мной. Нет рядом и Ден Хо. Внезапно они прервали со мной связь. В чем дело? И я не ищу их. С самого начала у нас сложились неправильные взаимоотношения (т вердо). Это так (придавая голосу как артист силу). Она - не тот автобус, который я жду. Даже был бы он таковым, он уже ушел. Уже не поймать мне этот автобус (упавшим голосом). Но с Ден Хо другой вопрос. Если не поймать сейчас этот автобус, то я могу попасть в трудное положение. Надо всячески поддерживать с ним отношения (т оном Гамлета). Позвонить или нет - вот в чем вопрос (глубокий вздох). Почему я так говорю про ДенХо. Наверное, вам интересно. Благодаря этой комнате у нас продолжился контакт, который мог прерваться. Я не могу не рассказать о дне переезда в это место. Вам интересно, почему я живу в такой хорошей комнате. Хорошая кровать, радио, видео, чего только нет. Но тут ничего нет моего. Все это предоставил мне Ден Хо. Получил я в прошлом году все это вместе с комнатой. Ден Хо сказал, что ему они не нужны (смотрит на вещи). Видно же, что они новые. А надо было тогда отказаться от добра Ден Хо. Но тогда я не смог бы так жить. Надо ли благодарить его? До сих пор остается неразрешенным вопросом. Знаете, каков был день переезда?

Темнеет сцена, потом вновь освещается. Ден Хо стоит посередине сцены.

Ден Хо.   Что стоишь? Заходи.

Дин Сек.   (заходя оглядывается). Это здесь? (про себя). На самом деле большая. По сравнению с той отдельной квартирой наставника, где жили гуртом, это отель спецкласса.

Ден Хо.   Комната мала, правда?

Дин Сек.   Как мала? Обычная комната (про себя). Не простая, для меня она дворец.

Ден Хо.   Да, тесновато, но жить удобно. Я оставлю тут

кровать, мебель, домашнюю утварь. Все оставлю, пользуйся.

Дин Сек. Все это?

Ден Хо. Ничего, что они все бывшие в употреблении?

Дин Сек. (про себя) Неожиданное богатство (осматривая комнату обнаружил выгравированный нож). Шикарный. Получил в подарок?

Ден Хо. Если нравится, возьми.

Дин Сек. Нет. Наверное, получил в подарок. Ты возьми его с собой.

Ден Хо. Да, нет. Он может и тебе пригодится, так что возьми. Я его хорошо использовал.

Дин Сек. А где его можно использовать?

Ден Хо. Придет время, расскажу. Наверное, пройдет долгое время.

Дин Сек. .....

Ден Хо. Вон там окно. Посмотришь? В этом районе нелегко увидеть такое окно. Хороший вид.

Дин Сек. На самом деле очень большое окно (смотрит наружу) Но вид не особенно хороший.

Ден Хо. (удивленно) Да?

Дин Сек. Нет, шучу. Хороший вид. А сколько осталось до окончания срока аренды?

Ден Хо. Много.

Дин Сек.	Как много?
Ден Хо.	До тех пор пока ты не захочешь съехать.
Дин Сек.	О чем ты говоришь? Можно жить тут до тех пор пока ты не получишь возвратные деньги?
Ден Хо.	Я не знаю, когда получу эти деньги, так что оставайся, живи. Хозяин этого дома арендует магазин в здании моего отца. Считай, эта комната часть той аренды. Пока он держит магазин там, комнату не тронут. Так что не беспокойся. Он же не захочет внезапно потерять свое хлебное место?
Дин Сек.	Тогда надо известить об этом твоего отца?
Ден Хо.	То здание является частью моего имущества, так что это не вопрос. Я сам управляю своим имуществом.
Дин Сек.	Да? Тогда можно не просить (осматривая). Если ты пойдешь туда, то в офисе понадобятся кровать и все прочие вещи?
Ден Хо.	Да, ладно. С новыми вещами надо создавать новое настроение...так я люблю. Но это не значит, чтобы ты проявил плохое настроение.
Дин Сек.	Да ничего. Может быть для тебя они мусор, но если они мне понадобятся, то я возьму их.

Темнеет сцена. И вновь Дин Сек один.

Дин Сек. Тогда надо было делать правильный выбор. Но через три года, я вновь слишком легкомысленно принял его щедрость. Может, тогда не было другого выхода. Нелегко ведь, когда не получаешь никакой помощи от родителей и учишься в институте. Поэтому нельзя было отказаться от помощи Ден Хо. Но почему он прервал связи со мной? (Смотрит на часы) Сегодня подошел срок. Осталось немного времени. Спросите, что это за время? Он всегда, чтобы то не случилось, связывался со мной в неделю раз. Конечно, когда у него не было особых дел, то в неделю раз встречался со мной. Как только я стал встречаться с ней серьезно, то и встречи с ним стали чаще. Чем чаще встречался с ним, мое экономическое положение стало улучшаться. Правда, без него я бы не смог жить так вольготно. Из-за неё я бросил подработку и стал жить за счет его финансов. Можно было так жить только в том случае, если я встречаюсь раз в неделю с ним. Я заранее готов был расстаться с ней и не огорчаюсь, что нет связи с ней, но

то, что нет связи с Ден Хо беспокоит меня (м
олча смотрит в окно. В это время зазвенел телефон).
Алло.(пауза)Да. (пауза) Что опять? Ну, отец пьет...
это же не один-два дня.. Да, перестань.(пауза)
Пожалуйста, перестань. Не беспокойся о деньгах
(пауза).Сказал же не беспокойся обо мне. Я сам
справлюсь во всем. За квартиру и все прочее...
я справлюсь. Мне должны срочно позвонить. Я
потом позвоню (положил смартфон на кровать и ку
рит). Наверное, уже прошла неделя. Она всегда
звонит в неделю раз и плачет. Я не слежу за
временем, но что прошла еще одна неделя,
узнаю по звонку матери... Правда, есть еще Ден
Хо. Но значение звонков отличается. Звонок
матери не помогает. Лишь лишняя головная
боль. Они прожили 30 лет, счастливыми были
лишь в период молодоженства и никак не могу
понять, почему мать с отцом не расходятся до
сих пор. Для меня это загадка. Хотел разгадать ее,
но она давала мне лишь головную боль. Просто
надо забыть об этом и жить. Конечно, пытался
много раз разрешить данный вопрос. В прошлую
осень, когда старший брат собирался ехать в
свадебное путешествие, я настаивал на разводе

отца и матери. Пьяный отец не присутствовал на свадьбе сына (пауза). Тогда мама сказала так: «Твой отец когда-нибудь станет прежним». Я не верю таким словам. Наверное, у мамы остался в памяти теплый образ отца, но у меня такого нет. Я никогда не чувствовал теплоту с его стороны и не видел улыбку на его лице. Он всегда был пьяным. Бросал, разбивал все вокруг. Вот весь его интерес. Иногда я думал, глядя на мать, которая до сих пор сохраняет супружеское отношение, что она тоже не в своем уме. Я ушел из дома, когда учился во втором классе высшей школы. Мама противилась этому, но не остановила меня. А отец? Ему было безразлично. Когда трезв, был молчалив и равнодушен ко всему (пауза). Вначале я жил один, но потом жил в доме Ден Хо. Мы были друзьями-одноклассниками. Он был знаменит. В трате денег. Тратил их, сколько хотел. Поэтому у него было много друзей. Всегда возле него крутились друзья. Не было случая, когда он был без денег. Вместо этого надо было оказать ему некоторые услуги, но в этом не было проблем. Он не требовал многого. Надо было только выслушивать его, и делать все, как он хочет.

Но я был другим. Я часто спорил с ним. Я мог быть рядом с ним, потому что я учился лучше него. Особенно хорошо я знал литературу - его любимый предмет. Но до сих пор точно не знаю, что заставляет меня быть с ним рядом так долго. Но в то время для меня это не было важным вопросом. Я был почти в экстазе, что вырвался из домашнего ада. Меня сильно задевало, то что мама торговала спиртным. Она ни словом не упрекнула никчемного мужа-пьяницу, который был ростом намного ниже ее. Несчастная крупная женщина, которая все воспринимала как есть, выбравшая себе такую горестную жизнь. Эта женщина была моей матерью. Самое непонятное для меня это то, что такая мать стала торговать спиртным. И вправду трудно было понять. И до сих это остается загадкой. А теперь стало понятно? (пауза). Получается так. Надо было как-то выживать и поэтому надо было чем-то заняться. Ничего не поделаешь, если человек учился только воровать. Это так. Не могу утверждать, но ходили слухи, что девушкой она посещала дома, где торговали спиртным. Я узнал все, когда был на свадьбе старшего брата. Может это только слухи? Нет, похоже, все было так. В моей голове вырисовывался примерный сценарий. Чернорабочий и женщина из водочного дома поженились и отец узнал правду лишь через некоторое время. В результате ему пришлось сомневаться в том действительно ли его сын от него. Тот сын был моим старшим братом. Я-то второй сын. Что родился от них - в этом сомнения нет. А вообще-то кто знает, может и не так. Это я так сам себе думаю. В общем, не нравятся те люди, которые не могут выйти из таких сложных ситуаций (в это время слышится стук двери и голос хозяина дома: «Ты дома студент Дин Сек?»). Наконец-то попал (открыв дверь, вышел, потом вновь заходит). Говорит, я хозяин дома. Надо оплатить счета за свет, воду, вывоз мусора и все прочее... Ответил, что попозже заплачу. У меня же нет ни гроша. С Ден Хо встретился неделю назад. Поэтому у меня карман был пуст. Да, он на самом деле снабжал меня деньгами. В его доме я закончил высшую школу, и когда учились в институте, за учебу платил он. Конечно, за это все доклады я писал за него. Со временем, к моему удивлению, у меня появилась чувство враждебности к нему. Но не было особой причины так к нему относиться. Все из-за его выражения лица. Из-за самодовольного выражения лица. Такое выражение лица появляется обычно, когда у человека нет ни горя, ни беды. Так я подумал. Но я ошибся в своем предположении, близком к утверждению. Его отец не жил отдельно из-за своего бизнеса. Когда я стал жить отдельно, его родители разошлись. Тогда самодовольное выражение лица выходит от того, что он экономически независим? Или же родители его после развода каждый отдельно стали жить хорошо? Мне кажется, он давно держал этот ответ при себе. Из-за развода родителей вопреки его воле, сам он стал несчастным. И поэтому, чтобы стать счастливым готов был пойти на любую работу. В дальнейшем предположим: от встреч никуда не денешься, но расставание возможно лишь по своему решению. Без своего личного разрешения никто не сможет расставаться с тобой. Это теория. Сам он был одержим мечтой: своим ключом, находящимся среди людей открывать или закрывать по своему усмотрению. А тогда я подумал, что это лишь его мечта. Но она уже находилась близко к моей действительности (па уза). Когда–то нельзя было преодолеть эту стену. Но где- то находится и окно. Да, есть такое окно. Но дело в том, что окно стало уменьшаться. И окно в моей комнате стало уменьшаться. Теперь боязно смотреть наружу через окно. Правда, стало неуютно. Но когда я был с ней, не знаю почему, но меня переполняло чувство уверенности в себе. А сейчас у меня совсем гнетущее настроение, не то что было тогда.

Затемнение. Затем просветлело. Дин Сек, Ден Хо, Хи Ден и младшие коллеги сидят в комнате.

Хи Ден. Дин Сек, а какое заглавие произведения?

Дин Сек. Стена и окно.

Хи Ден. Стена и окно? Шикарно. А кто написал? Говорили, что ты пишешь пьесы. Случайно не твое произведение?

Дин Сек. Нет. Куда мне до них? Если я напишу хорошее произведение, покажу тебе первой.

Хи Ден. А можно узнать содержание пьесы?

Дин Сек. Сейчас пойдем на репетицию и ты там узнаешь.

(К младшим коллегам) Ну, что готовы? 19-тый номер. Сегодня поведешь себя лучше. Если не так то, ты знаешь. Понятно? (тот опустил голову) Не уверен в себе?

Ден Хо. Я как наставник, покажу ему что и как.

Дин Сек. (грубо) Да?

Ден Хо. Не говорю, что точно так надо. Но вот так можно выразить чувство. Посмотри хорошенько.(Все взоры направлены на Ден Хо. Он слегка кашлянул и) Мой отец был разнорабочим. Выходил ранним утром, а приходил поздно ночью. Приносил лишь несколько сотен вон. И бил нещадно мать. Надо показать с азартом. То что он стал таким, обвинял во всем мать.

Дин Сек. Хватит, хватит! (посмотрев на Хи Ден) Ден Хо, ты неплохо проявил чувство, но в нем совсем отсутствует правдивость. Надо лучше показать младшим коллегам свое мастерство. А то, что это? Нет, ты не подходишь.

Ден Хо. Да? (посмотрев на младших коллег) Тогда ты покажи сам. Ты же режиссер. Тут ты главный. (отходит в сторону).

Дин Сек. Эй, 19-ый номер, посмотри хорошенько. Следи за моим дыханием. Я нахожусь в таком положении.

Сосредоточься и представь себя на месте героя. Начинаю (держит дыхание). Мой отец был разнорабочим. Выходил на работу ранним утром, возвращался поздно ночью с несколькими сотнями вон. И беспощадно лупил мать. С азартом. Обвиняет во всем мать, что он стал таким. Засыпал только после того, как отлупит мать (будто переживая). Так крепко спал, что даже если кто-то прижигал бы его горячим ножом, не почувствовал бы (смеясь). А мать в отместку избивала меня. Не было бы меня, говорит, я бы убежала из дома и нашла бы другого мужика. Все из-за меня... и пошли слезы, сопли... Когда я бы маленьким, то слушал ее равнодушно, а немного повзрослев, что-то изменилось во мне. Отец по-прежнему лупил мать, а мать избивала меня. Подумал: меня не будет и все уладится. Ушел я из дома, стал чистить обувь, тайно продавал билеты, немного воровал, на стройке носил кирпичи. Вот так и жил. И со временем стал понимать и отца и мать. Разве отец стал таким из-за матери? Ничего подобного. Каждый может убежать, если он захочет. Значит сам не хочет .Потому что страшно. На самом деле я до сих

пор жил хуже зверя. Но тем не менее привык к
такой жизни. Поэтому не могу убежать. Человек
грозится : убегу, убегу. Только словами грозится
убежать, но он не может убежать.

Ден Хо.   (хлопая в ладоши) Вот это действительность.
Настоящая правда. Будто ты рассказал про себя.
Отлично (странный смех).

Хи Ден.   (круглыми глазами смотрит то на Дин Сек, то на Дон Хо)

Затемнение. Свет. Снова комната Дин Сек. Как всегда
он один.

Дин Сек.   Если бы я, как другие прогибался перед Ден Хо
и он не помогал мне материально, то наши
отношение закончилось бы. То, что я в отличие
от других друзей был рядом с Ден Хо- есть в
этом причина. Это заноза. Никто не мог легко
засадить занозу Ден Хо. Наверное, это было
ему интересно. Почему я так думаю? (пауза). Об
этом я узнал лишь благодаря Хеппи. Да, надо
рассказать про Хеппи (пауза). С первых дней
Хеппи и я были антиподами. Собачке я явно не
нравился. Да и у меня не было причины любить
ее. Только без всякой причины она ненавидела

меня и это задевало мое самолюбие. Хеппи имела все условия быть счастливой во всем. У нее свой дом, сытно ела, с удовольствием могла на широком дворе погреться под солнечными лучами и получала любовь со стороны хозяев. А я не мог дать ей такую любовь, но всячески старался подружиться с ней.. Но она относилась ко мне враждебно. Она ела, что я давал ей, но не изменила отношение ко мне. Изредка виляла хвостом. А так не проявляла симпатию. А иногда до смерти ненавидела меня и лаяла. Посмотришь на нее, и понимаешь, что она не проявляет такую волю, как при защите своего дома от грабителей. Когда нет хозяев дома, то она никогда не лает. Кто бы ни пришел она не лает. Когда хозяева находятся дома, и приходят к ним знакомые люди, вот тогда она лает во всю. Быстро сечет во всем. Ну конечно, по отношению ко мне она была враждебна. Раньше, когда хозяина не было дома, она была абсолютно равнодушна ко мне. Однажды, чтобы проучить ее, я сделал вид, будто хочу пнуть ее ногой. С тех пор она стала зло лаять на меня. Но когда я даю ей еду, она молчит. Но, как только покончит с едой, она снова лает. Поэтому я отбросил мысль проучить ее. Я понял, что в этом различие в отношениях между мной и Ден Хо. Случилось это неделю назад. В тот день мы втроем: я, Ден Хо и она решили встретиться. Чтобы встретиться с ней, нужна была помощь Ден Хо. Вот тогда-то и случилось. Мы были вдвоем с Ден Хо. Я начал разговор. (Ден Сик и Ден Хо сидят в кофешопе)

Дин Сик. Мне не нравится Хеппи.

Ден Хо. (будто ждал) А почему?

Ден Сек. Бесполезно делать ей хорошо. Даю ей поесть и все. Любовь заканчивается на этом. Почему она так ненавидит меня? Поэтому я решил бросить попытку перевоспитать ее.

Ден Хо. Да, значит она не изменилась.

Дин Сек. Что она и с тобой так вела себя?

Ден Хо. Ну, конечно. Но я не должен был уступать ей. Она не человек, но я приложил много усилий на это. Не сравнить с тобой.

Дин Сек. Ну и добился успеха?

Ден Хо. Конечно.

Дин Сек. За это время, значит, вы подружились.

Ден Хо. Подружились? (смеясь). Нет. То была лишь игра. По моему характеру я не могу остановить начатую игру. Надо было закончить ее. Немало денег потратил на это дело. Никогда не возбуждался, всегда улыбался.... Что человек, что собака - они одинаковы. Ничего не может сделать, если все время относишься с добром. Будет по-моему (п ауза). Но иногда... Правда, редкий случай, когда, как она, огрызается. Несмотря на того, что делаю добро. И вот я подумал: какой же способ решения применить по отношению к Хеппи? Но в конце концов нашел его ведь и не случайно.

Дин Сик.   Способ решения? И какой?

Ден Хо.   Помнишь, что ты сказал, когда ты переехал.(Д ин Сек будто не помнит). Я как раз заходил в дом, только что получив тот нож в подарок. Но собака залаяла на меня. И тогда я вдруг вспомнил про нож. Может быть спьяну, но мне хотелось воткнуть в нее нож. И поднял тот нож (пони зил голос). Но ты знаешь. Увидев нож, собака вдруг поджала хвост. Перепугалась, видимо. Ведь у животных более развит инстинкт самосохранения чем у людей. Посмотрел на это и у меня пропал интерес. И на этом я закончил. Вот тогда то я переехал. Игра, где виден был финал (с меясь). Надо поискать новую игру. На свете много интересных игр. Вся жизнь – игра. Если игра без стимула и простая, то она не интересна. Поэтому я всегда ищу вещь, которая втыкается как заноза. Если все получается просто, по моей прихоти, то какой интерес в этом? А ты как?

Сцена. Свет. И вновь комната Ден Сик.

Дин Сек. Это так. В конечном итоге и Хеппи не была стимулирующей занозой. Лишь я был для Ден Хо большой занозой. Поэтому он не отпускает меня от себя. Конечно, такое его поведение помогало и мне, и я не мог отказаться от этого. Но как подумал еще раз об этом, мне стало нехорошо. Вполне возможно, что в его игру включен и я. Но не было стремления уйти из игры или ее закончить. На самом деле я предполагал, что без моего участия игра у него не получится. Важно было сделать так, чтобы долго не теряя интереса, я мог участвовать в этой игре. Если он не будет играть, это скажется на моем экономическом положении, но одновременно разрушит и наши с ней отношения. Можно ли сохранить остатки гордости, сохраню ли отношения с ней, которые стали мне в тягость. Хотя условия жизни у меня хуже, чем у животных, но я привык к этому. Убежать отсюда или не надо? Вот в чем вопрос. Как поступить? В это время пришла она. Как в былые времена мы втроем пили водку. Уже была глубокая ночь и мы взяли номер в отеле и начали пить. Сколько времени прошло? Она первая опьянела, упала на кровать и заснула. Но мы с Ден Хо продолжали пить. Прервался фильм. Когда мы пришли в себя, мы оказались на автобусной остановке. Не помнили, как мы вышли из отеля. Думали только о том, как попасть домой. Но передо мной стояли только такси. У меня имелся только token и пришлось ждать автобус. С момента ожидания первого утреннего автобуса прошло уже неделя, но до сих пор не могу вспомнить некоторые детали. Почему я вышел из отеля, о чем говорил с Ден Хо не могу вспомнить. Но в тот день, кажется, было что-то. Ни он, ни она не звонят. Потому как в течение недели нет известий от Ден Хо, я что-то сказал важное Ден Хо. Если и сегодня не будет звонка от него, то точно, что Ден Хо прервал или закончил игру со мной. Конечно важен конечный результат. Он никогда ни за что не уйдет от такой игры. Тогда получается, что я ушел сам из этой игры? (смеется) Осталось немного времени. Пройдет неделя. Если через несколько минут не будет звонка от Ден Хо, то считай, игра закончена. Тогда мне придется позвонить маме и попросить деньги на карманные расходы. Это означает, что я ушедший из дома тип, закончил свою игру. Нужно ли так поступать? Нет. Так нельзя. Правда, мне нехорошо.(направил взор на т елевизор. Снова смотрит на стену. Закурил и посмотре л на окно) А окно по-прежнему закрыто. Ничего не видно. Неизвестно, что там происходит за окном. Оно не только закрыто. Нечистое стекло, забрызганное дождевыми каплями не дает посмотреть наружу. Это как телевизор, который не работает без электричества. Окно, которое не дает пообщаться с внешним миром. Хотя если даже открою его, я сидя в этом положении, ничего не увижу кроме неба. Даже если я встану и прилипну к окну, то увижу одну и ту же картину. То что увидел неделю назад. Высотные дома и другие жилища сегодня не исчезнут или изменятся. Лишь только небо каждый день меняется или одинаково не меняется. Каково сейчас небо, каков его цвет. Каково его выражение? Но сидя тут в комнате невозможно точно узнать погоду снаружи. Чувствую телом сырость, может идет дождь? По дребезжанию окна можно предположить, что дует ветер. И только. С неделю назад, я чувствую только телом. Правда тягостно на душе, но желания открыть окно, нет. И до сих пор нет такого желания. Пока. (смотрит на ручные часы). Почти... в последний момент... Кажется игра закончилась. (В это время з вучит звонок телефона). Кажется еще не закончилась игра, затеянная Ден Хо. Тогда и я смогу провести другую игру (берет трубку)

Слева на сцене мать.

Дин Сек.   (напряженным голосом) Это Ден Хо?

Мать.   (пьяным голосом). Дин Сек! Ты до сих пор желаешь, чтобы я развелась с отцом?

Дин Сек.   Зачем звонишь снова? Хватит. Мама, Вы же всегда будете ждать отца?

Мать.   Дин Сек. Возвращайся домой. Давай вместе с твоим братом жить вместе.

Дин Сек.	Не хочу. Больше не говори об этом. Я прерываю разговор.
Мать.	Если... отец. Если не буду жить с отцом, вернешься домой?
Дин Сек.	Ну, хватит. Мама, ты же остаешься в своем мнении об отце. Какой толк? Да, еще у тебя нет такой смелости. Ты никогда не убежишь от отца.
Мать.	(повышается пьяный голос). Нет. Это не так. Это не то, что я не могу убежать.
Дин Сек.	Всегда одни разговоры. Говоришь уйду, уйду. А сама не можешь.
Мать.	Я не то что не могу, а я не хочу. Да и тебе нужен отец (тихим голосом) Нет, был нужен (тихо плачет)
Дин Сек.	Нет, он не нужен.
Мать.	А ты не думаешь об отце? Не думаешь о бедном отце? Мы то можем прожить без отца, но он не может прожить без нас. Ты, что не знаешь об этом? Человек,-почему он называется человеком?.. Теперь все кончено. Твой отец...
Дин Сек.	Хватит. Надо, построить отношения, так, чтобы друг другу были нужны. Но, если разрушается такое отношение, то не понадобится ни семья, ничего. Все разрушается. У меня срочные дела. Больше не звони. Если надо, сам позвоню. Все,

разговор прерываю (закончил разговор, темнеет сц
ена и тут же раздается трель телефона). Сказал же не
звонить.

справа появляется Ден Хо.

Ден Хо. Алло, это ты Дин Сек?

Дин Сек. Ден Хо!

Ден Хо. Я подумал, что ошибся номером.

Дин Сек. Извини! Ничего такого не случилось, просто
надо было так.

Ден Хо. Да, ладно. Я не звонил тебе, ну и ты молчал.
Ты отличаешься от других друзей. Ты похож
на самого Дин Сек. Ты в своем амплуа. Как
поживаешь?

Дин Сек. Как обычно. А ты?

Ден Хо. Благодаря тебе у меня в эти дни много хлопот.
Забот по горло. Аж, кровь из носа пошла. Поэтому
не было времени звонить.

Дин Сек. Что ты говоришь?

Ден Хо. Ну что ты притворяешься? Хи Ден!

Дин Сек. Хи Ден?

Ден Хо. Да ты же сам признался в тот день. Ты сказал: Хи
Ден нравлюсь я и ты вроде потерял интерес к

	ней... Помнишь?
Дин Сек.	(разволновался, но спокойно) А-а... Вот как.
Ден Хо.	Да, ты так и сказал. (подражая голосу друга) До сих пор только и знал получать, а теперь рад потому что есть, что отдать. Она не подходит мне. Считай, что это подарок. Ты же желаешь этого. Вот так ты говорил. Ты вспомнил? Может быть ты был пьян и не помнишь?
Дин Сек.	Нет, я помню. Все помню. Все.
Ден Хо.	А я переживал: что буду делать, если ты не вспомнишь? А Хи Ден чувствует себя немного неловко перед тобой. Она несколько консервативна, несмотря на свою внешность (смеется). Все. Выяснили эту ситуацию. Я позвонил по другому вопросу. Ты, наверное, не заплатил еще за учебу? Ведь остался последний семестр. Надо хорошо закончить его. И на жизнь у тебя, наверное, нет?
Дин Сек.	....
Ден Хо.	Завтра я решу эти вопросы. Не беспокойся об этом, а давай погуляем. Ты живешь реалистичной жизнью и тебе не надо думать о таких вещах. Хи Ден обещала привести сексуальную подружку и тебе будет там не скучно. Встретимся завтра.

Если, что приходи в офис. Выпьем.

Дин Сек. (вяло). Ладно.(После разговора по телефону долго молчит) Я был пьян, но по-видимому это была решимость выйти из его игры. Сейчас все встало на место. Но он еще не закончил свою игру. Нет. Кажется повысил тонус своей игры, поднял ее еще на одну ступень. Коль нелегко уйти от него, и он еще нужен мне, тогда мне придется еще больше простимулировать его, больше чем было раньше. Вот тогда кажется, сохранится наше былое отношение. Если не простимулировать его, как он хочет, то это равносильно тому, что сидеть в взаперти в стенах без единого окна. И закончится вся моя игра. (подходит к закрытому окну). Чем занимается сейчас Хеппи? Может думает о том, как простимулировав меня добыть еду? Если так, то надо делать, как она хочет. Я подумал о том, что Хеппи еще остается объектом моего внимания и представляет для меня интерес. Конечно, такое отношение долго не продлится. Если между собой не делиться ничем, и будет лишь односторонняя подача, то такие отношения заканчиваются. Хеппи лишь часть моей игры. Но в нашей игре с Ден

Хо только он один может завершить игру. Это как моя мать не нажимает кнопку окончания игры и из-за этого я не могу выйти из игры с матерью и отец не отпускает мать. В любой игре есть управленец. Кто-то из двоих становится управленцем, а другому ничего не остается, как остаться участником. Если не хочешь быть односторонним объектом игры, то и я должен играть против партнера. Вот тогда сохранится баланс во взаимоотношениях (хочет открыть окно). Но вот что интересно...Что-то все время меня гнетет. В чем дело?(зазвенел телефон) Алло. Мама? Я же просил не звонить мне.

Старший брат. Дин Сек, это я.

Дин Сек. Брат?

Старший брат. Телефон все время был занят. Мама звонила?

Дин Сек. Да.

Брат. Когда придешь? Сейчас можешь прийти? Если нет срочных дел, приходи сейчас.

Дин Сек. Ты о чем? Зачем я нужен?

Старший брат. Мать не говорила?

Дин Сек. ....

Старший брат. Отец умер. Попал в аварию. Был пьян.... Хотел догнать автобус, выбежал на трассу. Автобус уже тронулся, а он...

Дин Сек.   ....

Старший брат.   Когда придешь? Сейчас можешь? (пауза). Если не можешь, приходи завтра. Сейчас, наверное, автобусы не ходят. Не сможешь, не надо (пауза). Встретимся и поговорим как нам жить всем вместе. Моя жена тоже желает этого. Давай, увидимся завтра. Все.

Дин Сек сидит один.

Дин Сек.   (открыл настежь окно). Утром воздух очень прохладен. (рукой дотронулся до головы) Вон даже голова мигом остыла (руку двигает в сторону левой груди). Дома не так тепло, а тут даже горячо. Хочет заболеть гриппом? И нос и шея... что-то не то. Может быть мысль о Хеппи? Надо ее четко переосмыслить? Это так. Если Хеппи отпустить на свободу, покинет ли она это место? Бросит ли она это привычное место? Тогда станет ли она счастливой? (к зрителям) Не похоже на то. У нее единственный способ стать свободной (в руки берет тот нож). Нет. Это везде так. Одинаково решается. Для того чтобы выйти из этой адской игры надо убрать участника игры. Время испытания уже прошло (пауза). А если я сам являюсь участником игры? Тогда как быть? Если я участник? Да. Могу быть свободным лишь тогда, когда я вырвусь из рук управленца... Не буду поступать как отец и не буду решать вопрос примитивным способом. Лучше я стану самым достойным участником игры.. Вот это будет единственным способом сделать всех счастливыми. Я больше не вернусь в эту комнату (смотрит на нож в своей руке). Никогда не вернусь в эти тесные стены (придает силы рукам). Заканчиваю игру. Сам своими руками (С ножом в руке осторожно открывает дверь и выходит. Затемнение)

Через некоторое время слышится лай Хеппи, звук открывающихся ворот. И голос Дин Сек.

Дин Сек.   (голос). Это ты, Ден Хо? Я иду, ты меня жди. Не уходи никуда. Жди

Снова тишина.
Занавес.

• Ан Хи Чер (1973г.рож.)

1998г. Премия « Новое имя в драматургии».

2001г. Литературная премия « Лучший драматург». (Газеты « Пусан Ильбо» и « Деннам Ильбо».)

2017г. Главный приз за пьесу « Громкий крик отца» на театральном фестивале г. Тэгу и «Золотой приз» на театральном фестивале Республики Корея.

2022г. Приз за лучшее произведение « Друг с которым не встретимся» на 60-ом « К- Театр Авардес».

Сборник произведений: « Незнакомец в раю», « Громкий крик отца»,» Женщина Бон Бо», « Друг с которым не встретимся».

« Стена и окно». Между людьми стоят бесчисленные стены и окна. Нельзя оттородится стеной. Можно ли пообщаться, открыв окно, дверь... Выбор всегда за людьми.

우찌니 카에루 (집에 갈래)

김나영

Na Young Kim (1973년 출생, playwr@hanmail.net)

1998년 〈대역배우〉가 문화일보 신춘문예에 당선되며 작가 생활을 시작했다. 2002년 〈오! 발칙한 앨리스〉로 사단법인 한국극작가협회 신인문학상을 수상하였고 2009년에는 〈밥〉으로 제1회 대전창작희곡공모 우수상을 받았다. 오랜 침묵의 시기를 지나 아르코 창작산실 대본공모에 〈당신은 아들을 모른다〉(2020년)와 〈달팽이여자〉(2022년)가 연이어 선정되는 기쁨을 맛보았으며 2023년에는 첫 희곡집 『당신은 아들을 모른다』를 출간하였다.

〈우찌니 카에루(집에 갈래)〉는 서로의 언어를 이해하지 못하는 전라도 시어머니와 일본인 며느리의 진땀나는 대화를 그린 블랙코미디로, 같은 언어를 사용하면서도 소통이 불가능한 관계를 역설하는 작품이다.

등장인물

어머니 : 60대 중반
상현 : 아들. 30대 중반
요코 : 며느리. 20대 후반
옆사람

• 〈우찌니 카에루〉는 일본어를 태국어로 바꿔 〈짜끌랍반〉이라는 제목
으로 2019년 방콕 한국문화원에서 공연되었다. 어느 나라 언어로 번
역하든 제목과 상황을 바꿔 현지 사정에 맞게 공연할 수 있다.

한복을 입은 어머니, 가방 하나를 꼭 끌어안고 있다. 무당집에서 나 들릴 법한 방울소리, 징소리 들리며 음산한 분위기. 어머니, 아랫배를 문지르며 일어나는데 마침 아들과 며느리 허둥지둥 들어온다. 분위기는 다시 커피숍으로.

상현 짐은 다 부쳤어요. 아! 엄마 옷! 짐 부치기 전에 엄마 옷부터 갈아입혔어야 하는 건데 깜빡했네. (불만스럽게) 입을만한 게 없으면 진작 말씀하지 그러셨어요. 하와이 가면서 한복이 뭐예요, 한복이. 가방 안에 뭐 갈아입을 만한 옷 없어요?

상현이 가방을 열어보려 하자 필사적으로 상현의 손길을 뿌리치는 어머니.

상현 아, 알았어요. 제주도도 아니고 하와이까지 어디 한복 입고 가보세요. 엄마 고집을 누가 꺾어.

어머니, 벌떡 일어난다.

상현 왜요, 엄마? 어디 가시게요?
어머니 거시기 또 와분다.
상현 또요?
어머니 으메… 속창아리가 지랄이여.
상현 요코, 엄마 화장실 좀.

어머니, 됐다는 손짓하고 급히 나간다. 가방 하나를 신주단지처럼 끌어안고.

상현　　가방은 두고-

하는데 이미 쌩하니 나가 버리는 어머니. 상현, 머쓱하다.

상현　　가방 속에 영감님이라도 한 분 모셔왔나? 종일 껴안고 계시네. 엄청 긴장하신 거 같지? 비행기는 처음이라.

요코　　오카상은 요코 싫어합니다.

상현　　말도 안 돼. 이렇게 이쁜 요코를 엄마가 왜 싫어해?

요코　　일본며느리 반대합니다.

상현　　그게 언제적 일이야.

요코　　나이 많아서 미워합니다.

상현　　절대! 절대 아니야. 게다가 요코가 워낙 동안이라 말 안하면 나보다 다섯 살 연상인 거 아무도 몰라. 그리고 지금은 이뻐죽잖아.

요코　　언제 이뻐죽으십니까?

상현　　요코가 엄말 잘 몰라서 그러는데 우리 엄만 저게 되게 이뻐죽는 표정이야. (메뉴판을 펼쳐보며) 요코 뭐 마실래? 엄마 뭐 마실지 물어봤어?

요코　　아! 우치노 오카-상니 아이따이요. (우리 엄마 보고 싶다)

상현　　아니. 이제 우리 엄마가 요코 엄마야. 상현이 엄마가 요코 노 오카상.

요코 (신경질적으로) 요코노 오카-상가 요코노 오카-상요! (요코엄마가 요코엄마예요!)

상현 (요코가 잘 알아듣지 못하면 일본말로 반복하면서) 자꾸 그렇게 생각하면 정을 어떻게 붙여. 소우 오모우또 도우얏떼 나지 무노요. 응? 가뜩이나 말도 잘 안 통하는데. 그러지 말고 우리 착하고 귀여운 요코가 엄마 팔짱도 먼저 끼고, 밥 먹을 때 반찬도 입에 넣어드리면서 딸처럼 굴어봐. 요코까라 사키니 오카상또 우데 쿤다리, 고항다베루도끼 오카즈모 구찌니 이레떼아게나가라 무스메노 요우니 후루맛떼미떼. 우리 엄마 진짜 귀엽다니까.

요코 (고개를 마구 저으며) 오카상 무섭습니다.

상현 뭐야, 요코. 우리엄마 무서운 사람 아냐. 술도 잘 먹고 농담도 잘하고 욕도 얼마나 찰지게 잘하는데.

요코 나니고레 신콘료코-나노니. 잇쇼- 닷따 이찌도끼리노 신콘료코오 슈-토메또 이쿠바아이가 도코니 아루노까요! (이게 뭐예요, 신혼여행인데. 평생 한 번뿐인 신혼여행을 시어머니랑 가는 경우가 어디 있냐구요.)

※알아듣는 관객은 알아듣더라도 일단은 무슨 소린지 모르는 대부분의 관객들. 일단 넘어가도 좋다.

상현 진짜 죽을죄를 졌다.

요코 빠가!

상현 걱정 마. 내가 책임지고 재밌게 해줄게.

요코 빠가! 빠가!

상현 알았어. 차라리 화 풀릴 때까지 막 때려.

요코, 상현의 뒤통수를 퍽 때린다. 무방비상태로 맞고 당황하는
상현.

상현   야! 그렇다고 서방님 머리를 때리냐? 한국에선 남편 때리
          면 소박맞아, 소박. 소보꾸 알지?

요코   와까라나이! (몰라!)

상현   (요코 팔을 붙잡으며) 귀엽고 착한 요코가 이해해주세요. 우
          리 엄마 나 키우면서 진짜 고생하셨단 말이야. 이렇게라도
          효도하고 싶은 불효자의 마음을 마누라인 요코가 아니면
          누가 이해해주겠어?

요코   *강꼬끄고 무즈까시이! 니혼고니시떼!* (한국말 어려워! 일본말
          로 해!)

상현   안 돼. 어려워도 연습해. 엄마 계신 데서 자꾸 일본말 쓰는
          거 예의 아니라고 했지. 시어머니 흉보는 거 같고 얼마나
          기분 나쁘겠어.

요코   *우치노 오카상니 요쿠시나이또 고로스죠!* (우리 엄마한테 잘
          못하면 죽는다!)

상현   걱정 마. 장모님한테도 아들처럼 잘할 테니까. 진짜. 약속.
          (손가락 건다)

요코   엄마한테 전화했습니까?

상현   전화? 아, 맞다. 로밍! 로밍 안 했다. 휴대폰 빨리 줘봐.

요코   요코는 됐습니다.

상현   로밍 안 해?

요코   안 합니다.

상현　삐쳤구나. 어떻게 요코는 삐쳐도 이렇게 귀엽냐? 얼른 주세요. 로밍해올게요, 누나.

상현의 애교에 마지못해 휴대폰을 꺼내 건네는 요코. 상현, 요코의 볼을 마구 꼬집는다.

요코　아잇따, 이타이요! (아얏! 아프잖아요.)
상현　귀여워 미치겠다. 빨리 갔다 올 테니까 엄마랑 커피 한 잔 하면서 정답게 얘기 나누고 있어. 팔짱 끼고. 알았지?

상현, 요코의 볼에 입 맞추고 서둘러 나가버린다. 울상이 되어 앉아있는 요코. 신경질을 꾹 참으며 메뉴판을 들여다본다. 어머니가 들어온다. 벌떡 일어서는 요코.

요코　어머니!
어머니　앙거.
요코　예?
어머니　(손짓하며) 앙그라고. 앙거.

요코, 눈치로 알아듣고 의자에 다시 앉는다.

어머니　느 냄편은?
요코　예?
어머니　울 아그. 박상현.

요코	아, 상현 씨. 로밍하러 갔습니다.
어머니	뭐시라고?
요코	모바일폰 로밍.
어머니	시방 뭐라고 씨부리쌓냐?
요코	모바일폰 로밍.
어머니	아따 개리켜라. 전화잔 너봐라. 느 말은 항개도 못 알아듣 겠응개.
요코	아… 예…. (해놓고 그냥 있다. 못 알아들은 것이 분명하다)
어머니	니 냄편 말여. (전화하는 제스처) 전화. 박상현헌티다 전화 느 랑개?
요코	예. 상현씨는 모바일폰 로밍.
어머니	오메 답답항그.
요코	(전화 받는 제스처하며) 모바일폰 로밍.
어머니	나가 직접 허라고? 그라믄 전화 인줘. (못 알아듣자) 느 전화 나 주라고.
요코	아! 상현 씨한테 있습니다.
어머니	상현이 전화 말고 아그 전화. 요코 전화.
요코	요코 전화 상현 씨한테 있습니다.
어머니	상현이가 아그 느 전화를 뭐땀시 가꼬있냐. (한숨) 돼야따. 지둘리믄 오겄재. 오겄재….

요코, 애써 웃으며 상현이 시킨 대로 어머니 팔짱을 껴본다. 어 색하다.

어머니   오메 쌩뚱허니 왜 그냐? 더워서 져드랑이에 땀난다.

요코   (혼잣말처럼) 도우시떼 큐-니 메오 무쿤데스까. 고와-이. (왜 갑자기 눈을 부릅뜨고 그러세요. 무섭게.)

어머니   시방 시엄씨 욕했냐?

요코   (못 알아듣고 웃으며) 예. 어머니 '전라'말 잘 모릅니다.

어머니   그려. 나도 니가 뭐라고 따대기는지 '졸라' 앙끗도 모르겄다.

요코   (불현듯 생각난 것처럼 메뉴판을 보이며) 어머니, 커피? 커피 먹습니까?

어머니   시방 벤소 댕게가는 거 안 뵈냐? 찔끔찔끔 쌍개 거시기혀 죽겄는디. 코피 묵고잡으면 아그 너나 묵어.

어머니의 말이 거의 외국어로 들리는 요코. 메뉴판을 앞에 놓으며 손으로 찍으라고 시늉.

요코   커피 싫습니까? 이거? 녹차?

어머니   코피는 거시기허고 녹차는 덜 거시기하간?

요코, 도통 못 알아듣는다. 옆사람을 적극적으로 힐끔거리는 어머니. 갑자기 말이 급해진다.

어머니   아야, 니 묵고자프믄 묵어라. 나닌 꼭 막힌 씨엄씨가 아닝개. 나가 거시기형개 메누리도 거시기허라는 주으는 아니라고. 알아 듣겄재?

요코   (못 알아듣고) 아….

어머니　오메 뜨광거니 죽겄네. 묵으라고, 코피. 너 묵어.

요코　(드디어 알아듣고) 예. 커피 먹겠습니다.

어머니　잉, 인자 알아들은 모양이구면. 그나 지름을 허벌러게 때 부는가. (목 언저리의 땀을 닦으며) 아야, 아그 느난 시방 안 덥냐?

요코　어머니 덥습니까? 시원한 거? 아이스커피?

어머니　코피 참말 좋아하는갑네. 싸목싸목 묵어라. 나는 거시기형 개. (땀 닦으며 부러 옆사람에게) 비양기도 안탄디 하와이에 와 붔는 모양인갑소잉. 한복땀시 그라는가. 싸게 가서 요놈부터 벗어부러야재. (요코에게) 안 그냐? 하와이 가믄 팬졌재?

요코　아! 하와이안판치! 알겠습니다, 어머니.

요코, 잘못 알아듣고 주문하러 간다. 그 사이 옆사람에게 슬쩍 다가가 주머니에서 꺼낸 쪽지를 내미는 어머니.

어머니　(조용히) 얘말이요!

옆사람　저요?

어머니　잉. 나가 시방 쩌그 하와이를 간디, 하와이.

옆사람　예.

어머니　이 번호가 겁나게 중한 번호여. 이 번호로 전화를 헐라믄 하와이서는 이거만 거시기허면 안 될 거인디, 우쩍케 하는 지 아요?

옆사람　앞에 국가번호를 누르셔야죠.

어머니　(목소리를 더 낮춰) 만약 거시기허믄 이 번호로 거시기해야

써요. 긍개 앞이 뭐슬 눌러야 헌지 싸게 써주시요이.

옆사람　그러니까 대한민국 국가번호가…. (하며 며느리쪽을 쳐다본다)

어머니　쉿! 싸게 싸게.

옆사람　예. 싸게. (적는다)

어머니　시골서도 들을 건 다 듣소잉. 거시기 먼디루 델꼬가서 거시기해부는 것이 유행이람서라 절디루 따라나서지 말란디… (한숨) 자석 소원이라니께 거시기헐 수도 없고….

옆사람　(쪽지를 건네며) 이렇게 누르시면 될 거예요. 아마.

어머니　아마? 아마?? 오메 천불이여! 목심이 거시기헌 마당에 '아마'가 웬말이당가.

옆사람　그럼 전 잘… 며느님한테 물어보시지요.

어머니　애터져 죽겄구만 시방 불지르요? 이거슨 참말 시퍼볼 일이 아녀.

하다가 요코가 돌아보자 허둥지둥 쪽지를 감추며 자리로 가서 앉는 어머니. 요코, 애써 밝은 표정을 지으며 커피와 하와이안펀치를 들고 자리로 돌아온다.

어머니　(입을 쩍 벌리며) 두 잔씩이나 묵고잡아서 거시기혔냐? 아그 너는 오줌통도 솔찬헌가부다.

요코　(펀치를 어머니 앞에 놓으며) 어머니. 시원한 하와이안펀치.

어머니　시방 나 묵으라고?

요코　예. 어머니. 하와이안펀치. (해맑게 웃는다)

어머니　아그 느가 두 잔 묵을라는 게 아니고?

요코	어머니 덥습니다. 시원한 하와이안펀치.
어머니	아… 나가 더울깨비서.

요코, 상현이 시킨 대로 어머니에게 빨대를 마구 물린다. 마지못
해 한 모금 마시는 어머니.

어머니	(이가 시려 죽겠다는 표정) 잉. 씨언허네. 씨언허다. 으메 이빨 시려븐거.
요코	어머니 시원합니다.
어머니	아그 느도 묵어라. 코피. 우리 메눌아그 겁나게 좋아허는 코피.
요코	이제 안 덥습니까?
어머니	그려. 씨언허다잉.
요코	어머니 시원합니다.
어머니	근디 시방 너가 더우냐? 어째 낯바때기가 뽈그잡잡혀.
요코	다행입니다.
어머니	잉? 뭐시 맬갑시 다행이냐?
요코	(나오려는 한숨을 간신히 주워삼키며) ….
어머니	쯧쯧… 짠헌거. 그려. 아그 느도 을매나 에로울 것이여. 한 국도 에로울 것이고 한국말도 에로울 것이고 이 시엄씨도 겁나게 에로울 것이고. 나가 느들 사이에 무담시 갱생이껴 가지고. (갑자기 울화통) 이 우라질노무 자석은 어디로 내빼 븐 것이여!

공항안내방송. 귀 기울여 듣는 며느리. 시계를 본다. 각자 혼잣
말처럼 푸념하기 시작한다.

요코 상현씨 늦습니다.

어머니 지둘리면 오겄재. 설마형개 비양기 뜬담시 오겄냐.

요코 모바일폰 로밍 오래 걸립니다.

어머니 하와이는 섬이란디… 나가 물을 겁나게 갈아묵는디… 섬
물은 묵었다허면 쫙쫙 싸부는 걸 그 자석도 아는디… (도리
질하며) 아니겄재. 아닐 것이여. 우쯔케 키운 새낀디.

요코 상현상와 마마보이데쓰. 니혼니모 마마보이와 닥상이루노
니 강꼬끄니마데 킷떼 마마보이또 겟콘스루또와 오모이모
시나깟딴데스. (상현씨는 마마보이예요. 일본에도 마마보이 많은
데 한국까지 와서 마마보이랑 결혼할 줄 몰랐어요.)

* 관객에게는 세 번에 거쳐 '마마보이'라는 단어만 정확하게 들린다.

어머니 (소매 끝을 말아 눈물을 찍으며) 아녀. 울 아그 법 없이도 살 착
헌 놈잉개. 옘병! 미친년들 지랄허는 소리를 듣고 시방 뭔
상상을 허는겨.

요코 *강꼬끄*노 단세이와 민나 욘사마야 현빈, 공유노 요우나 히
토다로우또 오모이마시따. 치가이마스네. (한국남자들은 다
욘사마나 현빈, 공유 같은 줄 알았죠. 아니더라구요.)
※관객에게는 배우들 이름만 정확하게 들린다.

어머니 너덜 사는디 성가시게 할 것은 앙끗도 없이야. 같이 살자
소리도 안 헐 것이고 벽에 똥칠할 때꺼정 살지도 않을 것
잉개. 시골서 없는 거 맹키로 조용히 살것잉개. 너덜헌티

거시기 안허고 참말 없는 거 맹키로…

요코 잇쇼 이찌도끼리노 허니문나노니. 슈-토메도 이쿠또와 소
죠모 데끼나깠딴데스요. (평생 한 번뿐인 허니문인데. 시어머니
랑 허니문을 같이 가게 될 줄은 정말 상상도 못 했거든요) 강꼬끄
니 오요메니이꾸또 와루이 슈-토메니 이지메라레룻떼, 도
모다찌까라 토메라레따도끼 야메레바요꺘다. (친구들이 한국
으로 시집가면 못된 시어머니한테 이지매당한다고 말릴 때 그만둘
걸) 니혼데모 민나 싯떼마스. 강고끄노 도라마미루또 고부
갈등가 닥상 데마쓰노요. (일본에서도 다 알아요. 한국드라마 보
면 고부갈등 많이 나오거든요)
*※관객에게는 '허니문'과 '이지매', '강꼬끄노 드라마', '고부갈등'
이라는 단어가 정확하게 들린다.*

어머니 잉. 너도 들은 게 있응게 고부갈등이 무섭겄지.

요코 (깜짝 놀라 의심스럽게) 일본말 아십니까?

어머니 신랑이랑 오붓허니 '허니문'도 못 가게 험서 메누리를 '이
지매'시키는 시엄씨가 '드라마'에 겁나게 나와붕개 '고부갈
등'이 걱정된다, 시방 그 말 아녀?

요코, 경악한다. 처음 장면처럼 방울소리, 징소리 들리며 으스
스한 분위기. 상현이 헐레벌떡 들어오면 분위기는 다시 커피숍
으로.

상현 요코! 엄마!

요코 도우시떼 이와나깠다노. 오카상 니혼고 와까리마스요네.

(왜 얘기 안 했어요. 어머니 일본말 할 줄 아시잖아요.)

상현 무슨 소리야? 엄마가 일본말을 어떻게 알아? 엄마, 일본말 할 줄 알아요?

어머니 시방 뭔 소리냐? 아그가 한국말로 잘 허등만. 허벌나게 잘 하등만.

상현 우리 엄마가 이렇게 유머러스하다니까.

요코 (울상이 되어) 요코 화장실 다녀오겠습니다.

상현 안 돼. 탑승시간 다 됐어. 요코 휴대폰까지 내가 들고 있으니까 전화를 할 수가 있어야지. 정신없이 뛰었네. 빨리 가자. 가요, 엄마.

요코 (고집스럽게) 화장실 가겠습니다.

상현 참아봐. 평생 한 번뿐인 신혼여행인데 비행기 놓치면 큰일 나잖아. 그치 엄마?

요코, 갑자기 울기 시작한다.

상현 왜 울어, 요코? 엄마가 요코 괴롭혔어요?

어머니 오메! 나가 기헌 메누님을 뭐땀시 괴롭히겄냐?

상현 홋또시떼 오싯꼬시따노? (혹시 오줌 쌌니?)

요코 (버럭) 오줌 안 쌌다, 씨발!

일순 정적. 요코, 다시 운다.

상현 미치겠네. 비행기 타야하는데. (시계 본다) 일단 가자, 요코.

비행기에서 얘기해. 응?

상현, 어머니가 신주단지처럼 껴안고 있는 가방을 들어주려고
한다. 갑자기 필사적으로 가방을 껴안는 어머니.

어머니　어쩌야쓰까이! 이것을 어쩌야쓰까이!

상현　가방에 도대체 뭐가 들었는데 그래요, 엄마.

어머니　넘들은 몰러도 너만은 알 것이여! 얼매나 거시기험서 너를
　　　　키웠는지.

상현　알죠. 근데 그게 가방이랑 무슨 상관인데요?

요코　모우 다이나시다요. 잇쇼 이찌도끼리노 신콘료코오 젠부
　　　　다이나시니시따! (다 망쳤어. 평생 한 번뿐인 신혼여행을 다 망쳐
　　　　버렸다구.)

상현　아직 출발도 안 했는데 망치긴 뭘 망쳐?

어머니　(비장하게) 느덜이나 가라. 나는 하와이 안 갈랑개.

상현　(요코 달래다가 놀라) 예?

어머니　나난 살아도 여그서 살고 죽어도 여그서 죽을랑개.

상현　4박 5일밖에 안 돼요.

어머니　나가 모를 중 아냐? 너들이 엄니 고려장헐라고 저그 하와
　　　　이로 데불고 가는 거 아녀?

상현　예?

어머니　(갑자기) 대~한민국! (짝짝짝 짝짝) (오열하듯) 대한민국!

상현　엄마!! 정말 왜 이래요?

상현, 어머니의 품에서 가방을 잡아채 안을 확인하려다 떨어뜨린다. 쏟아지는 내용물들. 갖가지 통조림과 포장 육포 등등.

상현 뭐예요 이게 다? 비상식량이에요? (통장을 집어든다) 고려장 당하면 하와이에서 돈 찾아 쓰시게요? 엄마~~~!

요코 우찌니 카에루! 니혼노 우찌. 와타시노쿠니. (집에 갈래! 일본 집. 우리나라.)

상현 요코, 뚝! 이제 대한민국이 요코 나라야. 일본은 남의 나라, 일본 집은 남의 집. 일본에 계신 엄마는 친정엄마, 여기 우리 엄마가 요코 엄마. 알겠어?

요코 (큰소리로 울며) 우찌니 카에라세뗴요. 신콘료코모 나니모 우찌니 카에마스. (집에 보내줘요. 신혼여행이고 뭐고 집에 갈래요)

어머니 (아무거나 붙잡고 버티며) 나는 싫다. 나는 죽어도 대한민국에서 죽을랑개! (처절하게) 대~한민국!

상현 (짜증 폭발) 그만!!!

징소리. 모두 아들을 쳐다본다.

상현 1인당 156만 원씩 세 명이면 468만 원, 환불도 안 되는데 고스란히 날릴 거예요? (요코에게 일본말로) 히토리아타리 햐끄 고쥬- 로끄만원즈쯔, 산닌데 욘햐끄 로끄쥬 하찌만원, 하라이모도시모 데끼나이노니 젠부 토바슨데스?

5초간의 정적. 요코와 어머니, 울음을 뚝 그치더니 별안간 벌떡 일어난다.

요코   어머니, 가방 요코가 들겠습니다.

어머니   (가방을 척 주며) 아야, 멫시 비양기라고?

요코   여덟시 십분입니다.

어머니   서둘러야 쓰겄구먼. (상현에게) 머하냐? 비양기 안 늦냐? (나가며 정답게) 우리 아그 욕은 언제 배았냐?

요코   한국사람 욕 잘합니다. 매일 합니다.

어머니   잉. 근디 다시 배아야 쓰겄다. 전라도욕은 그라고 맛대가리 읎이 허는 것이 아녀. 잘 들어봐라이. 사추릴 쥐발려서 석 달 열흘을 그물에다 쩌릴 년. 흙바닥에 쌔를 박고 꺼꾸러져 뒈질 놈. 째진 밑구녕마저 찢어놀 년. 즈 에미 붙어먹고 방울재까지 팔아먹은 호로 잡놈의 새끼. 함 따라해볼텨?

요코   (또박또박) 호로 잡놈의 (상현을 째려보며) 새끼!

어머니도 상현을 째려본다. 징소리, 방울소리 울리고.

끝.

Вернусь домой

«Вернусь домой». Данная пьеса была на японском языке. Она была переведена на тайский язык под названием «Тякыл рабпан» и в 2019году была поставлена в Бангкоке в корейском культурном центре. Эту пьесу можно перевести на любой язык мира и, изменив заглавие и происходящую обстановку, можно поставить на сцене.

Автор Ким На Ен

Перевод на русский язык Цой Ен Гын

Действущие лица:

Мать: около 65 лет.

Сан Хен: сын около 35лет.

Ёко: сноха за 35лет

Посторонний человек.

Мать одета в традиционную корейскую национальную одежду ханбок. Крепко обняв сумку сидит. Слышны странные звуки, раздающиеся обычно в домах гадалок. Мать, поглаживая руками живот, встает. Заходят сын со снохой. Обстановка в кофешопе.

Сан Хен. Вещи мы отправили. Да! Мамина одежда! Надо было перед тем как отправить груз, переодеть Вас, мама. А я забыл об этом (недоволен). Если нет подходящей одежды, то надо было заранее сказать об этом. Как можно ехать на Гавайи в корейской национальной одежде. У вас в сумке нет подходящей одежды?

Сан Хен попытался открыть мамину сумку, но мать отбрасывает его руки.

Сан Хен. А-а понятно. Это вам не остров Чеджу, а Гавайи. Как можно ехать туда, надев ханбок?! Ну и капризы у вас. Кто только осилит их.

Мать сердито встает.

Сан Хен. Что с вами? Куда вы собрались?
Мать. Опять то самое.
Сан Хен. Опять?.
Мать. Ыме…Чертов желудок
Сан Хен. Ёко, проводи маму в туалет.

Но мать, махнув рукой спешно выходит. Но свою сумку крепко прижала к груди.

Сан Хен. Сумку то оставьте.

Мать не слушает его и стремительно бежит. Сан Хен растерян.

Сан Хен. Что там в сумке? Спрятала там какого-нибудь старичка? Целый день сидит в обнимку с ней. Вообще-то она чрезмерно напряжена. Ведь впервые летит на самолете.

Ёко. Окасан (мать) не любит Ёко.

Сан Хен. Не говори так. Как мать может не любить такую красивую Ёко?

Ёко. Она против японской снохи.

Сан Хен. Дело прошлое.

Ёко. Не любит из-за того, что мне много лет.

Сан Хен. Нет. Ни в коем случае. Ты так юно выглядишь, что если не сказать, что ты старше меня на 5 лет, никто не узнает об этом. Теперь она очень любит тебя.

Ёко. Это с каких пор?

Сан Хен. Ёко, ты не знаешь мою мать. Это она так

выражает свою любовь. (изучает меню). Ёко, что ты будешь пить? Ты не спросила, что мама будет пить?

Ёко. А-а! (по –японский) Как я хочу увидеть свою маму.

Сан Хен. Нет. Теперь моя мать - твоя мать.

Ёко. (нервно) Нет, мама Ёко – это моя мама.

Сан Хен. (смешивая корейский и японский языки) Если будешь так думать, то как вы сможете сблизиться?! Тем более, из-за различия языка вы иногда не понимаете друг друга. А давай-ка по- другому. Наша милая добрая Ёко первая возьмет под руки маму, во время еды положит ей в рот закуску. И веди себя как дочь. Наша мама на самом деле милое существо.

Ёко. (мотает головой). Я боюсь окасан.

Сан Хен. Что ты говоришь? Не бойся мою мать. Она хорошо пьет, хорошо шутит, а как хорошо ругается?!

Ёко. Ну, что такое? Ведь мы собираемся в свадебное путешествие. Такой случай выпадает один раз в жизни, а ты берешь туда свекровь. Где видано такое?

Сан Хен. Да, на самом деле я очень виноват.

Ёко. Пага (Дурень)

Сан Хен. Ты не беспокойся. Я сделаю все, чтобы было интересно.

Ёко. Пага! Пага!

Сан Хен. Ну, понял. Ты лучше побей меня, если так сердита. Может отпустит тебя.

Ёко на самом деле сильно бьет мужа по затылку.

Сан Хен. Эй, из-за этого ты бьешь мужа по затылку? В Корее не принято так бить мужа. За это крепко наказывают. Знаешь собоку (по японски)?

Ёко. Вакаранаи. (Не знаю)

Сан Хен. (взяв за руку жену) Ты должна меня понять, дорогая, милая Ёко. Моя мама настрадалась, воспитывая меня. Кто же поймет душу непутевого сына, который хочет сейчас отблагодарить свою мать? Лишь только ты - моя жена.

Ёко. (по-японски) Мне трудно понять корейский язык. Говори по-японски.

Сан Хен. Нельзя. Хоть и трудно, но учи корейский язык. Я же предупредил тебя, что говорить при матери по-японски - это выходит за рамки приличия. Как будто ты смеешься над свекровью. Представь себе, как ей плохо.

Ёко. (по-японски) Если кто–то провинится перед моей мамой, тот умрет.

Сан Хен. Ты не беспокойся. С твоей матерью я буду вести себя хорошо, как родной сын. Честно. Обещаю. (ск репляет пальцем)

Ёко. А ты позвонил матери?

Сан Хен. Телефон? А. точно. Роуминг! Нет, по роумингу нет. Быстренько дай сюда смартфон.

Ёко. А у Ёко получилось.

Сан Хен. Не по роумингу?

Ёко. Я не пользуюсь им.

Сан Хен. Обиделась. Хоть ты и обижаешься, но ты как всегда мила. Давай сюда быстренько. Сделаю все по роумингу, сестрица.

Ёко поддается ласкам мужа и отдает ему смартфон. Он ущипнул щечку жены.

Ёко. (по-японски) Ой, больно же.

Сан Хен. Ну, как же ты мила! С ума сойти. Я быстренько сбегаю, а ты за это время вместе с мамой попейте кофейку, ведите задушевную беседу и обними ее. Поняла?

Сан Хен целует ее в щечку и спешно выбегает. Ёко
сидит, чуть не плача. Нервничает, рассматривает меню.
Заходит мать. Ёко быстренько встает.

Ёко. Мама!

Мать. Сядь.

Ёко. Что?

Мать. (Размахивая руками) Садись. Сядь.

Ёко. поняла ее и садится.

Мать. А где твой муж?

Ёко. Что?

Мать. Мой сын. Пак Сан Хен.

Ёко. А..._а господин Сан Хен. Пошел делать роуминг.

Мать. Что-что?

Ёко. Мобаилфон роминг.

Мать. Чего ты там лопочешь?

Ёко. Мобаилфон роминг.

Мать. Еще раз скажи что там. Что—то про телефон.
Ничего не пойму, о чем ты говоришь.

Ёко. А...Да...(не знает что делать. Тоже не понимает ее)

Мать. Твой муж... (жест, будто говорит по телефону) Телефон.
Позвони Пак Сан Хену.

Ёко. Да. Сан Хен мобаилфон роминг.

Мать. Ну и ну. Тоска одна.

Ёко.	(Жест- будто говорит по телефону). Мобаилфон роминг.
Мать.	Хочешь, чтобы я позвонила? Тогда дай сюда телефон. (та не понимает). Дай мне твой телефон.
Ёко.	А-а! Он у Сан Хен.
Мать.	Не его телефон, а твой. Телефон Ёко.
Ёко.	Мой телефон находится у него.
Мать.	А почему твой телефон находится у него? (глубок ий вздох). Ну, ладно. Подождем его. Он же должен прийти...

Ёко насилу улыбается и как посоветовал муж, берет под руку свекровь.

Мать.	Эй. Что это с тобой? И так мне жарко. Подмышкой потно.
Ёко.	(будто сама с собой разговаривает) А чего это вы вытаращили глаза. Аж мне страшно.
Мать.	Ты сейчас обругала меня?
Ёко.	(не поняв ничего смеется) Да, Я плохо понимаю наречия провинции Делла.
Мать.	И я также не понимаю ни черта о чем ты говоришь.
Ёко.	(будто вспомнив чего-то). Мама, кофе? Будете пить кофе?

Мать.   Не видела, как я сейчас бегала в уборную? Чуть не умерла от расстройства. Если ты хочешь пить кофе, пей сама.

Для Ёко все слова свекрови звучат как иностранный язык. Она взяла меню и пальцем тыкает··· для свекрови.

Ёко.   Не хотите кофе? А вот это. Зеленый чай?

Мать.   Ну, кофе понятно. Думаешь, от зеленого чая полегчает?

Ёко опять не понимает о чем говорит свекровь. Мать заметила постороннего человека и пытается втянуть его в разговор.

Мать.   Деточка, если ты хочешь кофе, то пей. Если свекровь не пьет, то это не значит, что сноха не должна пить. Ты поняла?

Ёко.   (не понимает) А...

Мать.   Ох, от жары можно умереть. Пей кофе. Ты пей.

Ёко.   (наконец-то поняла). Да, я выпью кофе.

Мать.   Только сейчас поняла. Ох, что за жара (вытирает по т с шеи). Деточка, а тебе не жарко?

Ёко.   Мама, вам жарко? Может быть чего-то

прохладненького? Охлажденный кофе?

Мать. Видать, ты очень любишь кофе. Пей на здоровье. Я то...(Вытирает пот и обращается к постороннему человеку) Никогда не летала на самолете и вдруг на-те в Гавайю. Из-за ханбок что ли? Быстрее надо прилететь туда и снять эту одежду. (к Ёко). Не так ли?. Прилетим в Гавайя и тогда будет все нормально?

Ёко. А! Гавайанпанчи! Поняла, мама.

Ёко не поняла свекровь и спешит заказывать. В это время мать вытаскивает клочок бумаги и подходит к постороннему человеку.

Мать. (тихо). Послушайте!

Посторонний. Вы мне?

Мать. Да. Я сейчас лечу в Гавайя. Гавайя.

Посторонний. Да.

Мать. Вот этот номер очень важный номер. Чтобы позвонить из Гавайя, достаточно использовать этот номер? Вы знаете, как надо звонить?

Посторонний. Перед номером надо набрать код страны.

Мать. (еще тише) Если я нажала этот номер то, что там... Что там надо нажать вначале. Напишите пожалуйста.

Посторонний. Ну, код страны Республики Корея...(смотрит на сноху).

Мать. Тише!

Посторонний. Вот...(пишет)

Мать. Мы в деревушке тоже всё слышим то, что надо. Везет меня в такую даль. Это вроде как мода. Но люди не советуют .Но что поделаешь, желание сына... Не откажешь ведь.

Посторонний. (подает клочок бумаги) Все получится, если будете звонить так. Наверное.

Мать. Наверное? Как это так. Дело важное. Касается жизни и смерти.

Посторонний. Ну, все. Я... Спросите у снохи.

Мать. Что делать? Все горит у меня тут внутри. Нельзя к этому делу относиться легкомысленно.

Увидев, что заходит Ёко, мать прячет клочок бумаги и садится на свое место. Ёко, сделав хорошую мину, подходит, держа в руках кофе и Гавайанпанчи.

Мать. (раскрыв рот) Ничего себе. Выпила две чашки и ничего? У тебя, наверное, обширный мочевой пузырь?

Ёко.	(кладет перед матерью бокал) Мама, вот прохладное гавайанпончи
Мать.	Хочешь, чтобы я сейчас скушала?
Ёко.	Да, мама. Гавайанпончи (Весело смеется)
Мать.	Это ты не для себя заказала вторую чашку?
Ёко.	Мама, ведь жарко. Прохладное гавайанпончи.
Мать.	А... Чтобы мне не было жарко...

Ёко, как учил муж, чуть ли не насильно сует в рот ей соломинку. Мать нехотя сделала два глотка.

Мать.	(Будто от зубной боли). Да, уж прохладно хорошо. Только зубы как будто ноют.
Ёко.	Мама, прохладно ведь.
Мать.	Давай и ты пей. Кофе, который безумно любит наша сноха.
Ёко.	Теперь вам не жарко?
Мать.	Да, стало прохладно и свежо.
Ёко.	Мама, как стало хорошо.
Мать.	А тебе, что жарко? Чего это ты так раскраснелась?
Ёко.	К счастью.
Мать.	Что? Чего это к счастью?
Ёко.	(Едва сдерживая дыхание)...
Мать.	Да...Это так. Понимаю как тебе одиноко тут в

Корее. Корейский язык и несносная свекровь. Да еще я тут некстати оказалась между вами. (чуть не плача). А куда девался наш непутевый сынок? Куда удрал?

Тут звучит голос –объявление аэропорта. Сноха внимательно слушает. Смотрит на часы. Каждый думает о своем. Ёко напряглась. Как в первой сцене слышится звуки колокольчиков, странные звукосочетания. Подбегает запыхавшись Сан Ен и снова обстановка в кофешопе.

Сан Ен.	Ёко! Мама!
Ёко.	Почему ты не сказал, что мама понимает японский язык.
Сан Хен.	О чем ты говоришь? Как мать может знать японский язык? Мама ты знаешь японский язык?
Мать.	Что ты сказал сейчас? Она же хорошо говорит по-корейски. Бегло болтает.
Сан Хен.	Вот так мама иногда юморит.
Ёко.	(чуть не плача) Ёко хочет в туалет.
Сан Хен.	Не получится. Сейчас идет посадка. Я же взял с собой телефон Ёко и поэтому нельзя было

	позвонить. Бежал как сумасшедший. Пошли быстрее. Мама, пойдемте.
Ёко.	Я схожу в туалет.
Сан Хен.	Потерпи. Свадебное путешествие бывает один раз в жизни. Будет беда, если мы опоздаем. Так, мама?

Ёко начинает плакать.

Сан Хен.	Ёко, почему плачешь? Мама обидела Еко?
Мать.	Что ты?! Зачем я буду обижать свою сноху?
Сан Хен.	Случайно ты не описалась?
Ёко.	(сердито) Не описалась. Ссибал!(корейский мат. Ёб⋯)

Все молчат. Ёко вновь плачет.

Сан Хен.	С ума можно сойти. Надо садиться в самолет (с мотрит на часы) Ну, пошли. Ёко, расскажешь все в самолете, хорошо?

Сан Хен хочет взять с собой сумку, с которой мать не расстается, но мать не дает. Она крепко обнимает сумку.

Мать.	Что делать с ней!? Что делать?!
Сан Хен.	Что там у тебя в сумке, мама?
Мать.	Никто не должен знать что в ней. Только ты должен знать. Сколько труда мне стоило, чтобы тебя вырастить.
Сан Хен.	Я знаю. А какое отношение к этому имеет эта сумка?
Ёко.	(по-японски). Все испортили. Все испортили . Свадебное путешествие, которое бывает лишь один раз в жизни.
Сан Хен.	Самолет еще не тронулся с места, а ты говоришь, что все испортили.
Мать.	(недовольно) Езжайте вы одни. Я не поеду в Гавайя.
Сан Хен.	(успокаивая Ёко и..) Что?
Мать.	Я хочу жить тут и умереть хочу тут.
Сан Хен.	Мы едем только на 5 дней и 4ночи.
Мать.	Думаете, что я не знаю ничего? Вы хотите похоронить меня по обычаю Корё и для этого везете в Гавайя.
Сан Хен.	Что?!
Мать.	(вдруг) Республика Корея! (страстно) Республика Корея!
Сан Хен.	Мама! Что с вами?

Сан Хен отобрал от груди ее сумку, чтобы посмотреть что в ней. И роняет ее. Из сумки вываливаются разные консервы, сушеное мясо.

Сан Хен. Что это значит? НЗ продукты? (поднимает сберкниж ку) Если вас оставят умирать, то Вы хотели снять деньги со счетов. Мама.....!

Ёко. (по-японски) Вернусь домой! Японский дом. Наша страна.

Сан Хен. Ёко, теперь Республика Корея - страна Ёко. Япония чужая страна. Дом в Японии - это чужой дом. Мама твоя в Японии - она твоя родная мама. Но тут в Корее моя мама будет твоей мамой. Понятно?

Ёко. (громко плачет и по-японски) Отправь меня домой. Не хочу никакого свадебного путешествия. Вернусь домой.

Мать. (схватив что-то) Я не хочу. Если умру, то умру в Республике Корея! (гордо) Республика Корея!

Сан Хен. (нервно) Прекратите!!!

Звонок. Все смотрят на сына.

Сан Хен. За каждого уплачено по 156 тысяч вон, за троих

468тысяча вон. Деньги не возвратные. Бросить их на ветер? (по-японски к Ёко повторяет сумму). 5-ти секундное молчание. Обе женщины вдруг прервали свой плач и встают.

Ёко. Мама, я возьму сумку.

Мать. (отдавая сумку ей). Деточка, когда вылет самолета?

Ёко. 8часов 10минут.

Мать. Тогда надо поторопиться (к Сан Хен) Ты что? Не опоздаешь на самолет? (уходя, ласково) Наша детка, ты когда научилась так ругаться?

Ёко. Корейцы хорошо ругаются. И притом каждый день.

Мать. Да, но тебе придется заново учиться этому. Ты знаешь, ругань в провинции Делла, она особая. Как бы без начала, без конца. Послушай меня хорошенько. Это про бабу. «Снять с тебя шкуру и вывесить на сетке три месяца и десять дней...» Про мужика. «В грязи будешь валяться и так сдохнуть тебе...» Опять про бабу. «чтоб твою порванную нижнюю дырку еще раз порвать». Про непутевого сынка « Высосал всю кровь материнскую и все распродал, безродная скотина...». Ну, повторяй за мной...

Ёко. (Слово в слово повторяет за свекровью) Безродная

скотина (с ненавистью смотрит на Сан Хен).

Мать тоже смотрит на сына с ненавистью. Звуки звонков, колокольчиков.

Конец.

• **Ким На Ен** (1973г.рожд)

В 1988году впервые опубликовал « Двойной актер» на литературной странице « Вестник культуры».

В 2002году за пьесу « О! Дерзкая Элис» получил премию « Новое имя».

В 2009году получил премию за пьесу « Каша» на конкурсе среди драматургов г. Дэден.

В 2020году выставил на конкурс организованный творческой группой «Арко» пьесу « Вы не знаете сына» и занял призовое место.

В 2022году его пьеса « Женщина-улитка» отмечена специальным призом..

В 2023году выпустил сборник пьес «Вы не знаете сына».

« Вернусь домой»-черная комедия. Из-за различия языков свекровь из провинции Делла и ее японская сноха не понимают друг друга. В ней много юмора и смешных диалогов...

소녀 (girl)

김정숙

Jung Suk Kim (1961년 출생, modl@naver.com)

1996 뮤지컬 대상 1997백상예술대상, 2003 동아연극상 희곡상 2002 한국희곡작가협회 작가상수상.

출품작인 〈소녀〉는 억울한 여자의 이야기다. 소녀는 식민지시대에 조선의 딸로 태어나, 어려서 일본군의 위안부로 끌려가 알지 못하는 타향에서 고향에 돌아오지 못하고 죽었다

작가의 어머니도 6.25 전쟁으로 가족을 잃은 후 재혼하였으나 집안의 명예를 더럽혔다 생각하여 고향에 돌아가지 못하다가 어머니를 알아본 이웃의 제보로 친정식구들이 찾으러 와서야 비로소 고향에 갈 수 있었던 이야기를 보면 정신대 '소녀'들이 겪어야 했던 삶의 고통은 같은 인간으로서 상상하기조차 처참하다

'소녀'가 일본군에 끌려간 이후 그녀들의 몸과 마음은 자신의 의지와 상관없이 갈갈이 찢겨졌으며, 자신들이 짓지 않은 죄를 뒤집어쓰고 죄 없는 죄인으로 살아야 했다.

이런 억울함이 알려지지 못하고 잊혀진다면, 우리는 반드시 다시 억울한 일을 겪게 될 것이다.

등장인물(등장순서)

죽은 소녀(실종 당시 어린소녀)

사내(상주)

남자(사내의 동생)

여인(남자의 아내)

젊은이(남자의 아들로 농아)

야야(동네칠푼이)

마얀(미얀마 여인)

안경청년(미얀마 여인의 통역 자원 봉사자)

동네여인(조문객)

처녀(사내의 딸)

사위(처녀의 예비신랑)

1. 喪家(상가)

조등이 켜진 아래 죽은 소녀(이하 '소녀')가 있다

소녀 옆에는 짚신 3개, 밥그릇 3개, 술잔 3개가 놓여 있다.

조화로 쓰이는 국화 바구니를 지나면 만장이 드리워진 아래에

제상이 놓여 있다.

제상에 놓인 초상화 속의 할머니 얼굴이 낯설다.

상주 석에 술상을 놓고 술을 마시는 사내,

그 건너편에 남자와 젊은이가 상여를 꾸미고 있다.

동네 칠푼이로 늙은 야야가 광대꾸밈으로 얼굴에 분장을 하고

배를 불룩하니 우스꽝스럽게 만들어 '백세인생(트로트곡)'을 부

르며 논다.

야야　(노래한다) 칠십 세에 저 세상에서 날 데리러 오거든.

미얀마 여인과 안경청년 야야의 노래에 맞춰 함께 춤을 춘다.

– 안경청년은 미얀마 여성 마얀의 통역봉사자로서 이후 마얀과

는 영어로 대화하며 사람들과 마얀의 대화를 통역한다.

마얀　(야야에게 사진을 가리키며 영어) 내 어머니 노래 '아리랑'.

안경　(야야에게 통역해 준다) 어머니 노래!

야야　어머니 노래!

마얀　나를 가르쳐 주었다

야야　(마얀을 끌어안고 노래를 불러 버린다) 아리아리랑 쓰리쓰리랑.

마얀	(함께 노래한다) 아리아리랑 쓰리쓰리랑.
여인	(부른다) 야야! 그만 떠들고 이리와!
야야	야! (여인을 쫓아간다)
마얀	(안경청년에게) 우리 장례식이랑 똑같다.
안경	버마도 그런가?
마얀	우리도 슬픔을 위로하는 노래를 함께 부른다.
안경	한국은 이제 도시에서는 잘 안 한다.

2. 弔問客

동네 여인– 조문객이 국화송이를 들고 오자 모두 하던 짓을 멈추고 조문객을 받는다.

국화송이를 제상에 놓고 절을 하는 여인이 상주들과 맞절한다.

조문객	참으로 아이고 이게 뭔 일이래요.
안경	(마얀에게) 이웃사람이다.
사내	사람 사는 게 요지경이여.
안경	(마얀에게) 한국은 장례식에 이웃들이 서로 돕는다.
마얀	버마도 그렇다!
사내	저녁 먹고 가!
조문객	예!

처녀가 상을 들고 와서 조문객에게 놓아 주고 핸드폰 보며 나간다.

조문객	(남자에게 인사한다) 식사하셨어요!
남자	먹었어, 어여 식사해.
조문객	(젊은이에게 밥 먹었냐고 손짓한다) 밥 먹었어?
젊은이	(손짓 + 소리-나도 먹었다) 아저씨는?
조문객	우리 아저씨 서울 갔어! (먹는다)

3. 백년손님

처녀가 사위를 데려 온다.

처녀	아버지!
사위	아버님!
사내	자네 왔는가?
사위	예, 아버님!
사내	어서 와, 혼자 왔나?
사위	부모님은 이따가 오신다고
사내	이런, 욕보시네, 자네 먼 길 오느라 고생했어!

처녀가 조화를 챙겨준다.

사위가 조화를 놓고 절을 올린다.

안경	사위 될 사람이다
마얀	아, 그러냐, 저 여자와 저 남자가 결혼하나?

안경	그런 것 같다.

사위와 상주와 맞절.

사내	(걱정하여) 부모님은 뭐라셔?
사위	일단 올해는 넘겨야 하지 않느냐고….
사내	어허!
사위	그런데 내년은 형 결혼이랑 또 겹쳐서.
사내	그렇지!
사위	그래서 이따 오셔서 의논하신다고.
사내	그래야지 인륜지 대사인데, 환장허네….
애정	식사는?
사위	안했어.
사내	어서 밥 챙겨줘라.
애정	예.

애정이 나가자 사위도 얼른 따라 나간다.

마얀	무슨 말인가?
안경	올해 결혼을 하게 되었는데 지금은 못한다고 걱정한다.
마얀	결혼을 못해?
안경	못한다.
마얀	헤어지냐?
안경	아니다. 할머니 장례랑 겹쳐서 올해는 못하고 결혼 날짜를

다시 정한다고 한다.

마얀   한국 법도냐?

안경   그렇다!

4. 지겨운 싸움

사내가 술병을 거칠게 내려놓고 남자에게 가서 발길로 찬다.

사내   너 이 자식

너 뭐여?

니가 이놈아

너 때문에…

어째서 네 마음대로,

어떻게 할 테냐?

이 썩을 놈~

소녀가 만장 사이로 싸움을 내다본다.

사내와 남자의 몸부림 – 사람들은 놀래어 사내와 남자를 피해

상여를 들고 – 젊은이

밥상을 들고 – 조문객

마얀과 안경청년은 제상을 막는다.

마얀   왜 이러는가?

안경   모르겠다.

마얀   우리가 와서 화가 났는가?

안경   모른다.

5. 상식

여인   (상식상을 들고 외친다) 상 들어가요!

여인의 소리에 바로 싸움을 멈추는 두 사람.

모두 제 위치로 돌아간다.

여인이 상식상을 받들고 온다.

야야가 음식을 들고 뒤따른다.

모두 서서 두 손을 모으고 맞는다.

애정이 치마를 잡고 들어오는 사위, 애정이 사위 손을 뿌리친다.

여인이 제상의 밥을 내리고 새롭게 밥과 국을 올린다.

소녀가 나와 자리하고

모두 절을 올린다.

애정이 제상에서 내린 음식을 들고 나간다. 사위가 또 따라간다.

야야가 사과를 훔쳐 만장 뒤로 숨는다.

6. 의심

사내   술 가져와.

여인   손님들도 오시는데 그만 하세요!

사내   참 집안 꼴좋다! 제수가 시아주버니한테 훈수를 다 두고

여인   애정아, 너의 아버지한테 술 한 병 가져다 드려라!

사위가 애정이 대신 얼른 술을 가져 온다.

여인   (받아 놓아주며) 훈수가 아니라 몸 생각하시라고요.

사내   그런데 아무리 생각해도 내가 모르겠네,

남자   그만하쇼!

사내   (안경에게) 자네 말야, (마얀을 가리키며) 물어봐!

남자   어허 나 참.

사내   우리 고모가 맞는가? 이것이 사실인가? 물어 보라고~

남자   (안경에게) 하지 마쇼!

사내   허 참, 알았어, 알았다고 아무튼 장례 끝나고 보자! (술을 들고 마신다) (소리친다) 술 가져와!

여인   거기 가져다 놓았잖아요!

조문객   저기요. (안경청년에게 사진을 주며) 이 사진 좀 한 번 보시라고 해 주세요. (마얀에게) 우리 이모인데 없어져서요.

안경이 사진을 받아 마얀에게 보여준다.

안경	이분도 가족을 잃어버렸는데 혹시 본 적이 있냐고 봐 달래요.
마얀	(사진을 본다) 우리 고향에 한국 분들이 몇 분 계셨는데 다 돌아가셨다.
여인	(조문객에게) 누구?
조문객	숙자이모요!
여인	숙자이모가 뭐?
조문객	아니 우리 이모도 거기 붙잡혀 가셨나 해서.
여인	너의 이모는 6.25 한국전쟁 때 잃어버렸다매, 이건 번지수가 다르지
안경	(마얀에게) 한국전쟁 때 잃어 버렸대요.
조문객	아니 울 엄마가 못 잊고 아직도 찾으니까 물어보는 거예요.
마얀	한국전쟁은 아니다. 2차 세계대전 때 일이다, 일본 전쟁 때 일이다. 미안하다 이런 분은 못 보았다.
안경	(사진을 돌려주며) 한국전쟁 때 일이 아니라 못 보았대요.
조문객	(사진 받으며) 예, 고마워요

사내가 술병을 놓고 다시 따진다.

사내	아니 당최 믿어지질 않아, 10년 20년도 아니고 고모라니 허참. 너는 뭣을 믿고 고모라고 받았냐?
젊은이	(여인에게 – 무슨 일이냐?) 우으우어.
여인	(수화로 "큰아버지가 술 취해서 그래" 사내에게) 술 좀 그만 드시라니~

남자	저분이 김옥례요 김옥례! 우리 고모! 뭣을 또 믿을 것이 있소? 형님도 너무 그러지 마시오.
사내	뭣을 너무 그러지 말어?
남자	이미 생겨난 일을 어쩌겠소? 우리 고모가 아니라고 내다 버리겠소? 조상은 중하지 않고 자식 혼사만 중하오?
사내	(남자에게 달려들어 주먹질을 한다) 이 싸가지 없는 자식!

사람들이 말린다.
싸우는 소리에 처녀와 사위도 달려 나와 말린다.

야야	(술을 뿌린다) 불이야 불이야!
사내	(야야에게 달려들며) 이년이!
야야	(젯상 뒤로 도망간다) 야야 아파!

사람들 씩씩거리며 앉는다.

사내	(안경에게) 자네 물어봐!
남자	하지 마시요!
안경	?
사내	(소리친다) 진짜 우리 고모가 맞느냐 물어 보라고!
안경	아 예, (마얀에게) 가족이 맞냐고 묻는다.
마얀	의심하냐?
안경	의심하시냐고?
사내	의심이 아니고 이게 70년이 더 된 일이니까, 내가 몰라서.

안경	의심이 아니고 몰라서 그런다.
마얀	그럼 가져가겠다!
안경	유골을 가져가신다고.
남자	안 되여!
안경	안 된다고 한다.
마얀	의심하지 않느냐?
안경	의심하지 말라고.
사내	그러니까 의심 안 할라고 물어 보는 거 아닌가, 물어도 못 봐?
안경	의심이 아니다. 할머니 이야기를 해주면 좋겠다.
마얀	(사내에게) 김만성! 아는가?
여인	할아버님 아니어요?
남자	그렇지.
마얀	(남자에게) 정금순! 아는가?
여인	할머니시네!
마얀	옥수면 어연리 심곡말 김옥례! 아는가?
남자	심곡말 김옥례 맞네 우리 고모!
사내	그래 맞네 맞어!
안경	맞다고 한다.
마얀	저 유골을 가져가겠다. (나선다)
남자	(막는다) 안 된다.
사내	그럼 왜 우리고모가 거기 나라에 갔냐 물어봐!
안경	왜 거기 갔냐고?
사내	아잇적 12살에 잃어버렸다는데 버마가 어디라고, 소식 한

자 없이 살다가 70년이나 지나서 이러면 믿것냐고? 왜 거기서 죽어서 이제 왔냐? 물어봐!

안경 12살에 잃어 버렸다. 70년 동안을 소식도 없이 살다가 왜 이제사 왔는가?

마얀 정말 모르나?

안경 진짜 모르냐고?

사내 모르지!

안경 모른다!

마얀 식구가 없어졌는데 찾지도 않았나?

안경 식구가 없어졌는데 왜 안 찾았냐고?

사내 거기 가 있는 줄 알았으면 찾았지. 내 나라도 아니고 버마가 어디야, 동네 밖으로 나가 본 적도 없는 12살짜리 소녀가 어디 있는 줄도 모르는 나라에 가 있을 줄을 꿈엔들 알았겠냐고?

안경 12살 소녀가 버마에 간 줄은 몰랐다

여인 그리고 찾았어요. 아버님이 얼마나 찾았는지 몰라요, 내가 시집오니까 아버님이 여동생이 12살 때 동무 집에 간다고 나가서 없어져서 집안이 발칵 뒤집어졌다고 하시면서 틈만 나면 팔도강산을 메주 밟듯이 돌아다니며 찾고 또 찾고, 모르는 소리 말아요.

안경 (말이 너무 길면 통역이 어렵다) 저기요.

여인 (억울하여 아랑곳 않고) 고모님 때문에 우리는 밤에 문도 안 잠그고 잤어요. 우리 아버님이 돌아가시기 전까지도 사뭇 못 잊고 찾으셨어요. 이산가족 찾기도 나가고 결국은 못 찾

왔고 애가 타서 돌아가셨지만 얼마나 찾았는데요, 안 찾았
다니 오해예요

안경 (전체 통역 불가능. 짧은 영어로) 오해다, 가족이 찾았다, 불가
능했다.

사내 고모가 없어진 게 일제 때니까 우리는 태어나기도 전의 일
이지.

안경 실종된 것이 일본 식민지 때이다. 태어나기 전이다.

사내 실종된 고모가 있었다는 말만 들었지, 보기를 했나, 전혀
몰랐지.

안경 전혀 모른다.

남자 사느라 바빠서 알아볼 염도 못했지.

안경 뭐라고 해야 하지요?

남자 뭘 뭐라고 해, 입이 열 개라도 할 말이 없지!

처녀 돌아가신 할아버지 뒤를 이어서 찾는 게 맞는데, 못 찾아서
미안하다고 하면 되겠네요.

안경 미안하다고.

처녀 할아버지 이야기도 해야죠.

안경 아, 예 할아버지가 찾았다, 이분들이 계속 찾지 못해 미안
하다.

여인 버마가 어디야? 그 먼 땅에서 이렇게 오실 줄은 참으로 몰
랐지.

안경 좋다는 건가요, 나쁘다는 건가요?

여인 우리 가족일인데 좋고 나쁜 게 뭐야, 학생 같으면 안 그렇
겠어요? 죽었는지 살았는지 소식도 모르던 사람이 산사람

도 아니고 귀신이 되어 돌아 왔는데 놀라서 그렇지!

안경 이 사람들은 잃어버린 가족이 죽어서 돌아와서 매우 놀 랐다.

처녀 그렇게 말하면 안 되죠 .(영어로) 쏘리, 아임 쏘리! 모두 놀랐 지만 고맙게 생각한다.

야야가 초상화를 보며 빈다.

야야 쏘리쏘리 할머니! 땡꾸 땡꾸 할머니!

마얀 그녀가 말하기를 어머니 심부름 가는 길에 일본 군인들에 게 납치되었다.

안경 일본군에게 납치 되었답니다.

사람들 납치?

안경 일본군에게 납치된 것이 맞냐?

마얀 맞다!

사내 어허!

사위 그럼 정신대입니까?

안경 위안부냐고 묻는 겁니까?

사위 일본군한테 끌려갔으면 그거 아닌가?

처녀 그만해!

안경 위안부냐?

마얀 그렇다.

사위 그럼 일본군 성노예 아냐?

안경 일본군 성노예냐?

처녀	그만하라고!
사위	왜 화를 내?
처녀	자기 할머니가 아니라서 그런 말이 그렇게 쉽게 나오니?
사위	내가 뭐?
사내	모두 그만두지 못해!

사람들이 제단을 본다.
소녀가 몸을 상 아래로 숨긴다.
야야도 숨는다.

7. 진실

마얀	모두 할머니 이야기 듣기를 원하나?
안경	할머니 이야기 듣고 싶으냐고?
남자	들어야지, 알아야지.
안경	(사내에게) 하라고 할까요?
사내	(고개를 끄덕인다) 알건 알아야지!
안경	모두 듣고 싶다, 알고 싶다!
마얀	그녀가 말하기를 일본군인들이 심부름 다녀오던 12살 아이를 잡아다가 저울에 달아 보고는 덩치가 있으니 다 컸다고 잡아갔다. 중국으로 버마로 전쟁터마다 끌고 다녔다. 보지가 작다고 칼로 쭉 찢어서 남자들을 받게 했다. 잠도 안 재우고 먹을 시간도 없이 하루에도 군인들이 40명 50명

씩, 군인들의 공중변소다 아느냐, 군인들 공중변소!

안경 (딸국질을 한다)

마얀 전해라!

안경 (못한다)

마얀 왜 말을 못하나?

안경 (못한다)

마얀 말해라! 전해라!

안경 (못한다)

처녀가 나서서 전한다.

처녀 '12살에 왜놈들에게 끌려가 (망설인다) 보지가 작다고 칼로 찢어가면서 잠자고 밥 먹을 시간도 없이 하루에도 40명씩 50명씩 군인들을 (윽~ 구토를 참으며) 공중변소로 살았대요.

사람들 (놀란다)

젊은이 (어머니에게 묻는다 – "무슨 소리냐?") 푸푸푸!

여인 (수화로 달랜다. "할머니가… 지금 그랬다는 게 아니고 옛날에 그랬다고")

처녀 (영어로 마얀에게) 내가 전할게요, 말하세요.

마얀 아이가 생겼는데

처녀 아기가 생겼는데

젊은이 (소리친다) ㅇㅇ~ (애정에게 입을 가리키며 수화로 "내게 입을 보여줘 내가 이야기를 볼 수 있게")

처녀 (입모양을 청년에게 보이게 하며 약간의 수화와 함께) 할머니에게 아기가 생겼는데 (마얀에게) 계속 말씀하세요!

마얀　마춰도 하지 않고 배를 갈라 아이랑 자궁을 들어내고

처녀　(다시 묻는다) 아기를 낳으면서 일이냐?

마얀　아니다, 배가 부르면 군인을 받지 못하니까 죽여 버리고 배
　　　가 많이 부르기 전에 배를 갈라 아이와 자궁을 들어내고

처녀　임신을 하면 (말을 잇기 어렵다) 배가 부르면 남자를 받지
　　　못한다고 배를 갈라 (울상이 되어) 아이와 자궁을 들어내었
　　　대요.

여인　아이고, 저런 쳐죽일 놈들!

마얀　아이를 죽이고

처녀　애를 죽이고

마얀　평생 자식을 낳을 수 없게 만들었다.

처녀　아이를 낳지 못했다.

마얀　일본 놈들이 전쟁에 지게 되니까

처녀　전쟁에 지게 되니까

마얀　구덩이에 한꺼번에 쓸어 넣고

처녀　구덩이에 쓸어 넣고

마얀　몰살을 하는데

처녀　몰살을 시켰다.

마얀　위안부 증거를 없애 버리려고

처녀　위안부 증거를 없애 버리려고.

마얀　총으로 쏘고

처녀　총으로 쏘고

마얀　기름을 붓고, 불 지르고

처녀	불태워 죽이고
마얀	다행히 어머니는 총알이 다리에 맞아 간신히 살았다!
처녀	총알이 다리에 맞아 살았다.
마얀	다리를 질질 끌며 우리 동네로 도망 왔다.
처녀	다리를 질질 끌며 이분 동네로 도망쳤다.
마얀	평생 절룩거리며 한 다리로 살았다.
처녀	절름발이로 살았다.
젊은이	(소리) 끄욱우우우우~~~~~ (어머니에게 수화로 "애정이 말이 사실이냐?")
여인	(수화로 "진정해!") 애 또 큰일 나것네~
남자	왜 집으로 안 오고
처녀	집에는 왜 안 왔나?
마얀	더럽혀졌다고.
처녀	더럽혀졌다고.
마얀	집안 망신 줄까봐, 돌아오지 못하고 살았다.
처녀	집안에 흉이 될까봐 돌아오지 못했다.
마얀	우리 동네서 남의 집 일을 해주며 살았다.
처녀	남의 집 일을 거들며 살았데요.
마얀	고아인 나를 키워 주었다. 공부도 가르치고 시집도 보내주었다. 나의 어머니다. 난 은혜를 갚아야 한다. 그래서 모시고 왔다.
처녀	이분이 고아인데 할머니가 키우고 가르쳐 주어 시집도 보냈대요, 어머니라고 은혜를 갚는다고 모시고 왔데요.
마얀	나는 한국말 세 가지 안다. (한국말) 김만성, 정금순, 어연리

심곡마을. 어머니 소원이다. 그래서 다 잊어 버려도 부모님 이름과 고향 이름은 잊지 않았다.

처녀 어머니 소원이라서 잊지 않았다

마얀 고향에 돌아오는 것

처녀 고향에 돌아오는 것

마얀 이제 죽어서 돌아왔다!

처녀 이제 죽어서 돌아왔다!

마얀 당신들은 어머니를 모른다.

처녀 우리는 할머니를 모른데요.

마얀 그녀는 매일 밤마다 울었다.

처녀 할머니가 매일 울었데요.

마얀 집에 가고 싶어서….

처녀 집에 돌아오고 싶어서

마얀 그런데 당신들은 어머니를 모른다고 한다.

처녀 왜 할머니를 모르냐고

마얀 왜 우리 어머니를 잊어 버렸냐?

처녀 왜 잊어 버렸냐고

여인 아니여! 잊은 게 아니여, 그렇게 말하면 오해야!

처녀 안 잊었다.

여인 몰랐지, 이런 기맥힌 일이 내 집에 있는 줄은 몰랐지.

처녀 (영어로) 우리는 정말 몰랐다.

마얀 우리 어머니는 가족들 보고 싶다고 맨날 울고… (울며) 어머니 이제야 모시고 와서 미안해요 어머니!

마얀이 유골을 잡고 운다.

젊은이가 칼을 들고 몸부림을 치며 벌떡 일어난다.

사람들 놀라 피한다.

야야 (막으며) 하지 마! 하지 마! 야야 아파! 하지 마!

여인이 가서 칼을 뺏는다.

8. 아이고~

여인 초상화를 보며 소리 한다.

여인 아이고! 불쌍해라!

아이고 불쌍해!

조선의 딸로 태어나

위안부가 웬 말이요

그 어린것이

얼마나 무서웠을까~

얼마나 힘들었을까~

아이고 서러워라 그냥 집에 돌아오지

남의 땅, 남의 나라에서 그 고생이 웬 말이요

억울해서 어찌 돌아 가셨으며

서러워서 어찌 눈을 감았을꼬

이제라도 고향에 돌아 왔으니
우리 고모님 가슴에 맺힌 설움 눈물일랑
우리 후손 가슴에 남겨 주시고 훨훨 날아 가시요!
내 이 몸뗑이가 다 녹아지도록 잊지 않을게요.
아이고 불쌍해라~

마얀   어머니
다시 태어나면
전쟁 없는 곳에서 태어나
사랑도 하고
시집도 가서 아가도 낳고 행복하게 사세요!

마얀과 여인이 서로 부둥켜안고 운다.

야야   (사내의 어깨를 친다) 슬퍼요?

야야가 사내 앞에서 치마를 걷어 올린다.
사람들이 놀란다.
야야가 늘 그랬단 듯이 엉덩이를 사내에게 들이댄다.

사내   (야야를 때리려 손을 올린다) 이게!
처녀   (소리친다) 아버지 안 돼요!

조문객이 야야의 치마를 내려준다.

조문객	야야 너 왜 이래!
야야	오빠 슬퍼요!
사내	(가슴을 친다) 어유! 어유! 그만해 이년아!
야야	(따라서 소리친다) 그만해 이년아! (차렷 한다)

소녀가 제상 너머로 사람들을 바라본다.

9. 상여소리

남자	(일어서며) 상여나 매보자구!
안경	내일 장례식 연습하자고 한다.
남자	형님 이리 오시고,
사내	(목이 메어) 나 못 맨다.
남자	어허~
사내	내가 무슨 자격으로 상여를 매냐? 나 못한다!
남자	형님 이리 오시오. 여기 아무도 자격이 없어. 이거 상여를 매면 자격이 생겨, 그러니 오시오!
사내	난 못해! (일어선다)

나가려는 사내를 마얀이 붙잡는다.
사내가 말을 못한다.
마주 보는 두 사람 서로 고개를 끄덕인다.

사내 (마얀에게) 내가 이놈이 아무것도 아는 것도 없이 무지해서 우리 고모가 저렇게 죽었습니다. 내가 미안합니다.

안경 미안하다.

마얀 (미안마어로) 고맙습니다.

남자 (사위에게) 자네도 오고, (젊은이에게) 이리와. (안경에게) 자네도 거들어.

안경 예, (미안에게) 나도 함께 하게 되었다.

마얀 고맙다.

안경 아니다. 나도 잘 몰랐다. 나도 미안하다.

여인 (마얀에게 가서 손을 잡고) 우리 고모님 모시고 와서 고마워요!

마얀 (고개를 끄덕인다) 고맙습니다. 고맙습니다.

여인 우리 같이 잘 보내드려요! (부른다) 야야! 너두 와~

야야 (온다) 예!

남자 (살펴보며) 자 저승길 가 보세!

사람들 (대답한다) 예!

사람들 의관을 차리고 상여를 맨다.

소녀가 나와서 상여에 탄다.

남자 (요령을 흔들며 상여 소리) 북망산천이 멀다더니 내 집 앞이 북망일세~ 이제 가면 언제 오나 오실 날이나 일러주오.

사람들 너허 너허 너화너 너이가지 넘자 너화 너~

야야가 춤을 추며 앞장서면

사람들 남자의 소리를 받으며 상여를 매고 무대를 돈다.

10. 출산!(다시래기)

야야가 배를 안고 몸부림친다.

야야   아이고 배야!

사람들이 본다.

야야   (배에서 아기 인형을 꺼내 든다) 응-애! 응-애! 아가가 나왔다!

사람들이 기가 막혀 웃는다.

11. 병신춤

야야   (병신춤을 추며 노래한다) 아리 아리랑 쓰리 쓰리랑 아라리가
         났네~

사람들 함께 아리랑을 노래하며 병신춤을 추며 한을 풀어낸다.

야야   (크게 소리친다) 기분 좀 나아지셨어요?

안경	기분 좋아졌어요?
마얀	예~~~~
사람들	예~
야야	고맙습니다!
안경	고맙습니다.
마얀	(야야를 안으며) 고맙습니다!

바람소리가 들린다.
사람들이 제상을 바라본다.

사위	(제상에 엎드려 절을 한다) 할머니 미안합니다!

모두 정성껏 절을 한다.
소녀가 훌훌 떠나간다.
제상의 불이 꺼진다.

끝.

Девочка

Автор Ким Ден Сук

Перевод на русский язык Цой Ен Гын

Действующие лица:

Умершая девочка (В момент исчезновения - маленькая девочка)

Распорядитель траурной церемонии

Мужчина (его младший брат)

Женщина (его жена)

Молодой человек (сын мужчины)

Яя (местный скоморох)

Маян (женщина из Миамы)

Очкастый (молодой человек в очках, переводчик женщины из Миамы, волонтер)

Местная женщина (посетительница)

Девушка (дочь распорядителя траурной церемонии)

Зять (будущий муж девушки)

1. Дом покойника

Под светящейся ламой лежит мертвая девочка. Возле покойницы лежат 3пары соломенной обуви, 3 чашки с рисом, 3 рюмки. Рядом с венком под траурной надписью стоит поминальный столик. На столике бросается в глаза портрет бабушки. Распорядитель церемонии сидит за поминальным столом и выпивает. Напротив мужчина и молодой парень готовятся к похоронно-погребальным действиям. Старая Яя принарядилась в комичную одежду, накрасилась ярко, выставила большой живот, выступает в роли скомороха. Поет популярную песню «Живем до ста лет».

Яя.   (поет) В 70 лет если меня … позовут на тот свет

Женщина из Миамы и парень в очках танцуют под веселую песню. Парень в очках - переводчик женщины из Миамы переводит на английский язык разговор с местными жителями.

Маян.   (показывает фотографию Яя и на английском). Песня моей матери « Ариран»

Очкастый. (переводит для Яя) Мамина песня!

Яя.	Песня матери.
Маян.	Она научила меня.
Яя.	(Обнимает Маян и поет) Ари-ариран, срисриран
Маян.	Ариариран, срисриран
Женщина.	(зовет). Яя, хватит шуметь. Идите сюда!
Яя.	Эй! (бежит к женщине)
Маян.	(очкарику) Точно как у нас хоронят.
Очкастый.	И в Бирме так?
Маян.	Мы тоже поем песню, чтобы не было грустно.
Очкастый.	В Корее в городах хоронят уже не так.

2. Посетители

Местная жительница пришла на поминки. Держит букет цветов. Все молча встречают ее. Она кладет цветы на поминальный стол, делает земной поклон. Затем кланяется перед организаторами похорон.

Посетительница.	Примите соболезнование… Вот неожиданно…
Очкастый.	(к Маян) Это соседка.
Распорядитель.	Вот так и живут люди.
Очкастый.	(к Маян). В Корее на похоронах все помогают друг другу.

Маян.   И в Бирме так.

Распорядитель.   Обязательно поужинайте тут.

Посетительница.   Да.

Девушка приносит маленький столик и ставит перед посетительницей. Затем уходит, уткнувшись в смартфон.

Посетительница.   (поклонилась мужчине) Вы ужинали?

Мужчина.   Да, покушал. Поешьте.

Посетительница.   (обращаясь к молодому человеку, размахивая руками) Покушал?

Молодой   человек..(тоже показывая жестом: да ,поел) А дядя?

Посетительница.   Дядя улетел в Сеул! (ест).

3. Столетний гость

Девушка привела зятя.

Девушка.   Папа!

Зять.   Отец!

Распорядитель.   Пришел?

Зять.   Да, отец!

Распорядитель. Один пришел?

Зять. Родители придут попозже.

Распорядитель. Досталось тебе, ты проделал долгий путь.

Девушка подала ему цветы. Зять положил их на поминальный стол и делает глубокий поклон.

Очкастый. Он станет его зятем.

Маян. Да? Они поженятся, та женщина и тот мужчина?

Очкастый. Похоже на то.

Зять и распорядитель низко кланяются.

Распорядитель. (с беспокойством) Что сказали родители?

Зять. Говорят, не перенести ли на следующий год...

Распорядитель. Неужели?!

Зять. Но на следующий год намечена свадьба старшего брата.

Распорядитель. Н..,да!

Зять. Потом они придут сюда и обсудят с вами .

Распорядитель. Так и должно быть. Все-таки важное событие. С ума сойти...

Будущая жена. Поел?

Зять. Нет.

Распорядитель. Быстро накорми его.

Будущая жена. Хорошо.

Они уходят.

Маян. О чем они говорили?

Очкастый. Намеревались пожениться в этом году, но не получилось. Вот и озабочены они.

Маян. Не могут пожениться?

Очкастый. Не могут.

Маян. Тогда расстанутся?

Очкастый. Нет. Поскольку в этом году похороны бабушки, то решили перенести день свадьбы.

Маян. Это такой порядок в Корее?

Очкастый. Да.

4. Жестокая драка

Распорядитель поставил бутылку, налетел на другого мужчину и пнул ногой.

Распорядитель. Эй, ты, ... ты такой-сякой... Да из-за тебя... Что ты позволяешь себе?! Гниль, подонок эдакий...

Юноша с интересом наблюдает драку. Люди испуганно следят за дракой··· Парень держит приспособление для выноса гроба. Посетительница держит столик с едой. Маян и очкастый оберегают поминальный стол.

Маян. Чего они там?

Очкастый. Не знаю.

Маян. Недовольны и сердятся, что мы пришли?

Очкастый. Не понимаю.

5. Поминальный обычай.

Женщина. (Держит на руках поминальный столик и кричит) Подносим поминальный стол!

Услышав голос, мужчины перестали драться. Все возвращаются на свои места. Женщина подходит со столиком. Следом бежит Яя с едой. Все стоя сомкнули руки и встречают их. Зять идет, придерживая подол платья невесты, но она отталкивает его руку. Женщина опустила поминальный стол и ставит снова на стол суп и кашу. Девушка занимает свое место. Все делают земной поклон. Невеста, взяв в руки еду с поминального стола , выходит. Зять идет следом. Яя тайком берет яблоко и прячется за поминальной надписью.

6. Сомнение.

Распорядитель. Несите водку.

Женщина. Придут гости. Хватит вам пить.

Распорядитель. Хороша семейка! Сноха читает нравоучение свекрови.

Женщина. Доченька, принеси своему отцу бутылку водки!

Вместо нее зять спешно приносит водку.

Женщина. (взяла бутылку и ставит на стол) Это не нравоучение, а беспокойство за ваше здоровье.

Распорядитель. Вот сижу и думаю, никак не пойму я.

Мужчина. Да прекрати!

Распорядитель. (очкарику) Эй, послушай (Показывая на Маян). Спроси у нее.

Мужчина. Вот уж...

Распорядитель. Она, действительно моя тетя? Спроси.

Мужчина. (очкарику) Не надо.

Распорядитель. Все! Я понял. Разберемся после похорон (выпив

ает залпом) (кричит) Несите выпивку!

Женщина. Мы уже подали.

Посетительница. Послушайте (дает фотографию очкарику).

Попросите, чтобы она посмотрела еще раз на

фотографию. (к Маян). Моя тетя, она исчезла.

Очкарик, взяв фото, показывает Маян.

Очкастый. И она потеряла семью. Спрашивает, может быть

вы видели ее?

Маян. У нас на родине жили несколько корейцев, но

все они умерли.

Женщина. (посетительнице) Кто она?

Посетительница. Тетя Сук Дя.

Женщина. А что, тетя Сук Дя?

Посетительница. Хотела узнать, может и наша тетя была тогда

схвачена.

Женщина. Ведь твоя тетя пропала без вести во время

корейской войны 25июня. Не совпадает.

Очкастый. (к Маян). Говорит, что пропала без вести во время

корейской войны.

Посетительница. Мама моя не может забыть, ищет до сих пор

её. Поэтому спрашивает.

Маян. Не корейская война. Речь идет о событиях второй мировой войны. Ну, во время японской войны. Сожалею, но ее я не видела.

Очкастый. (возвращая фотографию) Говорит, что это было не во время корейской войны. Не видела их.

Посетительница. (забирая фотографию) Ну, спасибо.

Распорядитель поставил перед собой бутылку и пьет.

Мужчина. Вовсе не верится. Ведь прошло не 10 и не 20 лет. Тетя... Почему ты поверил, что она моя тетя?

Молодой человек. (женщине) О чем он говорит?. Ну и дела...

Женщина. (жестом « Дядя пьян··· и потому»···) (распорядителю) Хватит тебе пить!

Мужчина. Ее звать Ким Ок Ре, Ким Ок Ре! Нашу тетушку! Во что можно теперь верить? Старший брат, угомонитесь.

Распорядитель. А что я делаю не так?

Мужчина. Ну, было дело когда-то. И что же? Не наша тетя и поэтому теперь можно бросить это дело? Предки не так важны, как помолвка молодых? Так?

Распорядитель. (с кулаками набрасывается на мужчину) Ты, не воспитанный невежа!

Люди разнимают их. Услышав шум, подбежали девушка
с зятем и разнимают их.

Яя.   (Разбрызгивая спиртным). Пожар! Пожар!

Распорядитель.   (нападает на Яя) Негодница!

Яя.   (Убегает за поминальный стол) Ой, Яе больно!

Возбужденные люди садятся за стол.

Распорядитель.   (очкарику) Ты спроси!

Мужчина. Не надо!

Очкастый. …?

Распорядитель.   (кричит). Спроси, точно она наша тетя?

Очкастый. Хорошо. (к Маян)Спрашивает : точно его семья?

Маян.   Сомневается?

Очкастый. Она спрашивает: сомневаетесь?

Распорядитель.   Не то,что сомневаюсь…как никак прошло
ведь больше 70лет. Я не знаю…

Очкастый. Не сомнение, а он не знает.

Маян.   Тогда я возьму с собой!

Очкастый. Она возьмет с собой прах.

Мужчина. Нельзя!

Очкастый. Говорит нельзя.

Маян.   Не сомневается?

Очкастый. Не сомневайтесь.

Распопорядитель. Вот потому то и спрашиваю. Чтоб не было сомнений. А, что нельзя спрашивать?

Очкастый. Это не сомнение. Хорошо бы рассказать про бабушку.

Маян. (распорядителю) Ким Ман Сен! Знает ли он его?

Женщина. Это же ведь дедушка !?

Мужчина. Точно.

Маян. (мужчине) Тен Гым Сун! Знаете?

Женщина. Это бабушка!

Маян. Район Оксу, поселение Оен, деревня Симгок! Знаете?

Мужчина. Деревня Симгок. Точно наша тетушка!

Распрядитель. Да-да. Точно.

Очкастый. Говорит, точно.

Маян. Я возьму с собой прах (выступает вперед)

Мужчина. (перегородив) Нет, нельзя.

Распорядитель. Тогда спроси, как наша тетя попала в эту страну.

Очкастый. Спрашивает, зачем она поехала туда?

Распорядитель. Когда ей было всего12лет, она пропала. В далекой Бирме жила, не подавала никакую весточку. И вот на те, после 70лет вот так... Можно ли поверить этому? Ведь она умерла там и сейчас появилась тут... Спроси, а почему?

Очкастый. Она пропала в 12лет. 70 лет жила в неизвестности и тут появилась. Почему?

Маян. На самом деле не знает?

Очкастый. И вправду не знаете?

Распорядитель. Конечно, Не знаем.

Очкастый. Не знают!

Маян. Пропал член семьи и не искали?

Очкастый. Пропал человек в семье, а почему не искали?

Распорядитель. Знали бы, что она там, конечно, искали бы. Это же не наша страна, а Бирма. Даже во сне не приснилась бы то, что девочка 12 лет, никогда не выходившая даже за пределы своей деревни, попадает в незнакомую страну.

Очкастый. Не знали, что 12-летняя девочка оказалась в Бирме.

Женщина. Но мы искали. Свекор долго искал ее. Когда я вышла замуж и пришла в этот дом, он говорил, что ее 12-летняя сестренка пошла к подружке и бесследно пропала. Поднялся шум и гам в доме, и он стал искать ее по всем 8-ми провинциям в Корее. Так что не говорите так, коль не знаете.

Очкастый. Трудно переводить, когда много слов. Послушайте.

Женщина. (с обидой) Из-за пропавшей сестренки отца мы на ночь даже не закрывали дверь. Мы искали до тех пор, пока он не умер. Мы обращались и в комитет по нахождению без вести пропавших семей, но в конце концов так и не смогли найти ее. Он умер от горя. Вы ошибаетесь, если думаете, что не искали ее.

Очкастый. (все ее слова невозможно перевести и коротко по-английски). Ошибаетесь. Семья искала. Но не нашла.

Распорядитель. Когда тетя пропала во времена японской оккупации, мы еще не появились на свет.

Очкастый. Она пропала во время японской оккупации. До их рождения.

Распорядитель. Мы-то слышали лишь то, что была пропавшая тетя. Даже не видели ее. Совсем не знали.

Очкастый. Совсем не знали про нее.

Мужчина. Трудно было жить и не до поисков было.

Очкастый. Как сказать об этом?

Мужчина. Как сказать? Будь хоть 10 ртов, говорить не о чем!

Девушка. После смерти дедушки надо было продолжить поиск. Но, увы, не смогли и пусть простит нас.

Очкастый. Пусть простит.

Девушка. Надо бы поговорить и о дедушке.

Очкастый.. А!.. Да. Дедушка искал ее... А они в конце концов не смогли найти. Пусть простит.

Женщина. Бирма … она же находится очень далеко!? Мы действительно, не ожидали, что она приедет сюда к нам...

Очкастый. Это как, хорошо или плохо?

Женщина. Это же наше семейное дело. И разговор не о том, что плохо или хорошо. Мы же не знали: жива ли она или мертва. И вот она вернулась не живая, а будучи покойницей. Как тут не испугаться?

Очкастый. Эти люди очень испугались из-за того, что пропавшая без вести внезапно вернулась сюда мертвой.

Девушка. Нельзя же так говорить. (по-английски) Сори, ай эм сори. Хоть все были напуганы, но благодарны ей за это.

Яя смотрит на фотографию и просит.

Яя. Сори, бабушка, сори. Тэнк ю, тэнк ю бабушка!

Маян. Она говорила, что мать послала ее куда-то и она попалась в руки японских солдат.

Очкастый. Японцы похитили ее.

Люди. Похитили?

Очкастый. Точно она была похищена японцами?

Маян. Точно!

Распорядитель. Вот уж!

Зять. Это было увеселительное заведение, или как там?

Очкастый. Хотите спросить для развлечения японских солдат?

Зять. Если попалась к японцам ...

Девушка. Ну, хватит об этом!

Очкастый. Увеселительное заведение для солдат, да?

Маян. Да.

Зять. Получается, что она стала сексуальной рабыней японских солдат?

Очкастый. Сексуальной рабыней японских солдат?

Девушка. Сказала же, хватит.

Зять. А что сердишься?

Девушка. Не твоя бабушка и поэтому тебе легко сказать об этом?

Зять. А что я?

Распорядитель. Всё! Прекратите все!

Все смотрят на поминальный стол. Девочка прячет свое тело под столом. Яя тоже прячется.

7. Правда.

Маян.   Все хотят услышать рассказ бабушки?

Очкастый. Хотите услышать рассказ бабушки?

Мужчина. Надо услышать. Надо узнать.

Очкастый. (распорядителю) Сказать, чтобы начала?

Распорядитель. (кивая головой). Надо узнать обо всем.

Очкастый. Все хотят услышать и узнать.

Маян.   Вот что она рассказала. Японские солдаты поймали 12-летнюю девочку, взвесили ее, показалась вполне пригодной. Они стали возить ее с собой в Бирму, в Китай в места боевых действий. Видя, что ее влагалище слишком маленькое, ножом разрезали и заставляли принимать мужчин. Не давали спать, иногда не кормили. Обслуживала в день по 40-50 солдат.

Очкастый. (начал заикаться).

Маян.   Перескажи.

Очкастый (не может)

Маян.   Почему не можешь перевести?

Очкастый. (не может)

Маян.   Ну, расскажи. Передай

Очкастый. (не может).

Тут вышла девушка.

Девушка. В 12лет попала в бордель, в сексуальное рабство. Из-за того, что влагалище было слишком маленьким японцы

расковыряли ножом··· Ежедневно без сна и пищи вынуждена была обслуживать солдат по 40-50 человек. (не может выдержать рвоту). Была в роли общественной уборной.

Все в шоке.

Молодой. человек. (спрашивает у матери: «это что?») Фу, Фу, Фу.
Женщина. (Жестом успокаивает: «Бабушка··· Ну это не сейчас ,а давны м-давно было дело»)
Девушка. (По-английски к Маян) Я передам, говорите.
Маян. Появился ребенок.
Девушка. Забеременела она.
Молодой. человек. (Кричит) О-о...

Показывает своей возлюбленной жестом «Я по движению твоих губ пойму о чем разговор».

Девушка. (Показывает жестом и губами молодому человеку).

Вот... появился ребенок у бабушки. (к Маян) Продолжайте рассказывать.

Маян. Без наркоза сделали кесарево сечение, вытащили ребенка и заодно удалили матку.

Девушка. (снова спрашивает) Это, когда она рожала?

Маян. Нет. Когда большой живот, она не сможет обслуживать солдат, и поэтому убили ребенка до того как вырос живот. Разрезали, удалили ребенка и матку.

Девушка. Если забеременеет, (еле сдерживаясь) не сможет принимать мужчин и поэтому разрезали живот (едва сдерживая плач) удалили ребенка и матку.

Женщина. Ой,ой ой, убийцы, негодяи!

Маян. Убив ребенка...

Девушка. Убили ребенка.

Маян. Сделали, так чтобы она больше не могла рожать.

Девушка. Чтобы не могла рожать.

Маян. Когда японцы стали проигрывать войну.

Девушка. Стали терпеть поражение в войне.

Маян. Загнали всех в яму

Девушка. Загнали в яму.

Маян. Стали убивать.

Девушка. Убили всех.

Маян. Чтобы уничтожить следы своих борделей.

Девушка. Чтобы замести следы преступления.

Маян. Расстреляли женщин из оружия.

Девушка. Расстреляли из оружия.

Маян. Разлили масло и подожгли.

Девушка. Сожгли их.

Маян. К счастью, мать была ранена только в ногу и осталась жива.

Девушка. Была ранена в ногу и осталась жива.

Маян. Волокла раненную ногу и кое- как пришла в нашу деревню.

Девушка. Волокла ногу и сумела попасть в нашу деревню.

Маян. Оставшуюся жизнь прожила с одной ногой.

Девушка. Так и прожила до конца жизни. Хромала .

Молодой. человек.(звук) Кх кууук... (матери жестом: «то, что говорит моя невеста, правда?»).

Женщина. (жестом: «успокойся»). А то может, опять случится беда...

Мужчина. А почему она не вернулась домой?

Девушка. Почему не возвратилась домой?

Маян. Осквернилась.

Девушка. Осквернилась.

Маян. Боялась, что опозорит свою семью.

Девушка. Боялась, что люди будут показывать пальцем на их семью. И осталась жить на чужбине.

Маян.　Жила у нас в деревне, подрабатывала и тем кормилась.

Девушка.　Работала в чужих семьях и кормилась.

Маян.　Вырастила меня – сироту. Выучила, выдала замуж. Она моя мама. Я у нее в неоплатном долгу. Поэтому привезла сюда.

Девушка.　Она была сиротой. Бабушка взяла ее к себе, вырастила, выдала замуж. Считает ее своей матерью, решила оплатить долг и поэтому привезла сюда.

Маян.　Я знаю лишь три слова по-корейски (по- корейский) Ким Ман Сен, Тен Гым Сун, Энри Симгокмаыл. Это было желание мамы. Поэтому не забыла имена своих родителей и название малой родины.

Девушка.　Это было желание мамы и она не забыла.

Маян.　Вернуться на родину...

Девушка.　Вернуться на родину.

Маян.　Вот и вернулась покойницей!

Девушка.　Вернулась после смерти.

Маян.　Вы не знаете маму.

Девушка.　Говорит, что мы не знаем бабушку.

Маян.　Она плакала по ночам.

Девушка.　Она плакала каждый день.

Маян. Хотела домой.

Девушка. Хотела вернуться домой.

Маян. Но вы говорите, что не знаете маму.

Девушка. Почему вы не знаете про бабушку?

Маян. Почему вы позабыли про маму?

Девушка. Почему позабыли ее?

Женщина. Нет. Не забыли. Нельзя так говорить.

Девушка. Не забыли.

Женщина. Мы не знали. Не знали, что у нас в семье такое несчастье.

Девушка. (по-английски) Правда, мы не знали.

Маян. Наша мама плакала каждый день. Так хотела видеть свою семью (плачет.) Только сейчас я смогла привезти ее. Прости мама.

Маян взяла в руки прах и плачет. Внезапно молодой человек , взяв в руки нож встает. Люди в испуге убегают.

Яя. (перегораживая). Не надо! Не надо! Яе больно! Не надо!

Женщина. отбирает нож.

8. Айго···

Женщина смотрит на фотогрфию и поет.

Женщина. Айго! Бедная! Айго, бедняжка! Родилась дочерью
Кореи. Попала в бордель.. Совсем юная. Как ей
было страшно. Как ей было трудно. Печально
и обидно.. Лучше бы вернулась домой. В чужой
стране. На чужой земле. Как ей доставалось.
Умерла от боли. Навечно закрыла глазки от
обиды. Хоть сейчас вернулась ты на родину.
Слезы, обида нашей тетушки. Оставь их нам,
твоим потомкам и улети далеко! Мы никогда не
забудем тебя. Айго! Бедняжка...

Маян. Мама, если ты вновь родишься, то родись там,
где нет войны. Люби, выйди замуж, рожай
ребенка и живи счастливо!

Маян и женщина обнявшись плачут.

Яя. (бьет по плечу Распорядителя) Грустно?

Яя стоит перед распорядителем и поднимает подол
платья. Люди испуганы. Скоморох приближает свою

задницу к распорядителю.

Распорядитель. (он ударяет Яя, поднимает руку). Эй, ты, что?!

Девушка. Папа, не надо!

Посетительница опускает подол платья ЯЯ.

Посетительница. Эй, Яя, что делаешь?

Яя. Брату грустно.

Распорядитель. (бьет себя в грудь) Ох,ох. Ты негодница, хватит, перестань!

Яя. (повторяет) Эй, негодница, перестань! (встала в позе смирно).

Девочка смотрит на людей.

9. Звуки поминальные.

Мужчина. (вставая) Давай-ка испытаем катафалк.

Очкастый. Хотят порепетировать завтрашние похороны.

Мужчина. Старший брат, подите сюда.

Распорядитель. (у него пересохло в горле) Я не смогу.

Мужчина. Вот уж

Распорядитель. У меня нет способности носить на плечах его.

Я не могу.

Мужчина. Старший брат, пойдите сюда. Тут не надо никаких способностей. Появятся способности, и научитесь. Идите сюда.

Распорядитель. Я не смогу (встает)

Маян останавливает распорядителя. Он не может сказать ничего. Смотрят друг на друга и кивают головой.

Распорядитель. (к Маян). Я вот, ничего не знаю, бестолковый... И вот моя тетушка умерла так... Я сожалею.

Очкастый. Сожалею.

Маян. (на своем языке) Спасибо вам.

Мужчина. (зятю) И ты подходи сюда. (молодому человеку) Эй, поди сюда! (очкастому) Помогай нам.

Очкастый. (к Маян) Я с ними вместе.

Маян. Спасибо.

Очкастый. Между прочим, и я не знал. И я сожалею.

Женщина. (подошла к Маян и держит за руку). Вы привезли нашу тетушку и мы благодарны вам за это.

Маян. (кивая головой) Спасибо. Спасибо.

Женщина. Мы все проводим ее как надо. Эй, Яя! И ты подходи сюда...

Яя.   Я тут.

Мужчина. (оглядываясь). Ну, Пойдем, посмотрим на тот свет.

Все.   Да!

Люди, переодевшись в траурную одежду, подняли катафалк. Девочка вышла и села туда.

Мужчина. (машет колокольчиком, издавая звук) Говорили, что другой мир находится далеко. А он оказался совсем рядом с нашим домом. Пойдешь сейчас, а когда вернешься... Пойдем туда и ты и я...

Люди подпевают

Яя идет впереди и подтанцовывает. Люди подпевают и с катафалком на плечах кружатся вокруг сцены.

10. Рождение.

Яя держит руками свой живот и мечется будто от боли.

Яя.   Ой, мой живот! (люди смотрят на нее).

Яя.   (вытаскивает из под живота куклу ребенка) (издает звуки м ладенца) Родился ребенок!

Люди смеются.

11. Танец урода.

Яя.   (танцует и поет) Ариариран, срисриран арарига

нан нэ...

Люди подпевают, танцуют изображая урода. Вот так

отводят душу.

Яя.   (громко) Немножко поднялось настроение?

Очкастый. Да, настроение улучшилось.

Маян.   Да...

Люди.   Да.

Яя.   Спасибо!

Очкастый. Спасибо.

Маян.   (обняв Яя) Спасибо!

Слышится шум ветра. Все смотрят на поминальный

стол.

Зять.   (присел и низко поклонился перед столиком) Бабушка,

простите.

Все низко кланяются. Девочка будто улетает. Гаснут

свечи на поминальном столе.

Конец.

• Ким Ден Сук (1961г.рож.)

1996г. Главный приз за мюзикл

1997г. Главный приз за « Искусство Бексан».

2002г. Премия от « Общества театральных деятелей.

2003г. Лтературная премия за детскую пьесу.

« Девочка»- трагическая история корейской женщины, когда Корея
была под игом японской милитаризации. Маленькой девочкой она
попала в руки японских солдат и вывезена в чужую страну. Она стала
там сексуальной рабыней японских солдат. Прожила в чужой стране
до старости лет и умерла там. Мать автора пьесы во время корейской
войны 6.25. потеряла свою семью и вышла вторично замуж. Но,
подумав, что она опозорила честь своей семьи не вернулась на родину.
Благодаря родным она смогла вернуться на родину и обрести покой.

Пьеса « Девочка»- рассказывает о тех мучениях, лишений, которых
девочка перенесла в публичном доме для японских солдат. Тело и душа
подобных девочек были разрезаны на части. Из-за войны они стали
жертвами насилия и бесправия и были без вины виноватыми. Люди не
должны забывать об этой трагичной истории...

혜영에게

김현규

Hyeon Gyu Kim (1983년 출생, withel83@naver.com)

극단 '헛짓(HutGit)'의 대표이자 연출가와 극작가로 활동하고 있다. 대표작으로는 〈춘분〉, 〈혜영에게〉, 〈반향〉 등이 있으며 특히 〈혜영에게〉는 섬세한 표현력과 독특하고 은유적인 대사로 호평받으며 제39회 대한민국연극제 네트워킹 페스티벌에서 대상, 연출상, 최우수연기상을 수상하였다. 그는 상상보다 경험을 좋아하며 사회의 여러 군상을 자세히 들여다보기를 즐겨한다.

등장인물

정우 (남/38세) 시골 어느 마을에 새로 발령받은 우체부
혜영 (여/19세) 참전한 애인을 기다리는 시골소녀

시대

1958년

장소

시골의 한적한 마을 어귀

줄거리

전쟁의 상처가 아직 가시지 않은 1958년, 우체부로 첫 출근을 나선 '정우' 앞에 '혜영'이란 소녀가 나타난다. 수년 전 떠난 애인의 편지를 매일 기다리는 혜영, 비가 오나 눈이 오나 한결 같은 그 기다림이 안타깝기도 부담스럽기도 했던 정우는 혜영에게 가짜 편지를 쓴다. '곧 당신을 찾아가겠소' 기약 없던 기다림에 희망이 생기자 예상치 못한 문제가 생기게 된다. 정우는 혜영에게 진실을 말할 수 있을까? 혜영은 희망이 거짓이었다는 진실을 받아들일 수 있을까?

시골 마을 입구, 뒤쪽으로 솟대가 있고 작은 그루터기가 있다. 앙상한 나무들 사이로 산 능선이 보인다. 무대 곳곳에 편지지로 보이는 종이들이 가득 널려있다. 무대 한쪽에는 의자와 책상이 있다. 책상 위에는 라디오…

정우, 책상에 앉아 편지를 쓰고 있다. ('빨리 앉아', '연극 시작')

정우   안녕하세요. 기다리고 있었습니다. (등등 인사) 저는 우체부입니다. 오늘은 우편물이 꽤 많습니다.

정우, 관객에게 '바위' '소나무' '개똥지빠귀' '모닥불' 이라고 적혀있는 편지를 각각 한 사람에게 전해준다.

편지를 받으신 분은 잠시 자리에서 일어나 주시면 감사드리겠습니다. 우네, 모든 우편물이 잘 전달된 것 같네요. 이제 앉으셔도 됩니다. 여러분은 객석에 앉아 저를 보고 계시고 저는 무대에 서서 여러분을 보고 있네요. 네, 이곳은 우리에게 익숙한 공연장입니다. 하지만 오늘은 우리가 미처 보지 못했던, 혹은 잃어버린 낯선 곳이 될 수도 있을 겁니다. 저는 편지를 쓰고 있습니다, 습관처럼. 이름은 있지만, 주소는 없는 편지. 내용은 항상 비슷합니다. 저도 잘 모르겠습니다, 이게 무슨 의미가 있는지. 하지만 내일도 저는 여기 있을 겁니다. (약간 사이) 그 친구를 처음 만난 건 저기 뒤에 서 있는 나무가 제 키만 할 때였습니다. (뒤쪽 관객) 나무가 진짜 있는지 없는지, 키가 큰지 작은지는 중요하지 않습니다. 중요한 건 여러분이 제 이야기에 귀를 기울이고 있다는 겁니다. 그리고 시간도 중요하지 않습니다. (금속 재질의 손목시계를 벗으며) 중요한 건 365일로 쪼개진 1년의 하루 중에, 24시간으로 쪼개진 하루의 한 시간을 사는 저는 배우라는 것입니다.

혜영, 나온다.

정우   걸을 때마다 낙엽 밟는 소리가 나던 가을의 끝자락, 이곳으로 발령받고 처음 우편배달을 시작하던 날이었습니다. 빨간 볼을 하고서.

혜영   아저씨.

정우   ?

혜영   아저씨!!

정우   마치 오래 알고 지냈던 사람처럼 저를 불렀습니다.

혜영   아저씨!! 새로 오셨네요?

정우   응?

혜영   우체부.

정우   아. 너는 이 동네에 사니?

혜영   (말을 자르며) 있어요? 편지?

혜영, 두 손을 내밀며 가방을 쳐다본다.

정우   아….

혜영   편지?

정우   저에게 묻는 건지 가방에 묻는 건지… 빨리 찾아주지 않으면 가방을 뺏길 것 같아 얼른 찾기 시작했습니다. (가방을 뒤지다가 멈추고 혜영을 바라본다)

혜영   … 없어요?

정우   이름이….

혜영   아, (웃으며) 혜영이요, 정혜영.

정우   (가방을 다시 뒤지다가) 없네.

혜영   ….

사이.

정우   … 중요한 편지인가 봐?

혜영   (방긋 웃으며) 내일은 올 거예요. (나가다가) 안녕히 계세요. 아니 안녕히 가세요.

혜영, 그루터기에 앉는다. 정우, 돌아온다.

정우   그게 우리의 첫인사였어요. 그 후로도 그 친구는 여기에서 매일 기다렸고 저를 발견하면 강아지처럼 뛰어와서 제 앞에 섰습니다. (가방을 뒤지다가) 없네. 그 후로도 그 친구는 여기에서 매일 기다렸고 저를 발견하면 강아지처럼 뛰어와서 제 앞에 섰습니다. (가방을 뒤지다가) … 없네. 그 후로도 그 친구는 여기에서 매일 기다렸고 저를 발견하면 강아지처럼 뛰어와서 제 앞에 섰습니다. (가방을 뒤지다가 고개를 흔든다) 저는 빈손으로 돌아가는 혜영의 뒷모습을 계속 봐야 했습니다. 우체부로서 기다리는 편지를 전해주지 못하는 것이, 제 탓처럼 느껴졌던 것은 그때부터였을 겁니다. 어느새 저는 정혜영이라는 이름을 되뇌며 우편물을 찾는 것이 출근 후 첫 번째 일과가 되었습니다. 오늘도 정혜영이라는 이름은 없습니다.

정우, 혜영에게 다가간다.

혜영   아저씨! 편지는요?
정우   ….
혜영   아저씨 편지!!!
정우   ….
혜영   아저씨 오늘은요?
정우   (가방을 뒤지며) 정혜영, 정혜영 정혜영… 없는 줄 알면서도 저는 꼭 그 친구 앞에서 가방을 다시 뒤졌어요. (혜영에게) 없네.
혜영   안녕히 계세요. 아니 안녕히 가세요.

정우, 기가 찬다.

정우   근데 누구 편지를 그렇게 기다리시나?

혜영   음…. (부끄러워하며 웃는다)

정우   홍역이군.

혜영   네?

정우   (으스대며) 어릴 때 누구나 한번 겪는 병이지. 열을 동반한 두통에 전염성도 강하고 제때 치료하지 않으면 죽을 수도 있는 병, 하지만 한번 겪고 나면 다시는 앓지 않아도 되는 병. 빨리 편지가 와야 할 텐데….

혜영   (귀를 두드리며 짜증내며) 편지 쓴다고 약속했어요. 약속은 지켜야 하는 거니까, 분명 편지가 올 거예요.

정우   그래? 그럼 그 지켜야 하는 약속, 나랑도 하나 하자. 편지가 오면 그 후론 집에서 기다리는 걸로.

혜영   음… 좋아요!

정우   좋아. 약속한 거다.

혜영   네, 그럼 이제 아저씨도 제 편지가 오기를 기다리시게 됐네요. 같이 기다리는 사람이 생겨서 좋다. 여기서 봐요, 내일도. 아저씨. 안녕히 가세요.

혜영, 그루터기에 앉는다. 정우, 책상 앞에 앉는다.

정우   (종이를 꺼내 편지를 쓴다) 편지를 썼습니다. (쓰고 지우고를 반복한다) '잘 지내시오? 나는 우체부요. 기다리던 편지가 아니어서 미안하오. 제발 부탁이니 집에서 기다려 주시오.' 쓰고 보니 몇 줄 안 되는 편지지가 민망했습니다. 그래서 꽃잎을 하나 넣기로 했습니다.

정우, 책상 위에 있는 책 속에서 달맞이꽃을 꺼내 봉투에 넣고 우표를 붙인다.

정우 수신 정혜영 발신… 발신 박정우.

정우, 가슴에 달려있는 명찰을 보고 자신의 이름을 쓴다.

정우 거짓말이겠지요. 이름도 모른다는 게… 심한 장난일지도 모르겠지만… 부담스러운 기다림을 알아줬으면 하는 바람이에요.

정우, 편지를 가방 속에 넣고 혜영에게 다가간다.

혜영 아저씨!
정우 이제 괜히 미안해지는 일은 없을 겁니다. (가방을 뒤지며) 혜영… 정혜영….
혜영 있어요?
정우 잠깐만.

정우, 혜영을 한참 쳐다보다가 고개를 흔든다.

정우 왜 그랬을까. 쉽게 전해줄 수 없었습니다. 다음 날도….
혜영 아저씨! 오늘은요?
정우 (한손을 가방에 넣은 채 고개를 흔든다) 다음 주도….

혜영 아저씨! 편지….

정우 (고개를 흔든다) 다음 달도….

혜영 아저씨.

정우 혜영이가 나를 부를 때마다 편지는 가방 속에서 주름만 늘어갔습니다.

혜영, 그루터기에 앉는다.

정우 그렇게 계절이 지나고… 눈이 내리던 날이었습니다.

객석과 무대에 눈이 내린다. 혜영은 목도리를 한다.

정우 길이 안 보일 정도로 많은 눈이 내렸지요. 당연히 배달은 안가도 되는 날입니다. 아니 못 가는 날이지요.

정우, 차를 마시고, 라디오를 듣고, 가방정리를 하다가 혜영의 편지를 발견한다.

정우 정혜영… 해가 능선 뒤로 넘어갈 때쯤 불현듯 생각이 났습니다. 가쁜 숨을 몰아쉬며 산길을 뛰었습니다. 눈썹 위에 앉은 눈이 녹은 탓인지, 뜨거웠던 입김 탓인지 얼굴이 얼어 따끔거렸습니다. 속으로 '없어라. 없어라. 없어라'라는 말을 되뇌며… 도착했을 때.

혜영 (반갑게) 아저씨!

| 정우 | 있었습니다. |
| 혜영 | 아저씨! 편지는요? |

정우, 숨을 몰아쉰다.

정우	너… 지금….
혜영	편지는요?
정우	너 지금, 그게 중요해? 어? 얼어 죽으려고 환장했어?
혜영	저 괜찮아요. 하나도 안 추운데.
정우	뭐? 너 미쳤어? 너 생각이 없니? 기다리다 안 오면 들어가야 할 거 아니야! 너 바보니? 눈 오는 거 안 보여? (혜영에게 소리친다) 그렇게 한참을 소리쳤습니다. 기억이 다 나진 않지만 아마 심한 말(심한 말 심한 말)을 많이 했던 것 같습니다. 제가 화가 난 이유는… (사이) 땀과 눈으로 등판에 달라붙은 젖은 옷 때문입니다.
혜영	죄송해요. 근데 약속했잖아요. 여기서 기다리기로… 그래서 아저씨도… 왔잖아요.

사이.

| 정우 | (주머니에서 편지를 꺼낸다) 자, 편지. |
| 혜영 | (손으로 자신을 가리킨다) |

긴 사이.

혜영, 천천히 다가와 편지를 받는다.

정우   오랜만에 뛰었더니 심장이 미친 듯이 뛰었습니다.

혜영, 편지를 받고 뛰며 기뻐한다.

정우   혜영이도 미친 듯이 뛰었습니다.
혜영   이거 정말 나한테 온 편지에요? 정말 나한테 온 거예요? 봐
       요! 올 거라고 했잖아요. 아저씨 고마워요. 고맙습니다.
정우   내가 뭐….

혜영, 편지를 뜯으려고 한다.

정우   (다급하게) 잠깐만, 집에서 봐. 원래 편지는 혼자 보는 거야.
혜영   아….
정우   그리고! 그… 정말 중요한 말은 여백에서 찾는 거야.
혜영   아… 네, 안녕히 가세요.
정우   혜영아, 저기… 아니다. 가.

혜영, 주변을 돌아본다.

혜영   아저씨….
정우   어?
혜영   아저씨….

정우   왜… 왜?

혜영   (약간 사이) 길이 없어졌어요.

정우   뭐?

정우, 혜영이와 나란히 서서 눈 덮인 길을 바라본다.

정우   온통 하얀 눈입니다. 앙상한 가지들과 사람이 살지 않는 폐가, 못이 삐져나왔던 울타리, 항상 발을 헛디뎠던 웅덩이 위로, 온통 하얀 눈이었습니다. 마치 여백으로 가득 찬 혜영의 편지 같았습니다. 까만 먼 산 뒤로, 해가 아득해졌고, 햇볕의 온기는 소복이 쌓인 눈 위에 겨우 반짝였습니다. 그 상황에 어울리는 말은 아니었지만, 아름다웠습니다.

혜영   어떡해요?

정우   잠깐만, 내가 살펴보고 올 테니까. (관객에게) 눈 속을 헤치며 몇 걸음 걸었더니 발끝이 아렸습니다. 이미 젖어버린 신발 속으로 눈 속의 냉기가 파고들어 발끝을 깨트리는 것 같았습니다. 허리까지 차오른 눈 때문에 정말 어디가 길인지 흔적도 찾아 볼 수 없었습니다.

혜영   아저씨 조심하세요!

정우, 추위에 몸을 떤다.

혜영   아저씨, 괜찮아요?

정우   이거 어떡하나… 정말 길이 없어졌다.

혜영	아저씨, 입술이 파래요.
정우	이러다 큰일 나겠다. 모닥불이라도 있으면 좋겠는데….
혜영	땔감!

정우, 관객에게 모닥불을 받아와 모닥불을 만든다. (불면 모닥불이 커진다)

혜영	우와, 따뜻하다.
정우	너 하나도 안 춥다며?
혜영	(웃는다)
정우	웃지 마, 또 화나려고 하니까.
혜영	… 네.
정우	침. 묵. 그렇게 침묵 속에 시간이 꽤 지났습니다.

혜영, 편지를 본다.

정우	그때 처음 알았습니다. 눈 내리는 소리도 빗소리만큼 크다는 걸. 모닥불이 흔들릴 때마다 혜영의 눈에 비친 불꽃이 반짝였습니다.
혜영	눈이 좀 그쳤어요.
정우	난감하다, 참.
혜영	아저씨.
정우	왜?
혜영	죄송해요.

정우 아니까 다행이다.

혜영 아저씨.

정우 왜?

혜영 죄송한데요.

정우 알았다니까.

혜영 그게 아니라 이거 (편지를 건네며) 이거 좀 읽어주시면 안 돼요?

정우 뭐?

혜영 어차피, 집에서 읽을 수 없게 됐잖아요. 할 것도 없고….

정우 너 지금 상황에.

혜영 글을 몰라요.

정우 뭐?

혜영 글을 몰라요.

정우 장난이 장난이 아니게 되었습니다.

혜영, 웃는다.

정우 웃지 마. 근데 너, 읽지도 못하는 편지를 기다린 거냐?

혜영 (편지를 내밀며) 읽어 주실 거죠?

정우 (편지를 뜯고) 꽃이네. 낭만적이다.

혜영 우와,

정우 혜영에게.

혜영 잠깐만요. (숨을 고른다)

정우 어?

혜영 다시요.

정우   혜영에게. 으흠!! '잘 지내시오?'… (혜영을 바라본다) 으흠…
　　　'잘 지내시오?'

정우, 젖은 손으로 편지지를 문지른다.

정우   이게 안보이네. 어쩌지… 눈 때문에 잉크가 번졌나보다…
　　　첫 줄 빼곤 전부 읽을 수가 없네. 이거 봐봐.
혜영   진짜네.
정우   (사이) 미안….
혜영   (웃는다)
정우   혜영이 웃습니다. 그 웃음은 마치 새끼손톱 밑에 박힌 작은
　　　가시 같았습니다. (혜영에게) 그래도 말린꽃까지 넣은 걸 보
　　　면 그 사람 되게 정스러운 사람인가 보다. 그게 생각보다
　　　힘들어, 말린꽃 만드는 게. 온 산을 돌아다니면서 예쁜 놈
　　　으로 골라야지, 또 곱게 펴서 책속에 조심스럽게 눌러야지,
　　　그리고 꼭 두꺼운 책으로 해야 된다.
혜영   저 괜찮아요.
정우   이야, 꽃이 예쁘네.
혜영   달맞이꽃.
정우   그 꽃, 아는 사람 드문데,
혜영   이 꽃에 얽힌 이야기 알아요? 옛날에 별을 사랑하는 요정
　　　들이 있었대요. 근데 그중에 홀로 달을 사랑하는 요정이 있
　　　었는데 그 요정은 별이 뜨면 달을 볼 수 없다고 생각했기
　　　때문에 무심코 이런 말을 해요. "아~ 별이 모두 없어졌으면

좋겠다, 그럼 매일 매일 달님을 볼 수 있을 텐데…" 이 말을 들은 다른 요정들은 화가 나서 "넌 우리랑 같이 있을 수 없어." 그 요정을 은하수 너머 달도 별도 없는 먼 곳으로 쫓아버렸어요. 결국 달을 볼 수 없게 된 요정은 서서히 병들어 죽어갔고, 달이 뒤늦게 이 사실을 알고 찾았지만 너무 늦어버렸어요. 달은 눈물을 흘리며 요정을 땅에 묻어줬어요. 그리고 그 자리에 꽃 한 송이가 곱게 피어났는데, 그 꽃이 바로 달맞이꽃이래요. 그래서 꽃말이.

정우　　기다림.

혜영　　오.

정우　　나도 꽃말은 알아.

혜영　　왜요?

정우　　왜요?

혜영　　아저씨는 그런 거 전혀 모르는 사람 같은데.

정우　　왜 이래. 나 꽃 좋아해. 선물도 많이 했고.

혜영　　우와, 아저씨도 누굴 좋아해 보셨어요?

정우　　너 사람 화나게 하는 재주가 있다.

혜영　　화나셨어요?

정우　　… 아니. 홍역은 누구나 한번은 겪어야 하는 병이야.

혜영　　어떤 분이셨어요? 아저씨의 꽃을 받은 사람?

정우　　(약간 사이) 넌 몰라도 돼. 너의 그, 홍역보균자는 어떤 사람이니?

혜영　　손이 큰 사람이요. (약간 사이)

정우　　끝?

혜영 끝. 몰라도 돼요, 아저씨도.

사이.

혜영 달님의 마음은 어땠을까요?
정우 뭐?
혜영 요정이 자기를 기다리다가 죽었다는 것을 알았을 때 말이에요.
정우 ….
혜영 많이 슬펐을 거야.
정우 처음부터 유별나게 혼자 달을 기다린 게 잘못이지. 그리고 누가 기다리라고 했나?
혜영 쉿 쉿. (달맞이꽃을 감싸며) 나쁜 사람. 이 꽃은 꿈을 잃은 거라고요.
정우 꿈? 꿈은 그런 게 아니야.
혜영 그럼 어떤 게 꿈인데요?
정우 실현 가능한 것. 진취적이고 미래지향적인 것.
혜영 어렵다. 근데 여기 우표 옆에 있는 글자는 뭐에요?
정우 발신 박정우, 보내는 사람. (자신의 명찰을 숨긴다)
혜영 아 이름이 정우구나. 세 번이나 물어봤었는데… 그냥 가버렸어요.

사이.

정우 이름만 봐도 좋은 사람인지 딱 알겠다. 원래 이름에 동그라미가 많이 들어갈수록 성격이 좋아. (관객에게) 혜영의 어깨 너머로 어렴풋이 느껴지는 슬픔에 말도 안 되는 농을 던졌습니다. (혜영에게) 이거 봐 "정우" 동그라미가 두 개나 있잖아. (관객에게) 사실대로 말했어야 했습니다.

혜영 여기는요?

정우 수신 정혜영.

혜영 아… 제 이름이에요? 제 이름은 동그라미 네 개네요.

정우 이건 동그라미가 아니야.

혜영 왜요? 똑같이 생겼는데

정우 그러니까 동그라미는 이응이라는 건데 이건 히읗.

혜영 똑같은 동그라민데….

정우 그래 똑같다고 쳐.

혜영 그래서 내가 성격이 좋은가. (바닥에 동그라미를 그린다) 이응. 아저씨, 글 가르쳐주세요.

정우 어째서?

혜영 어쩔 수 없잖아요. 답장은 해야 하고.

정우 그러니까 내가 어째서?

혜영 아저씨가 편지를 다 젖게 했잖아요.

정우 그게 왜 나 때문이야.

혜영 우체부!

정우 어쩌라고!

혜영 세상의 모든 우편물이 안전하게 전달되어야 하잖아요!

정우 얘 말하는 본새 좀 봐라.

혜영   아저씨 이름은 뭐예요?

정우   ….

혜영   이름 뭐예요? 동그라미 없죠?

정우   ….

혜영   으… 어쩐지….

정우   ….

혜영   가르쳐줘요!!

정우   ….

혜영   나쁜 사람.

혜영, 시무룩하다.

정우   너 여러 가지로 사람 귀찮게 한다.

혜영   가르쳐주시는 거지요?

정우   내가 사명감 때문에 한다.

혜영   저랑 약속하신 거예요.

정우   (관객에게) 약속이 또 하나 생겼습니다.

혜영, 나무꼬챙이를 주워 와서 바닥에 동그라미를 그리고 정우
를 쳐다본다.

혜영   이응.

혜영, 바닥에 동그라미를 그린다.

혜영　　이응, 이응, 이응 어! 눈사람이다. 아저씨, 눈사람 같이 생겼
　　　　어요.

정우　　….

혜영　　이거 봐요. 이응이 두 개 만나니까 눈사람이 됐어요.

정우　　그래. 내가 눈사람이 될 지경이다.

혜영　　아저씨, 눈사람 만들어요.

　　　　혜영, 눈을 뭉치기 시작한다. 생각처럼 쉽지 않다. 정우, 한참을
　　　　한심하게 바라보다가 혜영이 가지고 있던 눈뭉치를 뺏어서 들
　　　　고 나간다. 정우, 밖에서 소리를 지르며 큰 눈뭉치를 굴리며 들
　　　　어온다.

혜영　　우와.

　　　　혜영, 가만히 정우를 바라본다.
　　　　정우, 귀찮아하며 다시 나간다. 이내 다른 눈뭉치를 굴리며 들어
　　　　와 쌓는다. 혜영 좋아한다.

정우　　됐지?

혜영　　웃기다.

정우　　뭐가?

혜영　　똑같아요. 그 사람이랑 아저씨랑.

정우　　참나, 별소리 다 듣는다.

혜영　　그 사람도 아저씨랑 똑같은 표정이었어요. 싫어하면서 막

챙겨주고, 귀찮아하면서 다 해줄 때. 근데 그날 밤은 달랐어. 표정은 똑같은데 달랐어. 미안하다는 말만 되풀이하면서. 나도 처음이었는데 그런 기분… 그 사람은 밤에 웃고 아침에 인상을 찌푸렸는데, 난 밤에 인상을 찌푸리고 아침에 웃었어.

정우 ….

혜영 아저씨, 뭐 잊은 거 없어요?

정우 뭐?

혜영 눈, 코, 입이 없잖아요.

혜영, 나뭇가지를 주워 와서 눈사람의 눈 코 입을 만든다.

혜영 이제 진짜 눈사람이다. 예쁘다. "안녕"

정우 어차피 녹을 건데 뭘 그렇게 정성을 들이나?

혜영 정성 아닌데, 책임인데. 내가 만든 거니까, 아, 아저씨랑.

정우, 무심히 다가가 눈사람의 표정을 바꾼다.

혜영 닮았다. 나랑.

정우 그러네. 이 추운 날 뭐 좋다고 웃고 있네.

혜영, 눈뭉치를 만들어 던진다.

정우 어.

혜영, 또 던진다.

정우   너, 그만해라

혜영, 또 던진다.

정우   그만하라고 했다.

정우와 혜영 한바탕 눈싸움을 벌인다. 정우 먼저 지쳐서 눕고 혜영 따라서 눕는다.

혜영   아, 좋다.
정우   나이 먹고 뭐하는 짓인지….
혜영   고마워요.
정우   뭐가?
혜영   몰라요.
정우   저도 고마웠습니다. 근데 혜영이처럼 뭐가 고마운지는 몰라서 그 말을 혀끝에 매달았습니다.

정우, 몸을 일으켜 모닥불 옆으로 간다.

정우   안 춥니? 입 돌아간다.
혜영   아저씨, 어떡해요. 저 입 돌아갔어요.
정우   재밌니? 너 참, 대책 없다. 날이 밝아야 움직일 수 있을 테니까. 불 옆에 와.

혜영, 불 옆에 앉는다. 정우 입으로 바람을 불어 불을 키운다.

혜영 진짜 나랑 닮았다.

정우 뭐가?

혜영 눈사람.

정우 너 항상 말을 하다가 말더라.

혜영 눈사람은 왜 다리가 없어요? 불쌍해. 아무 데도 못 가고. 내
일도 저 자리에 가만히 있겠지. 나랑 닮았어.

정우 그 사람 뭐 하는 사람인데?

혜영 군인.

정우 군인? 어디서 만났는데?

혜영 피난길에요.

정우 얼마나 기다린 거야?

혜영 음… 3년? 아니다 5년?

정우 5년?

혜영 저 길을 따라 떠난 지 5년.

정우, 혜영을 빤히 쳐다보고 혜영도 정우를 바라본다.

정우 갑자기 화가 치밀어 올랐습니다. 입을 떼면 험한 말이 나올
것 같아 입을 꾹 다물었습니다.

혜영 오늘은 기분 좋은 날이에요. 편지가 왔으니까.

정우, 혜영 말없이 모닥불 옆에 앉아있다. 혜영, 잠이 든다.

정우   두 사람이 나란히 앉아있습니다. 그 중, 한 사람은 잠이 들
고 다른 한 사람은 혼자 많은 생각을 했습니다. '사실대로
얘기할까? 그 사람인 척 편지를 쓸까? 그 사람은 어떤 사람
일까?' 시간이 금방 흘렀습니다. 모닥불은 꺼져 가지만 굳
이 불씨를 키우지 않아도 됩니다. 날이 밝은지 좀 됐거든
요. 산 너머에서 햇빛이 날카롭게 눈을 찌르고 인상이 찌푸
려집니다. 혜영이가 깨면 그때 그날 밤이 생각날까 봐 자는
척을 했습니다.

혜영, 잠에서 깬다.

혜영   어!

혜영, 일어나 길을 확인한다.

혜영   아저씨! 아저씨!!!

정우, 일어난다.

혜영   빨리 와 봐요.
정우   다행이네. 눈이 좀 녹아서….
혜영   아저씨, 안녕히 가세요!

혜영, 자리로 돌아간다. 정우, 책상에서 편지를 쓰기 시작한다.

정우 편지를 썼습니다. 혜영에게 제대로 된 편지를 써주려고 합니다. 동정심? 미안함? 답답함? 정확히 무엇 때문인지는 모르겠지만 혜영이의 부질없는 기다림을 모른 척할 수는 없었습니다. 피난길에 만난 이름 없는 군인. 편지 쓴다는 약속을 할 때 주소는 물어봤을까요? 5년이 아니라 50년 뒤에도 그 나쁜놈 편지는 오지 않을 겁니다. (편지를 쓴다) 내용은 대충 이렇습니다. 난 가지 못할 것이고, 더 이상 기다리지 말아라. 미안하다, 기다리게 해서. (봉투에 넣는다) 하루, 이틀… 며칠이 지났습니다. 이제 눈은 많이 녹았습니다. 길이 미끄러웠지만 한걸음에 혜영에게 갔습니다.

혜영 아저씨.

정우 자, 편지.

혜영 우와! 또?

정우 그래. 어차피 읽어 줘야 되지?

혜영 네.

정우 뜯는다.

혜영 네.

정우 읽는다.

혜영 네.

정우 "혜영에게. 잘 지내시오? 저번에 보낸 편지는 잘 도착했는지 궁금하구려."

혜영 네 (편지를 보이며) 여기, 여기.

정우 "나는 잘 지내고 있소. 5년 전 당신을 떠나 잘 지내고 있다는 말이 죄스럽구려. 미안하오. 사실 이 편지를 읽지 못했으면 하는 바람이오. 설마 아직 기다리고 있을까 걱정하며 편지를 쓰고 있소. 아직 거기에 있다면 이제… (혜영의 눈치를 본다) 이제… 이제… 당신에게 용서를 구하러 가고 싶소. 조금만 더 기다려주시오.

혜영 온대요. 온대요!!! 나한테 미안하대요. 좋은 사람.

정우 ….

혜영 아저씨 글 가르쳐 주세요. 답장을 써야 해요.

정우 그래.

혜영 답장을 써야 해요.

정우 그래. 알았어.

혜영 답장! 빨리요.

정우 잠깐만!

혜영 빨리.

정우 알았다니까!

사이.
정우, 주변에 있던 나무꼬챙이를 주워와 바닥에 자음을 쓴다.

정우 (바닥에 'ㄱ'을 쓴다) 기역.

혜영 기역!

정우 니은

혜영 니은

정우	디귿
혜영	디귿
정우	리을, 미음, 비읍, 시옷, 이응, 지읒, 치읓, 키읔, 티읕, 피읖, 히읗

정우, 자음을 써 내려가고 혜영 따라 쓴다. 두 사람의 분위기가 대조적이다.

정우	또박또박 써!
혜영	네.
정우	글씨를 누가 그렇게 작게 쓰나? 크게 써. 크게.
혜영	….
정우	힘있게.
혜영	….
정우	더!!!
혜영	… 무서워요.
정우	그만두던지.
혜영	아니에요.
정우	자, 이제 모음.

정우, 모음을 쓰고 읽는다.

정우	아!!!!
혜영	아

정우	애!!
혜영	애
정우	야!!

혜영, 정우의 글씨를 따라 쓴다.

정우	소리치고 싶었는데 그것도 마음대로 되지 않습니다. 스스로가 한심하고 바보같이 느껴져서 애꿎은 혜영에게 분풀이를 해댔습니다. 혜영의 작은 손으로 꾹꾹 눌러쓴 글씨 위에 꾹꾹 참은 울음이 눌러 담겼습니다. 추위 때문에 발갛게 부어오른 손을 보고 있자니 미안한 마음이 들었습니다. (혜영에게) 처음 배울 때 똑바로 배워 놔야해.
혜영	네. 열심히 할 거예요.
정우	무섭다며?
혜영	그래도.
정우	왜?
혜영	답장을 써야하니까.
정우	그놈에 답장. 뭐라고 쓰고 싶은데?
혜영	괜찮다고요. 미안해하지 말라고요.
정우	(편지지와 펜을 꺼낸다) 얘기해. 내가 써줄 테니까.
혜영	정말요?
정우	나 한가한 사람 아니야. 빨리 얘기해.
혜영	음… 무슨 말부터 해요?
정우	인사.

혜영	안녕하세요. 다음은요?
정우	근황.
혜영	저는 잘 지내고 있어요.
정우	잘 지내긴… 5년을 망부석처럼 기다렸는데. 솔직하게 적어 솔직하게.
혜영	망부석이 뭐에요?
정우	실실 웃고 있는 눈사람 같은 거 있어. 다음.
혜영	아, 요즘 글을 배우고 있어요, 우체부 아저씨에게. 빨리 배워서 제가 직접 편지를 쓸 거예요. 지금은 그 우체부 아저씨가 대신 써주고 있어요. 좋은 사람 같기도 하고 나쁜 사람 같기도 하고….
정우	뭐?
혜영	솔직하게 적어야 한다면서요.
정우	그래. 그래.
혜영	아, 달맞이꽃, 고마워요. 말린 꽃 만드는 게 힘들다고 하던데… 고마워요. 그리고 아저씨가 이름만 봐도 좋은 사람인지 알겠대요. 정우. 고마워요, 좋은 사람이라서.
정우	고맙다는 말밖에 없어?
혜영	생각나는 말이 그것밖에 없어요.
정우	억울하지도 않아? 매일, 이 자리에서.
혜영	저는 기다리는 게 좋아요.
정우	기다리는 걸 좋아하는 사람이 어딨어?
혜영	있는데.
정우	그래. 그래. 맞다 너.

혜영   진짠데.

정우   그렇다고 치고, 더 할 말은 없어?

혜영   편지 쓴다고 했던 약속. 지켜줘서 고마워요. 전 여기서 계
         속 기다릴게요.

정우   끝?

혜영   끝.

정우   답답하다, 정말. 나도, 너도.

혜영   응?

정우   답답하다고. 5년을 기다리게 했으면 욕이라도 처질러야 할
         것 아니야.

혜영   나 괜찮은데.

정우   바보같이.

혜영   바보라고 하지 마요.

정우   나한테 하는 말이야. 나한테

혜영   아저씨한테도 하지 마요.

정우   나도 내가 왜 이러는지 모르겠다.

         정우, 봉투에 편지지를 접어 넣는다.

혜영   한 번만 봐도 돼요?

         정우, 편지를 준다.

혜영   신기하다. 이제 이 편지가 그 사람에게 가는 거예요?

정우 그래.

혜영, 편지를 보며 좋아한다.

정우 안 보낼 거야?

혜영 아. (편지를 건네며) 잘 부탁드립니다.

정우 그래. (관객에게) 잘 부탁드립니다. (따라 말하고 웃는다) 그 말을 듣는 순간 옛날 생각이 났습니다. 전쟁통에 집 잃은 피난민이 친척 집에 안식구를 맡기며 했던 말. '잘 부탁드립니다' 그때 저의 마음도 혜영이가 이 편지에 동봉한 마음과 비슷했습니다. (약간 사이) 혜영은 모릅니다, 편지를 부치려면 주소가 필요하다는 것을. 보낼 수도 없는 편지에 우표를 붙일 필요는 없습니다. 혜영의 부탁을 들어줄 순 없지만 대신, 답장을 써볼까 합니다. (책상에 앉아 편지를 쓴다) 혜영의 편지는 며칠을 묵혀야 합니다. 먼 길을 다녀오는 척, 해야 했으니까요. 그사이 저는 우체부 외에 선생님이라는 직업에도 사명감이 생기기 시작했습니다. 혜영이는 글공부를 꽤 열심히 하거든요. 더디긴 했지만 이제 단어도 곧잘 쓰곤 합니다.

혜영 (한 글자씩 읽으며 쓴다) 소나무

정우 (소나무 관객에게) 사계절 내내 저 모습이지. 늙지를 않아. 그럼 저건?

혜영 (바닥에 글씨를 쓰며) 바위… 위….

혜영, 어려워하고 정우 관객에게 신호를 준다.

정우 오. 어려운 단언데. 바위. 단단하게 생겼지?

혜영 저 새 이름은 뭐예요?

정우 아, 겨울 철새인데, 개똥지빠귀. 울음소리가 독특하다. 들어볼래?

혜영 그 소리가 저 새 소리였구나. (글씨를 쓰며) 개똥… 어렵다. 아저씨는 편지 써봤어요?

정우 요즘 특히 더 많이 쓰는 것 같다.

혜영 우와, 부럽다. 나는 언제쯤 쓸 수 있을까.

정우 너도 금방 쓸 수 있을 거야.

혜영 아저씨는 누구한테 써요? 아! 아저씨의 꽃을 받은 사람?

정우 꽃? (약간 사이) 그렇긴 하지. (편지를 건네며) 참, 편지 왔는데. 이번에는 좀 오래 걸렸네. 읽어줘?

혜영 우와!! 네! 빨리 빨리.

정우 내가 쓴 편지를 내가 읽는 것이 가끔 민망할 때도 있습니다만 좋은 점은 즉석에서 수정도 가능하다는 겁니다. (혜영에게) 잘 지내고 있다니 다행이구려. 글을 가르쳐주는 우체부는 참 좋은 사람 같소. 감사하다는 말을 꼭 전해주오. 말린 꽃 만드는 일은 정말 어려운 일이오. 특히 당신에게 보낸 달맞이꽃은 더 어려웠소. 꽃을 받고 기뻐할 모습을 직접 보고 싶구려. 조금만 기다려주시오.

혜영 (바닥에) 보. 고. 싶. 어. 요.

정우 그렇게 보고 싶어? 부럽네. 보고 싶은 사람이 있다는 게.

혜영	왜요? 아저씬 없어요?
정우	없어.
혜영	거짓말.
정우	기억이 안 나, 얼굴이. 그래서 보고 싶은 것도 없어.
혜영	왜 기억이 안 나요?
정우	그러게요. 왜 기억이 안 날까요. 아무리 애써봐도 도무지 떠오르지가 않습니다.
혜영	슬퍼 보여요.
정우	빤히 올려다보는 혜영의 눈 속에 멍청하게 보이는 남자 얼굴이 보입니다. 처음이었습니다. 누군가에게 내 이야기를 한다는 것이.
혜영	아저씨?
정우	모든 이유가 못 가는 이유였는데 죽고 나니 모든 이유가 아무것도 아니었어. 죽었어. 나만 기다리다가. 전쟁통에 일단 피난부터 해야지, 나랑 한 약속이 뭐가 중요하다고.
혜영	아, 아, 아, 아, 아, 아,

혜영, 괴로워한다.

| 정우 | 혜영아. 혜영아! 왜 그래. 혜영아. 천천히 숨 쉬어. 안되겠다. 병원 가자. 업혀 봐. |

정우, 혜영을 업고 뛴다.

정우   혜영아. 조금만 참아라.

혜영   천천히, 천천히. (사이) 따뜻하다.

정우   괜찮니?

혜영   이런 기분이구나.

정우   뭐?

혜영   피난길이었어요. 아버지가 매신 지게에는 이불 보따리가 가득했고 그 위에 제 동생이 앉아있었어요. 나도 지게 위에 앉고 싶었는데, 나도 앉고 싶었는데, 나도 지게 위에 앉고 싶었는데 어머니가 막 혼을 냈어요, 다 큰 년이 투정이라고. 어머니는 제 머리 위에 있던 짐을 들고 가셨어요. 나는 홀가분해서 신나게 앞으로 뛰어갔어요. 그때 갑자기 '콰광' 천둥 치는 소리가 들렸어요. 막 먼지가 일고.

정우   그만해.

혜영   사람들이 소리를 지르고.

정우   그만.

혜영   여기저기에서 울음소리가 들렸어요.

정우   괜찮아. 혜영아 괜찮아.

혜영   ….

정우   괜찮아. (약간 사이) 생각은 생각을 만든다.

혜영   어른 같다.

정우   어른이야.

혜영   아저씨, 고맙습니다.

정우   좀 어때?

혜영   이제 내려줘요.

정우 병원 가야지.

혜영 싫어요!! 내려줘!!

혜영, 정우의 등위에서 발버둥치다가 정우가 넘어진다.

혜영 죄송합니다.

정우, 짜증을 참고 있고 혜영은 정우에게 묻은 눈을 털어준다.

혜영 안녕히 가세요.

혜영, 뛰어 들어간다.

정우 혜영이가 뛰어가는 모습을 보니 조금 안심이 되었습니다.

정우, 돌아온다.

정우 다음날도 혜영은 아무 일도 없었다는 듯 늘 기다리던 자리에서 뻔뻔하게 손을 흔들었고 그 손에는 우체부의 투철한 사명감으로 많은 편지가 전달되었습니다. (가방에서 편지를 계속 꺼낸다) 그렇게 시간이 흘러 정우가 곧 가겠다고 한 지 1년이 지났습니다. 어쩌면 365일, 어쩌면 8760시간.

암전.

정우   조명을 끄지 마세요. 시간의 흐름은 상상력으로 충분합니다. 어차피 시간은 우리의 약속에 불과하니까요. 어느새 두 번째 겨울이 다가왔습니다. 저기 있는 눈사람은 혜영이와 제가 만든 두 번째 눈사람입니다. (외투를 벗으며) 오늘은 특히 날씨가 포근합니다. 따뜻한 햇볕 때문에 눈사람도 꽤 녹아버렸습니다.

정우, 눈사람을 녹인다.

정우   혜영이의 편지가 쌓여갈수록 죄책감도 함께 쌓여갑니다. 혜영이를 위해 시작한 거짓말이지만 이제는 누구를 위한 것인지도 모르겠습니다. 어떻게 해야 할까요?

정우, 관객에게 대답을 유도한다. '바위님? 개똥지빠귀님? 소나무님? 땔감님?'

정우   (대답에 따라) 그래야겠지요? 너무 먼 길을 돌아봐 버렸으니까요. 사실대로 얘기해야 되는데 돌아가야 할 길을 잃은 것 같습니다.
혜영   눈사람이 많이 녹았어요.
정우   그러네. 못 생겼다.
혜영   아닌데, 예쁜데.
정우   봐, 어차피 녹을 거라고 했잖아.
혜영   또 올 거예요. 우린 그냥 손을 흔들어요. "안녕"

정우   "안녕"

혜영   나 여기 있는데…

정우   뭐?

혜영   나 여기 있는데… 왜 안 와요?

정우   ….

혜영   겨울이 또 왔는데… 약속은 지켜야 하는 건데….

정우   곧 오겠지.

혜영   5년보다 1년이 더 길어요.

정우   희망이 없는 믿음에 희망을 더해버린 1년입니다.

혜영   언제 와요?

정우   못 오는 이유가 있는 거야.

혜영   무슨 이유요?

정우   바쁜 일이 있거나, 급한 일이 생겼거나, 돌아오는 길을 잃
        어버렸거나.

혜영   길은 저기 있는데… 떠날 때 그대로 있는데… 기다리는 거
        이제 재미없어.

정우   ….

혜영   왜 안 와요? 금방 온다고 해놓고… 금방 온다고 해놓고! 나
        기다리고 있는데.

정우   저기, 혜영아. … 아니다. 오늘은 뭐라고 시작할까?

혜영   (고개를 흔든다) 이번엔 제가 직접 썼어요.

혜영, 편지를 건네고 나간다.

정우　울고 있었습니다. 세 치의 혀가 저지른 일이 한 치 앞도 모르게 다가왔습니다. 이번 답장은 특히 더 신경을 써야겠습니다.

정우, 혜영의 편지를 뜯는다.

정우　정우에게. 삐뚤삐뚤한 글자가 저의 입꼬리를 걸어 올립니다. 편지내용은.

정우, 편지를 읽고 혜영에게 뛰어간다.

혜영　"나는 혜영에게 글을 가르쳐주던 우체부요. 갑작스러운 소식에 놀라진 않았으면 하오. 혜영이가 죽었으니 와주었으면 좋겠소. 오는 길, 천천히 조심히 오시오"

정우　정혜영!

혜영　아저씨.

정우　너 이게 뭐 하는 짓이야?

혜영　네?

정우　'혜영이가 죽었으니 와주었으면 좋겠소' 너 이런 짓 하려고 글 배웠어?

혜영　그럼 어떡해, 너무 보고 싶은데.

정우　그렇다고 이런 편지를 써? 죽었다고?!

혜영　아저씨가 그랬잖아요. 모든 이유가 못 가는 이유였는데 죽고 나니 모든 이유가 아무것도 아니었다고.

정우   그런다고 올 것 같애?

혜영   아저씨도 그랬으니까.

정우   핑계야! 핑계. 마음이 있으면 왜 못 와! 마음이 없으니까 못
       오는 거지!

혜영   거짓말. 그럼 아저씨는 마음이 없었어요?

정우   없었어.

혜영   거짓말.

정우   (편지를 흔들며) 거짓말은 네가 했지!

혜영   ….

정우   그놈이 뭐가 좋다고.

혜영   그렇게 말하지 마요!

정우   바보같이.

혜영   아니야.

정우   어린애처럼.

혜영   아니야!!

       사이.

혜영   근데 어떻게 제 편지… 왜 읽은 거예요?

       정우, 무대를 가로질러 책상 위에 쌓여있던 혜영의 편지를 가지
       고 와서 혜영에게 준다.

혜영   (편지를 확인하며) 이게 왜….

정우	(명찰을 보여준다)
혜영	박정우.
정우	그놈은 안 와. 안 온다고! 5년을 기다리고도 몰라?
혜영	아니야.
정우	주소는 물어봤어? 생각 못 해?
혜영	아니야.
정우	이름도 안 가르쳐주고 떠났는데 돌아온다는 약속을 믿었어?
혜영	와요!! 온다고 약속했단 말이에요!

혜영, 편지를 정우에게 던진다.

정우	그래. 니 마음대로 생각해.
혜영	나한테 기다리라고 했단 말이야. 약속했단 말이야. 여기서.
정우	아니, 너도 알아. (약간 사이) 너도 알잖아. 안 온다는 거 알지?
혜영	몰라.
정우	버려졌다는 거.
혜영	몰라.
정우	그게 어때서?
혜영	아니야. 잃어버린 거야.
정우	유별나게 왜 혼자 난리야.
혜영	아니야! 아저씨가 뭘 알아.
정우	그냥 인정해.

사이.

혜영　왜요. 왜… 저한테 왜 그랬어요?

정우　불쌍해서, 미련해서. 속에 천불이 나서.

혜영　….

정우　살아야지. 너 자신을 위해 살아야지.

혜영　난 이게 사는 거야.

정우　여기서 가만히 기다리는 게 사는 거야? 그 새끼는 안 온다
고!!!

혜영　난 이게 사는 거야.

사이.

혜영　콰.광. 천둥소리가 났어요. 먼지가 일고 사람들이 소리를
지르며 뛰어다녔어요. 근데 아버지, 어머니, 동생은 움직이
지 않았어. 난 할 수 있는 게 아무것도 없어요. 그때 누가
제 손을 꼭 잡아당겨요. 그렇게 한참을 뛰었어요. 아무것도
할 수 없었을 때, 손이 아플 정도로 꼭 잡아준 그 큰 손만
보고 뛰었어요. 그 사람은 손이 큰 사람이에요. (정우의 명찰
위에 손으로 글씨를 쓰며) 박정우, 아저씨는 좋은 사람이에요?
나쁜 사람이에요?

정우　….

혜영, 목도리를 벗어서 정우에게 메어주고 그루터기 앞에서 신

발을 곱게 벗고 나간다.

정우   그게 우리의 마지막 인사였습니다. 저는 편지를 쓰고 있습니다. 습관처럼. 이름은 있지만, 주소는 없는 편지. 내용은 항상 비슷합니다. 저도 잘 모르겠습니다, 이게 무슨 의미가 있는지. 하지만 내일도 저는 여기 있을 겁니다.

정우, 라디오 볼륨을 높이고 책 안에 있던 말린꽃을 모두 버린다. 혜영의 신발을 눈사람 앞에 놓고 무대 뒤쪽 천을 뜯는다. 눈이 내린다.

К Хе Ен

Автор Ким Хен Гю

Перевод на русский язык Цой Ен Гын

Действующие лица:

Ден У: мужчина 38 лет, получивший новое назначение в качестве почтальона в глухую деревню.

Хе Ен: девушка 19лет деревенская девушка, ждущая молодого фронтовика.

Время

1958.

Место

Глухая деревенька.

Содержание

1958год. Время, когда еще не зажили раны от войны. У Ден У сегодня первый рабочий день на почте. Неожиданно перед ним появляется девушка по имени Хе Ен. Она день и ночь, в дождь и снег ждет письмо от солдата, призванного несколько лет назад в армию. Ден У такое ожидание девушки казалось странным и немного напрягало его. И чтобы как-то успокоить девушку, он написал от имени молодого солдата письмо к Хе Ен: «скоро я приеду к тебе». Но пустое обещание, ничего не обещающее ожидание оборачивается неожиданным поворотом. Сможет ли Ден У сказать правду Хе Ен? Как воспримет девушка правду, заключающуюся в том, что надежда обернулась обманом?

Въезд в глухую деревню. Перед деревней высится красный столбик с надписью, видны пеньки от вырубленных деревьев. Сквозь густые деревья виднеются очертания гор.. На сцене валяются письма. В углу стоят стол и стулья. На столе старый радиоприемник.

Ден У сидит за столом и пишет письмо. (садитесь скорее; н ачинается спектакль.)

Ден У. Здравствуйте. Я ждал вас. (здоровается со всем и) Я - почтовый работник. Сегодня поступило много почты. (Ден У раздает письма адресованные с ловами: « скала», « ель», «птичка, под названием собачь е дерьмо», «костер» посетителям). Буду благодарен, если получившие письма посетители встанут. Прекрасно. Похоже, что почта благополучно доставлена до адресата. Теперь можете сесть.

Вы из зрительного зала смотрите на меня, а я отсюда смотрю на вас. Да, это место знакомое вам как сцена для артистов. Но сегодня это место может показаться новым вовсе не знакомым местом. Сейчас я пишу письмо. По привычке. Есть имя, но нет адреса. Вот такое письмо. Но содержание письма всегда одинаковое. Я сам не знаю в чем тут смысл. Но я и завтра буду тут (п ауза). Когда я встретил того друга, вон то дерево, что позади нас, было ростом с меня (гость сзад и). Неважно, было это дерево тогда или не было его, высокое ли низкое оно было. Важно, то, что вы внимательно слушаете мой рассказ. И время не так важно (снимает с руки часы). Важно то, что я артист, который живет день (год, состоящий из 365 д ней), за днем (состоящий из 24-х часов).

Выходит Хе Ен.

Ден У. Уходящая осень. Под ногами шуршат листья. Был первый день работы на почте. Я был направлен на работу для разноски почты. Щеки у меня раскраснелись.

Хе Ен. Дядя.

Ден У.   ?.

Хе Ен.   Дядя!

Ден У.   Она звала меня так, будто мы были давно знакомы.

Хе Ен.   Дядя!! Вы новичок?

Ден У.   Что?

Хе Ен.   Почтальон.

Ден У.   А, ты живешь тут?

Хе Ен.   (обрывая разговор). Есть? Письмо?

Хе Ен протягивает руки и смотрит на почтовую сумку.

Ден У.   А...

Хе Ен.   Письмо?

Ден У.   Не понятно было, то ли у меня спрашивает или у сумки. Если я быстро не найду ее письма, то казалось, что она отберет у меня почтовую сумку. Начал быстро искать ее письмо (остановился и посм отрел на девушку).

Хе Ен.   ... Нет?...

Ден У.   Имя...

Хе Ен.   (смеется). Хе Ен. Ден Хе Ен.

Ден У.   (ищет в сумке) Нет.

Хе Ен.   ....

Пауза.

Ден У.   Наверное, важное письмо?

Хе Ен.   (смеется) Завтра придет (уходя) До свидания. Нет,
               счастливой дороги.

Хе Ен садится на пенек. Подходит Ден У.

Ден У.   То было первое наше знакомство. После того дня
               она ждала каждый раз тут и как только увидит
               меня подбегала ко мне как собачка и вставала
               передо мной. (ищет в почтовой сумке). Нет... Вот так
               было каждый день.(поискал письмо в сумке и отрицате
               льно покачал головой). Я смотрел вслед удаляющейся
               девушке, напрасно ждавшей письмо. То, что
               почта не могла предоставить ей письмо, казалось
               моей виной. Теперь, приходя на работу, первым
               делом искал письмо на ее адрес, и ее имя Ден Хе
               Ен стало как будто для меня близким. И сегодня
               в моей сумке нет письма с ее именем.

Ден У подходит к Хе Ен.

Хе Ен.   Дяденька! А письмо?

Ден У.	....
Хе Ен.	Дядя, письмо!!!
Ден У.	....
Хе Ен.	А сегодня?
Ден У.	(Ищет в сумке). Ден Хе Ен, Ден Хе Ен, Ден Хе Ен... Знал, что нет такого письма, но я продолжал искать его в сумке.(к Хе Ен). Нет.
Хе Ен.	До свидания. Нет, счастливого пути.

Ден У не знал ,что делать.

Ден У.	Скажи, от кого ты ждешь письмо?
Хе Ен.	М....м (стесняется, смеется)
Ден У.	Это корь.
Хе Ен.	Что?
Ден У.	(нарочито вызвающе). В детстве каждый болеет этой болезнью. Поднимается температура, в голове неразбериха. Если не лечить вовремя, то можно и умереть. Но переболеешь этой болезнью, и второй раз уже не заболеешь. Да, надо, чтобы быстрее пришло письмо.
Хе Ен.	(нервно стучит по ушам) Пообещал же написать письмо. Слово то надо сдержать. Обязательно придет письмо.

Ден У.	Да?. Обещание... Тогда давай и со мной договоримся об одной вещи. Если придет письмо, то ты будешь ждать его дома..
Хе Ен.	М...м хорошо.
Ден У.	Ладно. Мы с тобой договорились.
Хе Ен.	Да, теперь и вы дядя будете ждать этого письма. Хорошо-то как: теперь появился человек, который будет вместе со мной ждать. И завтра, дяденька, счастливой дороги.

Хе Ен садится на пенек.. а Ден У садится за письменным столом.

Ден У.	(берет бумагу и пишет письмо). Написал письмо. (пишет, потом стирает) Как поживаете? Я почтальон. Извините, за неожиданное письмо. Очень прошу вас, ждите письма дома. Написал коротенькое письмецо, но было такое ощущение, будто чего-то не хватает. Поэтому в письмо решил вложить цветочный лист.

Ден У вытащил из книги засохший цветочек и вложил его в письмо, затем наклеил марку.

Ден У.   Получатель Ден Хе Ен. Отправитель Пак Ден У.

Ден У посмотрел на значок на груди и написал свое имя.

Ден У.   Наверное, обманула, сказав, что не знает имени. Может быть это какая-то нехорошая игра... Хочется узнать чего же она так усиленно ждет.

Ден У положил письмо в сумку и подходит к Хе Ен.

Хе Ен.   Дяденька!

Ден У.   Вот теперь исчезло всякое неудобство. (рыщет в сум ке). Хе Ен... Ден Хе Ен...

Хе Ен.   Есть?

Ден У.   Минуточку.

Ден У долго смотрит на Хе Ен, затем кивает головой.

Ден У.   Не знаю, почему так получилось. Нельзя было передать просто так. И на следующий день...

Хе Ен.   Дядя! А сегодня?

Ден У.   (Сует одну руку в сумку и мотает головой) И на следующей неделе...

Хе Ен.   Дяденька! А письмо...

Ден У.   (мотает головой) И в следующем месяце...

Хе Ен.   Дядя.

Ден У.   Каждый раз, когда она звала меня, письмо в сумке лежало без движения, будто обрастало морщинами.

Хе Ен садится в беседку.

Ден У.   Вот так прошел сезон... В тот день выпал снег.

Снег падает в зрительный зал и на сцену.
Хе Ен пришла и закутавшись шарфом.

Ден У.   Снега навалило так, что не видно дороги. В такой день почтальон мог не носить письма.

Ден У пьет чай, слушает радио. Наводит порядок в сумке и обнаруживает письмо Хе Ен.

Ден У.   Ден Хе Ен... Когда солнце закатилось за горизонт, у меня вдруг созрела идея. Побежал по лесной дорожке, дыхание сперло от спешки. Может быть от того, что снежок засевший на бровях или пар от разгоряченных губ, но мое лицо будто задеревенело от холода. В душе твердил: «не пришло», «не пришло», « не пришло»… и, когда пришел к ней

Хе Ен.   (радостно) Дядя!

Ден У.   Было.

Хе Ен.   Дяденька! А письмо?

Ден У выравнивает дыхание.

Ден У.   Ты… сейчас…

Хе Ен.   А письмо?

Ден У.   Ты, что … сейчас разве это важно? Да? От холода свихнулась что ли?

Хе Ен.   Я ничего… Нисколько не холодно.

Ден У.   Что? Ты сошла с ума? Ты в своем уме? Ну, ждала. Если я не пришел, то надо было заходить в дом. Ты дура что ли? Не видишь как идет снег? (кричит на нее). Долго кричал. Не помню всего, но видимо, наговорил ей много неприятных слов. Почему я рассердился? (пауза). Все из-за мокрой одежды, прилипшей к потной спине.

Хе Ен.   Прошу прощения. Но договаривались же, что я буду ждать тут. И поэтому вы пришли сюда.

Пауза.

Ден У.   (вытаскивает из кармана письмо) Вот письмо.

Хе Ен.   (рукой показывает на себя)

Длинная пауза.

Хе Ен медленно подходит и забирает письмо.

Ден У.   Давненько так не бегал, что сердце будто сумасшедшее запрыгало.

Хе Ен, взяв в руки письмо, от радости прыгает.

Де Ен. И Хе Ен будто сумасшедшая запрыгала.

Хе Ен.   Это письмо, адресованное мне? На самом деле? Вот видите? Я же говорила вам, что оно придет. Спасибо вам дяденька. Спасибо.

Ден У.   А, что я?...

Хе Ен хочет открыть конверт.

Ден У.   (спешно) Минуточку. Дома посмотри. Вообще-то письма читают в одиночестве.

Хе Ен.   А...

Ден У. И еще! Важные слова надо искать в пустующих строках.

Хе Ен. А... Да. Счастливой дороги вам.

Ден У. Послушай Хе Ен. Тут вот... Нет. Ну, иди.

Хе Ен оглядывается вокруг.

Хе Ен. Дядя...

Ден У. Э...

Хе Ен. Дядя...

Ден У. А что? Что?

Хе Ен. (пауза). Дорога исчезла.

Ден У. Что?

Оба смотрят на дорогу, засыпанную снегом.

Ден У. Кругом засыпало белым снегом. Ветви деревьев, пустующие дома, заборчики, торчавшие будто гвозди, маленькие прудики - все они были засыпаны белым снегом. Все они были похожи на письмо Хе Ен, заполненное пустыми строками. Позади чернеющего леса, солнце начинало заходить и оно едва светило поверх засыпанного снегом пустыря. Любые слова не облегчали обстановку, но тем не менее вокруг было прекрасно.

Хе Ен. Как быть?

Ден У. Минутку. Я посмотрю и приду.(к зрителям) Сделал несколько шагов по снегу, что разболелись кончики пальцев ног. Обувь мигом намокла и холод проник к ногам. Ноги будто онемели. Снега было по пояс и действительно невозможно было найти дорогу.

Хе Ен. Дяденька, будьте осторожны.!

Ден У. дрожит от холода.

Хе Ен. Дяденька,как вы?

Ден У. Что делать.... Дорогу совсем занесло снегом.

Хе Ен. Дядя у вас посинели губы.

Ден У. Будет беда, если ничего не предпринять. Надо развести хотя бы костер.

Хе Ен. Чем- то надо развести костер.

Ден У. собрал у зрителей материал, чтобы развести костер. Развел костер.

Хе Ен. Ох, как стало тепло.

Ден У. Ты же сказала, что нисколько не замерзла?

Хе Ен. (смеется)

Ден У. Не смейся, а то опять могу рассердиться.

Хе Ен. ...Да.

Ден Ен.	Тишина. Так в тишине прошло некоторое время.
Хе Ен.	(смотрит на письмо)
Ден У.	Тогда я впервые понял...что звук падающего снега может быть громким как и шум дождя. Глазки Хе Ен, отражающиеся от проблесков костра, тоже поблескивали.
Хе Ен.	А снег перестал сыпать.
Ден У.	Да, уж трудно терпеть.
Хе Ен.	Дядя
Ден У.	А что?
Хе Ен.	Простите меня.
Ден У.	Хорошо, что понимаешь.
Хе Ен.	Дядя
Ден У.	Что?
Хе Ен.	Я виновата.
Ден У.	Понял я.
Хе Ен.	Не то, а это(вытаскивает письмо). Не могли бы вы прочитать его?
Ден У.	Что?
Хе Ен.	Теперь, нет возможности прочитать его дома. И тут нечего делать...
Ден У.	Ты, в такой обстановке...
Хе Ен.	Я не умею читать.
Ден У.	Что?

Хе Ен.	Я не грамотна.
Ден У.	Игра престала быть игрой.

Хе Ен смеется.

Ден У.	Не смейся. А как ты ...ждала письма, если не умеешь читать?
Хе Ен.	(сует ему письмо) Прочтете?
Ден У.	(раскрывает конверт). Цветочек. Оптимистично. Романтично.
Хе Ен.	У-ва.
Ден У.	К Хе Ен.
Хе Ен.	Минуточку. (выравнивает дыхание).
Ден У.	Что?
Хе Ен.	Давайте сначала.
Ден У.	К Хе Ен. Хм... Как поживаете?..(смотрит на Хе Ен) Хм... Как поживаете?

Ден У мокрыми руками мнет письмо.

Ден У.	Что-то не видно. Что делать? Из-за снега чернила расползлись... За исключением первых строк дальше невозможно читать. Посмотри-ка сюда.
Хе Ен.	Да, на самом деле.

Ден У.	(пауза) Извини…
Хе Ен.	(смеется).
Ден У.	Хе Ен смеется. Ее смех напоминал занозу, застрявшую в мизинце. (к Хе Ен). В письмо вложен сухой цветочек. Наверное, он человек душевный. Думаю нелегко сделать такой цветочек. Видимо по лесу бродил, искал такой цветочек, да еще высушил и аккуратно вложил в книгу. И обязательно надо было найти толстую книгу.
Хе Ен.	А мне ничего.
Ден У.	А цветок красивый.
Хе Ен.	Цветок, встречающий луну. Лунный цветочек.
Ден У.	Мало, кто знает про такой цветок.
Хе Ен.	А вы знаете историю, связанную с таким цветочком? В старину, говорят, были нимфы, любившие звезды. Но среди них была одна, которая любила луну. Она думала, что когда видишь звезды, то не видишь луну. И говорила « хорошо бы исчезли звезды. Вот тогда я смогу каждый день видеть луну. Другие нимфы рассердились и сказали ей «ты не можешь быть среди нас». И прогнали ее туда, где не было ни звезд, ни луны. Несчастная не смогла больше видеть луну, зачахла и умерла. Луна об

этом узнала, но было уже поздно. Луна в слезах похоронила ее. На том месте расцвел цветок и он стал называться лунным цветком. И поэтому такой цветок...

Ден У.   Ожидание

Хе Ен.   О...

Ден У.   Я тоже понимаю язык цветов.

Хе Ен.   А почему?

Ден У.   Почему?

Хе Ен.   А казалось, что вы дядя не знаете совсем про такие вещи.

Ден У.   Что ты. Я люблю цветы. И дарил их не мало.

Хе Ен.   У-ва, и вы, дядя, кого-то любили?

Ден У.   У тебя талант, заставляющий человека сердиться.

Хе Ен.   А что, вы рассердились?

Ден У.   ...Нет. Корь, это болезнь, которую должен переболеть каждый.

Хе Ен.   А кто она? Получившая от вас цветы?

Ден У.   (пауза) Тебе не обязательно знать о ней. А кто он тот, который заразил тебя корью?

Хе Ен.   Щедрый большерукий человек. (пауза)

Ден У.   Чем закончилось?

Хе Ен.   И вам, дядя не обязательно знать об этом.

Пауза.

Хе Ен.	Каково же было луне?
Ден У.	Что?
Хе Ен.	Когда она узнала, что нимфа умерла ожидая ее.
Ден У.	....
Хе Ен.	Наверное, очень грустила.
Ден У.	С самого начала она допустила ошибку, что одна ждала луну. И кто заставил ждать?
Хе Ен.	Тихо,тихо (нежно взяв цветок) Плохой человек. Это цветок, потерявший сон.
Ден У.	Сон? Но сон не такой.
Хе Ен.	А что тогда сон?
Ден У.	Который можно осуществить. Перспективный, оптимистичный.
Хе Ен.	Ой, как сложно. А что обозначает буква, которая рядом с маркой?
Ден У.	Отправитель Пак Ден У., то есть, кто отправил.(пр ячет свой значок)
Хе Ен.	Значит имя Ден У. Три раза спрашивала. Так и не ответил и ушел.

Пауза.

Ден У. По имени видно, что хороший человек. Вообще, если в имени много кругляшек, то характер хороший. (к зрителям) За ее спиной забрасывал шутки не совместимые с грустными мыслями. (к Хе Ен) Вот, смотри. В имени Ден У имеется две кругляшки (к зрителям) Надо было сказать все как есть.

Хе Ен. А тут?

Ден У. Получатель. Ден Хе Ен.

Хе Ен. А... Это мое имя. В моем имени кругляшек аж четыре.

Ден У. А это не кругляшки.

Хе Ен. Ну, почему? Они похожи.

Ден У. Кругляшки о, а это хиыт...

Хе Ен. Одинаковые кругляшки...

Ден У. Ну, считай, что похожи.

Хе Ен. Поэтому у меня наверное, хороший характер. (Рисует на земле кругляшку) Иын. Дядя, а научите меня азбуке.

Ден У. А зачем?

Хе Ен. Ничего не поделаешь. Надо ответить на письмо.

Ден У. А я причем тут?

Хе Ен. Дядя, вы промочили письмо.

Ден У. Почему ты считаешь, что я виновен в этом.

Хе Ен.	Почтальон!
Ден У.	Ну, и что?!
Хе Ен.	Почта со всего мира должна доставляться в порядке.
Ден У.	Ты посмотри-ка на нее, как заговорила.
Хе Ен.	А как вас звать, дядя?
Ден У.	....
Хе Ен.	Как вас величать? Нет кругляшек?
Ден У.	....
Хе Ен.	Что-то...
Ден У.	
Хе Ен.	Учите меня!!
Ден У.	....
Хе Ен.	Плохой человек

Она недовольна.

Ден У.	Ты по всякому поводу напрягаешь меня.
Хе Ен.	Вы согласны учить меня?
Ден У.	Сделаю это по призванию.
Хе Ен.	Считайте, что мы с вами договорились.
Ден У.	(к зрителям). Вот так у меня появилось еще одно обещание.

Хе Ен нашла веточку и на снегу нарисовала кругляшек.

Хе Ен.　　Иыон.

Еще раз нарисовала кругляшек.

Хе Ен.　　Иыон, иыон, иыон! И получился снежный человек. Дядя, вы похожи на снежного человека.

Ден У.　　...

Хе Ен.　　Посмотрите сюда. Встретились две кругляшки и получился снежный человек.

Ден У.　　Точно. Я превращаюсь в настоящего снежного человека.

Хе Ен.　　Дядя, сделайте снежного человека.

Хе Ен начала лепить снежного человека. Нелегко получается. Ден У посмотрел на нее и взяв большой снежный ком выходит наружу. Ден У кричит что-то снаружи и покатывая снежный ком заходит во внутрь.

Хе Ен.　　Ува!

Хе Ен молча смотрит на мужчину. Ден У все надоело и он выходит наружу. И закатывает еще один большой снежный ком.

Ден У.	Хватит?
Хе Ен.	Вот смешно.
Ден У.	А что смешного?
Хе Ен.	Вы так похожи .
Ден У.	Ну, скажешь же ты.
Хе Ен.	Тот человек и вы, дядя. Выражение лица одно к одному. Нехотя, но делал, когда доставали, все равно делал. Но в ту ночь был другим. Выражение было такое же, но отличалось. Без конца извинялся. Я впервые ...в таком настроении...Тот человек ночью смеялся, а утром делал недовольное лицо. Я наоборот, ночью была недовольна, а утром смеялась.
Ден У.	....
Хе Ен.	Дядя вы ничего не потеряли?
Ден У.	А что?
Хе Ен.	Нет носа, глаз и рта.

Хе Ен взяла веточку и слепила глаза, нос и рот.

Хе Ен.	Вот теперь получился настоящий снежный человек. Красиво. « Привет»

Ден У.	Все равно он растает. Что ты так стараешься?
Хе Ен.	Не старание, а ответственность. Поскольку я сделала своими руками. И дяденька.
Ден У.	подходит к снежному человеку и меняет выражение лица.
Хе Ен.	Похожа. На меня.
Ден У.	Это так. Чего смеяться в такой холодный день.

Хе Ен слепила снежок и бросает.

Ден У.	Э...
Хе Ен.	вновь бросает.
Ден У.	Эй, ну, хватит.
Хе Ен.	еще раз бросает.
Ден У.	Сказал же, хватит.

Они стали играть в снежки. Ден У устал и лег, следом ложится и Хе Ен.

Хе Ен.	Ой, как хорошо.
Ден У.	Стар я, а чем занимаюсь.
Хе Ен.	Спасибо вам.
Ден У.	За что?
Хе Ен.	Не знаю.

Ден У.   И я был благодарен. Но я не знал за что и промолчал. А девушка знала за что.

Ден У встал и подошел к костру.

Ден У.   Не холодно тебе? Рот сводит.

Хе Ен.   Дядя, как быть? У меня скривился рот.

Ден У.   Интересно? Тут нет выхода. Можем двигаться дальше отсюда лишь после того как наступит день. Иди сюда, к огню.

Хе Ен подходит к костру. Ден У вновь разжег костер.

Хе Ен.   Он похож на меня.

Ден У.   Что?

Хе Ен.   Снежный человек.

Ден У.   Ты вечно говоришь, но не заканчиваешь свою мысль.

Хе Ен.   А почему у снежного человека нет ног? Жалко его. Никуда не может идти. И завтра будет стоять тут на месте. Точно как я.

Ден У.   А чем занимается тот человек?

Хе Ен.   Военный.

Ден У.   Военный? А где встретились?

Хе Ен.	Во время бегства от бомбежки.
Ден У.	А сколько ждешь?
Хе Ен.	Мм... 3 года? Нет, 5 лет?
Ден У.	5 лет?
Хе Ен.	5 лет прошло с тех пор как я шла по той дороге.

Они смотрят друг на друга.

Ден У.	Вдруг на меня нашло и я стал сердиться. Казалось, если открою рот, то польется брань. Поэтому закрыв рот, молчал.
Хе Ен.	Сегодня радостный день. Потому что пришло письмо.

Оба сидят молча у костра. Хе Ен стала засыпать.

Ден У.	Сидят два человека молча. Девушка уснула, а я один стал задумываться. Сказать ей правду? Или же притвориться и написать ей ответное письмо? Что он за человек? Время быстро текло. Костер затухал, но нет надобности вновь его разводить. Начало светать. За горизонтом леса восходило солнце и светило оно вовсю, так что прошлось зажмурить глаза. Если проснется Хе

Ен, то опять припомнит прошедшую ночь и поэтому притворился спящим.

Хе Ен просыпается.

Хе Ен.   Ой!

Хе Ен рассматривает дорогу.

Хе Ен.   Дядя! Дяденька!

Ден У встает.

Хе Ен.   Идите скорее, посмотрите сюда.
Ден У.   К счастью, снег немного растаял...
Хе Ен.   Дядя, счастливой вам дороги!

Хе Ен возвращается на место. Ден У начинает писать письмо.

Ден У.   Начал писать письмо. Хочу написать Хе Ен нормальное письмо. Солидарность? Неудобство? Горечь? Не знаю почему, но не смог равнодушно смотреть, как она ждет. Неизвестный солдат, который встретился во время бегства от бомбежки. Когда он пообещал написать ей письмо, спросил ли у нее адрес? Не 5лет, но и через 50 лет не будет письма от того негодяя. (пишет письмо). Вот содержание письма: «Я не смогу прийти и поэтому не жди меня. Извини, что заставил тебя ждать». (вложил в конверт) ... День, два.. прошли дни. Теперь снег почти весь растаял. Дорога была скользкая, но я спешил к Хе Ен.

Хе Ен.   Дядя.

Ден У.   Вот, письмо.

Хе Ен.   Ох, ты. Еще одно?

Ден У.   Да. Тебе прочитать?

Хе Ен.   Да.

Ден У.   (открывает конверт.)

Хе Ен.   Да..

Ден У.   (Читает)

Хе Ен.   Да.

Ден У.   « К Хе Ен. Как поживаете? Интересно узнать вы получили предыдущее мое письмо?»

Хе Ен.   Да. Вот оно. (показывает письмо)

Ден У.   Я в порядке. Чувствую себя виноватым, что 5 лет назад расстался с Вами. Сейчас я живу нормально. Извините, но хочется, чтобы Вы не смогли прочитать это письмо. Беспокоюсь, что Вы ждете и поэтому пишу это письмо. Если Вы по-прежнему находитесь там...сейчас... (смотрит на Хе ЕН), сейчас.. хочется прийти к Вам и попросить прощения.. Подождите еще немного.

Хе Ен. Хочет прийти, Хочет. Просит извинить. Хороший человек.

Ден У. ...

Хе Ен. Дядя, научите меня грамоте. Надо написать ответ.

Ден У. Хорошо.

Хе Ен. Надо написать ответ.

Ден У. Понял.

Хе Ен. Ответ! Быстрее.

Ден У. Минуточку!

Хе Ен. Ну, скорее.

Ден У. Ну, понял!!

Пауза.

Ден У нашел веточку и на полу пишет азбуку.

Ден У. Пишет букву Г.(гиек)

Хе Ен. Г. (гиек)

Ден У.	Н (ниын)
Хе Ен.	Н. (ниын)
Ден У.	Д. (дигт)
Хе Ен.	Д.(дигт)
Ден У.	Риыл, Миым, Биып,сиУт, Иын,диот, Киык, Тхиыл, Пхи ып,Хиых.

Ден У пишет, за ним следует Хе Ен. Создалась благоприятная обстановка.

Ден У.	Пиши аккуратно.
Хе Ен.	Хорошо.
Ден У.	Кто так пишет мелко. Крупнее пиши. Покрупнее.
Хе Ен.	....
Ден У.	Придавай силу.
Хе Ен.	....
Ден У.	Еще сильнее надави.
Хе Ен.	...Боязно.
Ден У.	Тогда заканчивай.
Хе Ен.	Нет.
Ден У.	А теперь гласные.

Ден У пишет гласные буквы.

Ден У.	А!!!
Хе Ен.	А.
Ден У.	Э!!!
Хе Ен.	Э
Ден У.	Я!!!
Хе Ен.	пишет за ним.
Ден У.	Хотелось покрикивать, но не так было просто Я чувствовал себя дураком и ненароком зло срывал на Хе Ен. Хе Ен писала маленькой рукой, придавая силу ручке. Казалось в этих буквах спрятан плач, который она сдерживала как могла. Посмотрел на ее руку, опухшую от холода и во мне появилась жалость. (к Хе Ен). С самого начала надо прилежно учиться.
Хе Ен.	Я буду стараться.
Ден У.	Ты же сказала, что боязно.
Хе Ен.	Но все равно…
Ден У.	Почему?
Хе Ен.	Надо написать ответ.
Ден У.	Ну, что в ответ?! Что ты хочешь написать?
Хе Ен.	Что ничего страшного. Пусть не извиняется.
Ден У.	(достает ручку и бумагу).Говори, я напишу.
Хе Ен.	Правда?
Ден У.	У меня много времени. Говори скорее.

Хе Ен.	Ым...С каких слов надо начинать?
Ден У.	С привета.
Хе Ен.	Здравствуйте. А потом?
Ден У.	Твое нынешнее состояние.
Хе Ен.	У меня все нормально.
Ден У.	Как это нормально?...5лет ждала как та скала, которая ждала умершего мужа. Напиши все, как есть.
Хе Ен.	А что за история со скалой?
Ден У.	Есть такая скала, которая смеется, похожа на снежного человека. А дальше что?
Хе Ен.	В эти дни обучаюсь грамоте. У почтальона. Научусь быстро, потом я сама напишу Вам письмо. А сейчас вместо меня письмо пишет дяденька из почты. Вроде бы хороший человек, а иногда, кажется, он плохой.
Ден У.	Что?
Хе Ен.	Сами же сказали, что надо писать все как есть.
Ден У.	Ну-ну.
Хе Ен.	Да, спасибо за лунный цветочек. Говорят, что собрать и высушить такой цветок не так просто. И еще дядя сказал, что по имени можно определить хороший ли человек. Ден У, спасибо. Потому что хороший человек.

Ден У.	А кроме благодарностей нет других слов?
Хе Ен.	Это все то, что пришло мне в голову.
Ден У.	И не обидно? Каждый день, на этом месте.
Хе Ен.	Мне нравится ждать.
Ден У.	Где ты видела, человека, которому нравится ждать?
Хе Ен.	Есть такие.
Ден У.	Да-да. Это ты.
Хе Ен.	Это правда.
Ден У.	Ну, допустим. Это все, что ты хотела написать?
Хе Ен.	Спасибо Вам, что сдержали свое слово написать письмо. Я буду и дальше ждать тут.
Ден У.	И все?
Хе Ен.	Всё.
Ден У.	Да уж. Не весело. И ты и я.
Хе Ен.	А что?
Ден У.	Он же заставил ждать долгих 5лет. Надо было отругать как-то.
Хе Ен.	А мне ничего.
Ден У.	Как дура.
Хе Ен.	Не обзывайте меня так.
Ден У.	Эти слова обращены ко мне.
Хе Ен.	И не надо себя обзывать так.
Ден У.	Я сам не знаю, почему поступаю так.

Он письмо вложил в конверт.

Хе Ен. А можно я еще раз посмотрю.

Ден У. подает письмо.

Хе Ен. Удивительно. Теперь это письмо будет доставлено адресату?

Ден У. Да.

Хе Ен. радуется.

Ден У. Раздумала отправить?

Хе Ен. А... (возвращает письмо).Я очень прошу позаботиться, чтобы письмо дошло.

Ден У. Ладно.(к зрителям) Прошу позаботиться. (смеетс я).Услышав ее слова, я вспомнил старую историю. Во время войны, беженец потерявший свой дом, привел свою семью в дом родственника и говорит: «прошу позаботиться». В тот миг мое состояние души было схожим с состоянием души Хе Ен, вложившей письмо в конверт (пауза). Хе Ен не знает о том, что, чтобы отправить письмо надо писать адрес. Нет надобности наклеивать марку на конверт, если письмо нельзя отправить. Невозможно удовлетворить просьбу Хе Ен, но можно написать ответ (сел за стол и нача л писать письмо). Письмо Хе Ен должно пролежать на почте несколько дней. Чтобы подумали, что письмо проделало долгий путь. За это время у меня кроме работы почтальона появилось призвание быть учителем. Потому что Хе Ен оказалась примерной ученицей и преодолевала безграмотность. Медленно, но продвинулась в учебе. Сама писала некоторые слова.

Хе Ен.   (читает по слогам и пишет). Сосна.

Ден У.   (к зрителям) Сосна. Она все четыре сезона находится в зеленном состоянии. Не стареет. А это что?

Хе Ен.   (на полу пишет) Скала...

Ей трудно учиться. Ден У подает сигнал зрителям.

Ден У.   О... трудное слово...скала. Тверда, правда?

Хе Ен.   А вон там, что за птица?

Ден У.   Это зимняя перелетная птица. Называется « Собачье дерьмо».. Странно плачет. Хочешь, услышать?

Хе Ен.   Оказывается это она так плакала (пишет) Собачье дерьмо... Ох. Как трудно. Дядя, а вы писали письма?

Ден У.   Кажется, я никогда не писал так много писем как сейчас..

Хе Ен.   Вот как. Завидки берут. Когда я смогу так писать?

Ден У.   Скоро будешь писать.

Хе Ен.   А вы кому пишете? А! Той, кто получила от вас цветочек?

Ден У.   Цветок? (пауза). Ну, да. (передает письмо). Пришло письмо. На этот раз оно долго шло. Прочитать?

Хе Ен.   Ох ты. Скорее, скорее.

Ден У.   Немного смешно, что я читаю письмо, которого я сам написал. Но в этом есть и положительная сторона. Смогу на месте поправить, если что-то не так. (к Хе Ен). Рад, что у тебя все хорошо. Кажется человек, который учит грамоте, хороший человек. Передайте ему слова благодарности. Высушить цветочек - не такое уж легкое дело. Особенно тот, который называется лунным цветочком. С трудом достался мне он. Хотелось бы лично увидеть, как вы радуетесь, получив такой цветок. Подождите немного.

Хе Ен.   (на полу) Хо-чу ви-деть

Ден У.   Так хочешь увидеть его? Завидно. Человек, которого ты хочешь увидеть.

Хе Ен.   А почему? А у дяди нет?

Ден У.   Нет.

Хе Ен.	Обманываете.
Ден У.	Не помню. Лица. И поэтому не хочется видеть.
Хе Ен.	А почему не помните?
Ден У.	Да. Почему не помню. Сколько бы не старался не вспоминается.
Хе Ен.	Выглядите вы грустным.
Ден У.	Перед Хе Ен, которая смотрела меня в упор, в ее глазах я выглядел несколько глупым. Такое со мной было впервые. Я рассказал про себя.
Хе Ен.	Дядя?
Ден У.	Вся причина была в том, что она не могла прийти. После ее смерти никакая причина уже не имела никакого значения. Умерла, ожидая меня. Надо было убегать от войны... И тут не столь важно данное мне обещание.
Хе Ен.	А.а..а..а..

Хе Ен затосковала.

Ден У.	Хе Ен! Хе Ен!. Что с тобой? Дыши медленно. Не получается. Пошли в больницу. Я взвалю тебя на плечи.

Ден У бежит, взвалив на плечи Хе Ен.

Ден У.	Хе Ен, потерпи немного.
Хе Ен.	Помедленнее, помедленнее.(пауза) Стало тепло.
Ден У.	Ты ничего?
Хе Ен.	Так было. Такое же состояние.
Ден У.	Что?
Хе Ен.	Бегство от войны. На плечах отца был диге. На нем были постельные принадлежности и там же сидел младший брат. Я тоже хотела сидеть там. Хотела. Но мать меня отругала. Сказала, что я уже большая и капризничаю. Мать тоже взвалила на свою голову немало груза. Я вприпрыжку побежала вперед. Тут вдруг прозвучал страшный звук. Взрыв. Поднялась пыль.
Ден У.	Хватит.
Хе Ен.	Люди стали кричать.
Ден У.	Ну, хватит.
Хе Ен.	Тут и там послышался громкий плач.
Ден У.	Ничего, Хе Ен, ничего.
Хе Ен.	....
Ден У.	Ничего. (пауза). Мысль рождает новую мысль.
Хе Ен.	Как будто взрослый.
Ден У.	Взрослый.
Хе Ен.	Дядя, спасибо вам.
Ден У.	Как ты?

Хе Ен.   Опустите меня.

Ден У.   Надо идти в больницу..

Хе Ен.   Не хочу!. Опустите!

Хе Ен начинает барахтаться на спине. Ден У падает.

Хе Ен.   Извините.

Ден У.   недоволен, но терпит. Хе Ен отряхивает с него снег.

Хе Ен.   Счастливой вам дороги.

Хе Ен убегает.

Ден У.   Увидел как она побежала и я успокоился.

Ден У возвращается.

Ден У.   И на следующий день Хе Ен будто ничего не было стояла на прежнем месте и махала рукой и ждала. И благодаря добросовестному труду почтаря в ее руки попадались письма. (Продолж ает вытаскивать из сумки письма). А время текло и не заметно прошел 1год. 365 дней, а то и 8760часов.

Тишина. Темнота.

Ден У. Не выключайте свет. Как протекает время можно представить в уме. Время течет независимо от наших обещаний. Незаметно пришла вторая зима. Вон там стоит второй снежный человек, сделанный руками Хе Ен и моими. (снимает пал ьто) .Сегодня как никогда выдался теплый день. Под лучами солнца снежный человек стал подтаивать.

Ден У возится со снежным человеком.

Ден У. Чем больше становится писем к Хе Ен растет и чувство ответственности. Вначале был обман, чтобы успокоить Хе Ен, но теперь непонятно стало для чего это делаю. Что же делать?

Ден У ждет ответа от зрителей. Скала? Собачье дерьмо? Сосна? Веточки для костра?

Ден У. (в зависимости от ответа) Как быть? Дело зашло слишком далеко. Надо бы рассказать правду, но, кажется, нет выхода из ситуации.

Хе Ен.	Снежный человек почти растаял.
Ден У.	Да. Не красивый он.
Хе Ен.	Нет, он красивый.
Ден У.	Полюбуйся. Ты сказала, что все равно он растает.
Хе Ен.	Он еще придет. Мы помашем ему рукой. « Привет»
Ден У.	« Привет»
Хе Ен.	Я же тут.
Ден У.	Что?
Хе Ен.	Я же тут.... Почему не приходит?
Ден У.	...
Хе Ен.	Опять пришла зима.... Надо же сдержать свое слово.
Ден У.	Наверное, скоро придет.
Хе Ен.	1 год оказался длиннее чем 5 лет.
Ден У.	К вере без надежды прибавилась еще надежда. Вот такой год.
Хе Ен.	Когда придет?
Ден У.	Есть причина из-за чего не может прийти.
Хе Ен.	Что за причина?
Ден У.	Срочные, неотложные дела или же забыл дорогу.
Хе Ен.	А дорога вон там осталась. Она осталась такой же как была тогда. Теперь стало неинтересно ждать.
Ден У.	....

Хе Ен. Почему не приходит? Сказал, что скоро придет. Скоро! Я же жду.

Ден У. Послушай, Хе Ен.... Нет. А как мы сегодня начнем?

Хе Ен (мотает головой) На этот раз я сама написала.

Хе Ен. уходит, оставив письмо.

Ден У. Она плакала. Дело обернулось неожиданным поворотом. На это раз ответное письмо требует большего напряжения.

Ден У раскрывает письмо написанное Хе Ен.

Ден У. (себе) Нескладно написанные каракули меня заставили встряхнуться. Вот содержание письма.

Ден У, прочитав письмо побежал к Хе Ен.

Хе Ен. « Я почтальон, который обучал грамоте Хе Ен. Не пугайтесь от неожиданного известия. Хе Ен умерла. И хорошо бы, если вы пришли. Будьте осторожны при передвижении сюда.

Ден У. Ден Хе Ен.

Хе Ен. Дядя.

Ден У.	Эй, ты что творишь?
Хе Ен.	А что?
Ден У.	«Хе Ен умерла. Хорошо бы, если вы навестили ее». Ты для этого училась грамоте?
Хе Ен.	А что делать? Очень хочется увидеть его.
Ден У.	Из-за этого ты пишешь такое письмо? Что умерла?!
Хе Ен.	Вы же, дядя, сами сказали, что любая причина не сможет заставить его прийти, но как только умрет человек, никакая причина не сможет остановить его.
Ден У.	Думаешь, поэтому он решится прийти к тебе?
Хе Ен.	Вы тоже так поступили.
Ден У.	Все это оговорки. Оговорки. Если была бы душа почему бы ему не прийти? Значит не хотел. Или не мог.
Хе Ен.	Вранье. А у вас, что не было желания?
Ден У.	Не было.
Хе Ен.	Вранье.
Ден У.	(трясет письмом) Я соврал.
Хе Ен.	....
Ден У.	Что ты в нем нашла хорошего?
Хе Ен.	Не говорите так.
Ден У.	Как дура.

Хе Ен.	Нет.
Ден У.	Как маленькая.
Хе Ен.	Нет!!!

Пауза.

Хе Ен.	А зачем тогда читали мне свои письма?

Ден У приносит все письма Хе Ен и отдает ей.

Хе Ен.	(проверяет) А это зачем?
Ден У.	(показывает нагрудный значок)
Хе Ен.	Пак Ден У.
Ден У.	Тот не придет. Никогда не придет 5 лет прождала и не поняла?
Хе Ен.	Нет.
Ден У.	А ты спросила адрес? Не помнишь?
Хе Ен.	Нет.
Ден У.	Даже не назвав свое имя, уехал. И ты поверила, что он приедет к тебе?
Хе Ен.	Придет. Он понимаете, пообещал!

Хе Ен бросает ему письма.

Ден У.	Ладно. Думай, как хочешь.
Хе Ен.	Мне он сказал: жди. Дал слово. Вот тут на этом месте.
Ден У.	Нет. И ты знаешь. (пауза) Ты знаешь. Что он не придет?
Хе Ен.	Не знаю.
Ден У.	Что он бросил тебя.
Хе Ен.	Не знаю.
Ден У.	А почему?
Хе Ен.	Нет. Просто потерял.
Ден У.	Что ты одна суетишься?
Хе Ен.	Нет. Дядя вы что-то знаете.
Ден У.	Просто признайся.

Пауза

Хе Ен.	Зачем, зачем вы так поступили со мною?
Ден У.	Жалко было. Дурная была. Но в душе у меня накипело от злости.
Хе Ен.	…
Ден У.	Надо жить. Для себя жить.
Хе Ен.	Вот так я и живу.
Ден У.	Это называется живу? Молча ждать? Тот негодяй не придет!!!

Хе Ен.   Это моя жизнь.

пауза.

Хе Ен.   Бах, бах. От взрывов земля затряслась. Поднялась пыль, люди стали кричать. И бегать. Мама и братишка не шевелились. Я ничем не могла им помочь. В тот миг кто-то потянул меня за руку. Вместе долго бежали. Когда я была в отчаянии, кто-то больно схватил мою руку. Большие руки. Из-за этих рук я побежала. (написала что-то на груд ном значке Ден У). Пак Ден У. Вы дядя, хороший человек? Или плохой человек?

Ден У.   ....

Хе Ен сняла шарф и завязала шею Ден У и перед беседкой сняла обувь и выходит.

Ден У.   Это была наша последняя встреча. Я пишу письмо. По привычке. Имя есть, но нет адреса. Содержание всегда одно и то же. Я сам не знаю. В чем тут смысл. Но я приду сюда и завтра.

Ден У громко включил радио, и выбросил все сухие

цветочки. Поставил обувь Хе Ен перед снежным человеком и порвал материал задника сцены. А снег идет.

• **Ким Хен Гю** (1983г.рож)

Руководитель театра « Hit Cit». Выступает как режиссер и драматург. Опубликовал пьесы « Весеннее равноденствие», « К Хе Ен», » Отклик».

Особое место в его творчестве занимает пьеса « К Хе Ен». Она вызывает особый интерес среди зрителей своеобразными, метафорическими диалогами героев пьесы. На театральном фестивале « Нетвикинг фестиваль» получил премию за лучшую режиссуру и исполнение роли. Автор любит заглядывать в секретные уголки жизни нашего общества.

엄마 나라

강제권

Jacon Kang (1975년 출생, jaconkang@gmail.com)

현재 한국극작가협회 이사, 서울연극협회 이사, 장애인문화예술극
회 휠 이사.
작품 〈말죽거리악극단〉, 〈제나 잘관다리여〉, 〈허야〉, 〈약고기〉, 〈언
제나 맑음〉, 〈노온사리의 빛〉, 〈약속의 나무〉, 〈헬로 오즈〉 등
저서 『까페07』, 『땀비엣, 보』, 『없시요』

〈엄마 나라〉
70년 전. 동족상잔의 분단으로 인해 생살을 도려내는 아픔을 겪은
이산가족들의 아픔 못지않은 이 시대를 살고 있는 또 다른 남과 북
의 이산가족들.

등장인물

정연 – 40대. 북한이탈주민. 중학교 영어선생
현우 – 10대 후반. 정연의 아들. 임진강을 건너 월남함.
어린 현우 – 7살 정도.
효진 – 40대. 정연의 학교 동료.
혜숙 – 40대. 정연의 학교 동료.
요원 – 30대. 국가 정보원 요원
양부 – 60대. 중국에서 인연이 된 중국인 양아버지.
언니 – 50대. 정연의 언니
아버지 – 40대. 북한에서 죽은 정연의 남편
연락원 – 중국과 북한을 오가며 돈과 물건을 건네주며 돈을 버는
브로커.
(요원, 양부, 아버지, 연락원은 1인이 다역 가능. 언니, 양부, 어린
현우는 목소리만 가능)

때 현재

곳 중학교 휴게실, 정보원 면담실, 정연의 집과 임진강변 등

Prologue

정연의 꿈. 8년 전 북한 정연의 집. 가방을 들고 잠든 현우 몰래 집을 나가려고 하는 정연.

현우 (일어나며) 엄마 가지 마.

정연 현우 깼니? 엄마 잠깐 어디 다녀온다.

현우 후라이 치지 말아. 아버지랑 하는 말 다 들었다. 가지 마.

정연 잘 들어 현우아. 엄마 딱 몇 달만 돈 벌어서 올게. 아버지 말 잘 듣고 있으면 엄마 몇 달만 돈 벌고 와서 장마당 가서 현우 맛난 것도 사주고 옷이랑 신발도 사줄 테니.

현우 엄마 정말 다시 돌아올 거야?

정연 엄마가 왜 안 돌아와? 잠깐 다녀오는 거니까 아버지 말 잘 듣고 기다리고 있어. 알았지?

현우 응.

정연 이거… 엄마가 할아버지한테 받은 가락지야. 가지고 있다 정 힘들다 싶으면 팔아서 사용하고. 알았지? 엄마는… 우리 현우가 잘 기다릴 거라 믿어. 현우도 엄마 믿지?

현우 응 엄마.

정연 그래 내 새끼… 엄마 곧 돌아올게.

현우 엄마 자장가 불러줘.

정연 자장가?

현우 난 엄마가 자장가 불러주면 잠드니 그때 가.

정연 그래 엄마가 자장가 불러줄게. (자장가로 따오기 노래 부른다)

어느새 잠든 현우. 정연은 눈물을 감추며 나간다. 현우가 눈을 살포시 뜨고 눈물을 흘린다.

현우 엄마 꼭 돌아와야 해. 약속 지켜야 해….

서서히 암전. 용명과 함께 정연 화들짝 깬다. 한참을 생각하다 시계를 본 뒤 전화를 건다.

정연 (전화기를 들고 통화를 시작한다) 언니 잘 지내? 현우는 잘 있지?

언니 잘 있기는! 보위부에서 탈북 가정 축출한다고 들쑤시고 다닌다. 네 남편 잡혀갔어!

정연 현우는! 현우는 어떻게 되었어?

언니 걱정 마. 우리 집에 있으니.

정연 내가 돌아갈게.

언니 안 돼! 오지 마. 나갔다가 다시 돌아오는 사람들도 처벌을 받았다더라.

정연 내가 다시 돌아가서 사정을 얘기하면 봐줄 거야.

언니 큰일 날 소리! 중국서 잡혀서 오는 사람 많아! 거기 있지 말고 먼 곳으로 도망쳐!

정연 현우는 어떡하고!

언니 현우는 걱정 말고. 안전한 데로 가서 자리 잡아.

정연 나보고 어디로 가라고….

언니 남조선으로 가라. 거기가 아주 잘 사니까.

정연 내 꼭 가야 하나?

언니 다 죽을래? 가서 돈 벌고 돈 보내주면 너도 살고 여기 우리도 살 수 있어!

정연 알았어. 그럼 가서 연락할게. (전화를 끊고 한 켠의 의자에 앉아 인터뷰를 시작한다) 탈북한 지 8년 되었고 대학에서 영어를 가르쳤어요. 교수라면 돈 많이 벌 줄 알지만 북한은 교수, 의사 다 똑같이 어렵게 삽니다. 중국에서 영어 과외를 하면 돈을 많이 번다고 해서 두만강을 건너 중국으로 갔습니다. 그런데 과외는커녕 중국 남쪽으로 날 팔아넘기더군요. 하늘이 무너지는 줄 알았죠. 팔려갔지만 좋은 분을 만났어요. 지금은 양아버지로 모시고 있습니다. 덕분에 그 곳에서 아이돌을 가르치는 가정교사로 일했죠. 제 인생의 가장 큰 은인. 그 분이 아니었더라면⋯ 상상만 해도 끔찍합니다. 그러다 중국을 떠나게 되었습니다.

양부 (등장하며) 롄롄, 이제 떠날 거니?

정연 빠바(爸爸) ⋯.

양부 무슨 말인지는 못 알아듣지만 느낌으로 알겠더구나. 떠나야 한다는 거.

정연 북한 보위부에서 중국 곳곳 뒤지면서 탈북자들을 색출하고 있대요.

양부 그게 무슨 걱정이야? 넌 이미 내 딸인데?

정연 빠바(爸爸) 그거랑 상관없이 잡아가요. 아버지랑 어머니가 곤경에 처할 수도 있어요.

양부 괜찮다. 우리야 이미 늙었고, 두려울 게 없다.

정연 제가 맘이 편치 않아요.

양부	그래 알았다. 너도 엄마인데 내가 내 곁에 두려고만 했으니… 욕심이 컸다.
정연	아니에요. 나중에 상황이 나아지면 다시 중국으로 올게요.
양부	그래. 나중에는 북한에 있는 손자도 봤으면 좋겠다.
정연	고마워요. 빠바.
양부	고맙긴… 내 딸이 되어줘서 고맙다. 건강하고.
정연	꼭 다시 올게요. 그때까지 건강하게 계세요.
양부	상제께서 너를 보호해 주실 거야. (퇴장)
정연	(다시 의자에 앉으며) 중국에서 캄보디아로 넘어가 숨어 있다가 한국으로 오게 되었습니다. 양아버지에게 보위부와 공안이 찾아와 제 행방을 물어보기도 했지만 아버지는 끝까지 저를 모른다고 했다더군요. 그 사이 북한의 남편은 사형을 당했다더군요. (목이 메어. 사이) 세상에 하나뿐인 제 아들 현우를 찾고 싶습니다.

암전.

#1. 서울 모 중학교.

효진과 혜숙이 앉아서 차를 마시며 수다를 떨고 있다. 정연 등장.

효진	(정연을 발견하고) 정연 쌤, 정연 쌤 차 한 잔 같이해요~
정연	안녕하세요.

효진   2년 동안 함께 근무하면서 커피 한 잔 같이 마신 적도 없는 거 같아.

혜숙   쌤 빨리 와서 앉아.

정연   처리할 게 있어서 가봐야 하는데.

혜숙   아직 시간 많잖아. 얼른 와~ 어서~!

정연, 마지못해 동료들이 앉아있는 테이블로 와서 앉는다.

혜숙   쌤 커피? 아님 차? 둥굴레차 줄까, 녹차 줄까?

정연   아니 됐어요. 저 아까 많이 마셔서.

혜숙   아 그래? 그럼 됐고.

효진   쌤 바쁘더라도 우리랑 좀 어울리자~ 항상 혼자만 다니고.

정연   아 네. 미안합니다.

효진   미안은~! 뭘 잘못했다고. 그냥 쌤하고 친해지고 싶은 거지. 태어난 곳은 다르지만 지금은 같은 나라에서 살잖아. 그거 알아? 난 어렸을 때 북한 사람들은 늑대처럼 생기고 두더지처럼 생기고 머리에 뿔 난 줄 알았지 뭐야. 그게 다 잘못된 주입식 반공교육으로 만들어진 거잖아.

혜숙   맞아. 나도 김일성 가면 벗겨지니 돼지 얼굴 나오는 거 보고 그렇게 믿었지 뭐야? 북한에는 동물만 사는구나 생각했지.

정연   북에도 사람들 삽니다. 똑같이 생겼습니다.

효진   그냥 우리가 그렇게 배웠다는 거지. 그래서 쌤 얼굴 보고 놀랐어. 너무 미인이라서.

정연	놀리지 마십시오.
혜숙	남남북녀라고 하잖아. 쓸쓸하긴 하지만. 그런데 북한 남자가 더 잘 생기지 않았을까?
효진	글쎄~ 사랑의 불시착 현빈 정도면 좋겠다 그치?
정연	저 가봐도 되겠습니까?
효진	에이 좀 더 있다 가. 아직 시간 남았어.
혜숙	그래~ 이렇게 수다 떨면서 좀 친해지고 그러자~
효진	그래 이러면서 친해지는 거야. 맞다. 정연 쌤은 집이 어디라고 했지?
정연	노원역 근처입니다.
효진	어머 난 상계역이니까 그리 멀지 않네~ 담에 동네에서 봐도 좋겠다. 그치?
혜숙	참 나 쌤한테 궁금한 거 있는데… (머뭇) 왠지 쌤이 불편할까봐 못 물어봤는데….
정연	일없습니다. 아니 괜찮습니다.
혜숙	쌤은 북한에 가족은 없어?
정연	있습니다. 언니도 있고 동생도 있고.
혜숙	부모님은?
정연	두 분 다 돌아가셨습니다.
효진	결혼은 했어?
정연	네.
효진	그럼 남편 북한에 있어?
정연	남편은… 죽었습니다….
혜숙	어머 어쩌다….

정연 그게… 그만….

효진 어머 미안 미안. 내가 괜한 걸 물어봤네. 내가 궁금증이 도져가지고 미안

정연 괜찮습니다.

효진 아이는 없고?

정연 아이는… (속마음으로 열일곱 살 된 아들이 있습니다) 없습니다.

효진 다행이네. 아이가 있었으면 엄마는 탈북하고 아빠는 죽었으니 얼마나 힘들겠어? 살아있는 게 지옥이지 뭐. (사이) 이제 좋은 사람 만나고 행복하게 살면 되지. 남편한테는 미안하지만.

혜숙 오지랖은~!! 자만추! 자연스러운 만남 추구! 살다 보면 좋은 날 올 거야~!!

효진 그런데 그 나이 되도록 아이가 없었던 거야? 무슨 문제 있어?

정연 (당황하며) 저 이제 들어가 봐야겠어요. 상담이 있어서.

효진 그래 들어가 봐. (퇴장하는 정연을 바라보다) 정말 맞아? 아들이 있다는 거?

혜숙 그래 내가 봤어. 어디 보내려고 한 거 같은데 프린트한 걸 깜빡한 거 같아.

효진 이해가 안 돼. 새끼 버리고 혼자 잘 살겠다고 넘어온 거 아니야? 팔자 고치려고.

혜숙 에이 설마 그랬을까…? 무슨 사정이 있겠지.

효진 아무리 사정이 있었기로서니 그 무서운 곳에 어떻게 제 새끼 남겨두고 와?

혜숙 탈출하는 게 목숨 걸어야 한다면 거기 두고 오는 게 안전 하니까.

효진 살더라도 같이 살고 죽더라도 같이 죽어야지.

혜숙 그런 말이 어디 있어~ 내가 죽더라도 새끼는 살려야지.

효진 나라면 절대 혼자 못 넘어와. 제 새끼 그 고생하는데 어떻 게 혼자 남겨두고 도망 와? 우리하고 생각이 달라. 봐봐 카 톡 사진 보니까 유럽도 다녀왔네. 와 정말 대단하다. 자기 때문에 죽은 남편이랑 혼자 고생하는 아들한테 안 미안하 나? 탈북한 사람 들 정말 독한 사람들이야.

혜숙 나도 뭐 가끔은 남편이랑 아들 버리고 멀리 도망가고 싶은 생각 있지만….

효진 수업 시작하겠다. 들어가자. 저녁에 다리 호프에서 보는 거 잊지 말고.

혜숙 그래~ 노가리에 맥주 한잔하자~ 수고~! (둘 다 퇴장)

암전.

#2. 학교. 정연과 북한 언니의 통화

정연 (흥분하며) 거짓말하지 말고, 솔직하게 말해. 현우 옆에 있 어? 옆에 있냐고!

언니 (머뭇거리면서) 옆에 없어. 동무랑 놀러 갔어.

정연 (다급하게) 정말이지? 언니 집에 현우 있는 거지? 맞지?

언니	맞다니까. 동무랑 놀러 간 거야.
정연	정말이지? 동무 누구?
언니	누구라고 말하면 네가 아니? 1년 반 동안 소식 한번 없다가 갑자기 사람 보내서.
정연	언니도 알잖아! 코로나 때문에 돈도 사람도 아무것도 보낼 수 없는 거. 나도 힘들었어. 아무것도 못 하니까. (사이) 현우 정말 거기 있지? 같이 있는 거 맞지?
언니	(한참을 머뭇거리다. 작은 목소리로) 응.
정연	(단호하게) 연락원 동무 좀 바꿔줘. 아무래도 확인 해봐야 될 거 같아.
언니	나 못 믿니?
정연	빨리 바꿔 줘
언니	같이 있다니까? 정말이야.
정연	(소리를 크게 지른다) 내가 보낸 돈으로 아파트에 살고 있잖아! 언니 힘들까봐 그렇게 돈 보내고 그랬는데 1년 동안 못 보냈다고 현우 내보낸 거 아냐? 아니지? 나 그러면 정말 언니 죽일지도 몰라! 현우 거기 있는 거지? 왜 말이 없어? 언니 제발 대답해! 연락원 좀 바꿔봐! 나 미칠 거 같아! (전화 끊어짐) 언니? 언니!!! 왜 전화 끊어!(다시 전화가 온다) 언니 왜 끊어!
연락원	사장님 접니다.
정연	제 아들 거기 있죠? 잘 있는 거죠?
연락원	여기 없는 거 같습니다. 아주머니는 있다고 하는데 아이 흔적이 없어요. 가방도 남자애 옷 같은 것도 없어요. 자세히

보려고 했는데 못 보게 쫓아내더라고요.

정연 (흐느낀다) 현우야… 현우야…!!!

연락원 작년에 평안도에서 남동생 아이를 두만강으로 넘기기로 해서 경비원까지 손 써두었는데 앞으로 돈 안 보낼까 봐 결국에는 강을 못 건너게 했어요… 애가 돈줄인 거죠. 여자 아이인데… 참 그리고 돈 내놓고 가라고 해서 만 위안 중에 삼천오백 위안은 언니한테 삼천오백 위안은 동생한테 주었습니다. 경비 오네요. 이만. (전화를 끊는다)

정연 (괴로운 듯 주저앉아 얼굴을 묻고 어깨를 들썩거린다)

혜숙 (등장하며) 정연 쌤 뭐해? (사이) 밥도 안 먹는 거 같고… 무슨 일 있어?

정연 (황급히 일어서며) 괜찮습니다.

혜숙 얼굴도 너무 안 좋고… 쌤 무슨 일 있지?

정연 없습니다.

혜숙 말해봐. 비밀 지켜줄게. 그리고 쌤이랑 나랑 동갑이잖아. 동무.

정연 동무란 말 아십니까?

혜숙 그럼~ 아름다운 우리 말이지.

정연 그래도 여기서는 동무라고 쓰면 인상을 쓰지 않습니까?

혜숙 인식이 나쁘긴 하지만 그래도 욕이나 저주하는 말은 아니잖아?

정연 그렇지요. 좋은 말이지요.

혜숙 어서 말해보기요 동무.

정연 북한에서도 요즘은 그런 사투리 안 씁니다. 그거 다 오버하는 겁니다.

혜숙 오버? 쌤도 그런 말 쓰는구나?

정연 왜 이러십니까? 저 영어선생입니다.

혜숙 정연 쌤. 이렇게 둘만 있을 때는 쌤도 편하게 말도 놓고 친구처럼 대해.

정연 괜찮습니다.

혜숙 괜찮긴! 내가 안 괜찮아서 그래. 앞으로 사적으로는 동무하자. 응? 정연 동무.

정연 (한참 보다 웃는다) 뭐 그러지요.

혜숙 그래라고 해야지.

정연 그래.

혜숙 그럼 힘든 건 차차 듣기로 하고요. 학교 앞 커피숍 가서 커피 한잔할까?

정연 그러지요.

혜숙 에이 또.

정연 그래~

혜숙 자 가자~!

정연과 혜숙, 퇴장한다. 잠시 후, 효진과 혜숙이 들어온다.

효진 미안하네. 난 그것도 모르고 막말을 퍼부었으니.

혜숙 앞으로 정연 쌤 잘해줘. 외로움도 죄책감도 누구보다 컸을 테니.

효진 그래야지. 그나저나 그 언니라는 사람은 조카를 어디로 보낸 거라니?

혜숙   우리가 뭐 도와 줄 방법이 없을까?

효진   우리가 어떻게 도와줘… 일단 수소문이라도 해볼까?

혜숙   내가 아는 목사님이 탈북민들 봐주고 있어! 그분 통해서
한번 알아봐야겠다.

효진   좋네~ 나도 다른 루트가 있는지 알아볼게.

혜숙   오케이~!!! 자 파이팅

서로 손을 맞잡고 의기투합한다. 효진, 혜숙, 분주하게 전화를
걸고 문자를 보내고 컴퓨터를 해 자료를 조사한다. 밤을 새기도
하고 졸기도 한다. 다시 모인 두 사람.

효진   찾았어?

혜숙   아니 못 찾았어. 그렇지… 쉽게 찾을 수가 없지….

효진   (털썩 주저앉는다) 그냥 드라마틱하게 멋지게 딱 귀순하면 얼
마나 좋을까.

혜숙   (폰을 꺼내서 보며) 그러게 말이야. 메일이나 왔을지 볼까
나….

효진   당 떨어졌네. 커피나 마셔야겠다. 자기도 마실래?

혜숙   (폰 화면을 뚫어져라 보며) 효… 효진 쌤! 드라마가 현실이 되
었어!

효진   뭐가? 에이 설마 귀순이라도 했으라고?

혜숙   그… 그래!! 10대 후반 정도 되는 남자가 임진강 건너서 엄
마 찾으러 왔어!!!

뉴스 지난 8일 육군 모 부대 초소를 통해 귀순한 남 모 군은 함경북도 회령출신으로 장마당을 전전하는 꽃제비 생활을 하다 임진강을 통해 남하한 것으로 알려졌습니다. 남군은 초병과 만나자마자 탈북한 모친을 찾으러 남으로 왔다며….

#3. 정보원 면담실

한쪽 무대에 정연이 앉아있다. 요원이 들어온다.

요원 오랜만이에요. 잘 지내셨어요?

정연 네 안 선생님 덕분에 아주 잘 지냅니다.

요원 학생들이 말 잘 듣나요??

정연 네. 애들이 다 그렇죠.

요원 잘하시고 계십니다. 그것보다 아들 맞죠? 확실히?

정연 네 멀리서 봐도 제 아들입니다.

요원 아들은 이모가 데리고 있다 하지 않았나요?

정연 이모가 그러니까 제 언니가 아이를 내쳤어요. 애육원에 억지로 집어넣어서….

요원 애육원? 보육원 말이죠? 언제 보냈죠?

정연 연락이 안 된 지 2년이 되었으니 그 사이에요. 그전에는 통화도 하고 그랬으니….

요원 그럼 그 사이에 통화 한 번 못 해봤다는 거네요?

정연   네… 코로나 때문에 연락원이 북에 들어가는 게 힘들었
어요.

요원   현우 맞죠? 아들 이름?

정연   네 남현우.

요원   엄마를 찾으러 자기가 집을 나와서 떠돌아 다녔다고 하네
요. 약초, 들나물 뜯어다 장마당에서 팔아 끼니를 해결하며
잠은 그냥 아무 곳에서 자고.

정연   (흐느낀다) 아들이 그렇게 고생할 때 저는 이곳에서 편하게
잠이나 잤으니….

요원   자책하지 마세요. 오정연 씨뿐 아니라 그쪽을 떠난 모든 사
람들이 겪는 아픔이자 현실이죠. 자유를 찾았지만 가족을
잃어버린….

정연   현우를 언제 만날 수 있을까요? 하나원 입소 전에 만날 수
있을까요?

요원   아들이 어머니를 좀 더 있다 만나겠다는군요. 하나원 퇴소
후에.

정연   네? 어째서요?

조명이 바뀌면 다른 쪽 무대에 현우가 앉아있다. 요원이 현우 쪽
으로 온다.

현우   지금 이 볼품없는 꼬라지를 보여주고 싶지 않습니다. 제가
땟국물이 좀 빠지면 보겠습니다. 그때까지는 보고 싶어도
참겠습니다.

요원   그래 그건 네 맘이니까. 그런데 임진강을 건너 올 때 북쪽 초계병들이 없었어?

현우   있었습니다.

요원   그런데 어떻게 넘어온 거지?

현우   장마당에서 꽃제비로 먹고 살려면 종간나를 죽기 살기로 때려눕혀야 먹을 걸 먹을 수 있습니다. 군인 2명이 있었는데 그냥 때려서 기절 시키고 강을 건넜습니다.

요원   고생했네. 엄마랑 통화나 한번 해볼래?

현우   일 없습… (잠시 생각하다) 네. (요원 전화를 건네받는다)

정연   현우니? 현우야! 현우야! 그래 엄마야! 얼마나 고생했니! 얼마나 힘들었어?

현우   일 없습니다.

정연   엄마가 그쪽으로 갈까?

현우   오지 마십시오. 제가 나중에 찾아가겠습니다.

정연   잠깐이라도 보면 안 될까?

현우   몇 달만 참으십시오. 십 년 넘게 못 봤는데 몇 달을 못 기다리십니까?

정연   그. 그렇지… 십년 넘게 못 봤는데 몇 달이야 금방이지.

현우   건강하십시오. 곧 찾아가겠습니다.

정연   그래 아들… 뭐 먹고 싶은 거 있으면 거기 선생님께 말하면 엄마가 보내줄게.

현우   아버지가 해 준 인조고기밥이 먹고 싶습니다.

정연   아….

현우   이젠 먹을 수 없지요. 내중에 어머니가 해 주십시오.

정연	그래. 만나면 엄마가 해 줄게. 몸조심하고 응?
현우	알겠습니다.

현우의 전화를 받아 끊는 요원. 자연스레 정연이 앉아있는 쪽으로 온다.

요원	품에 이게 있더군요. (정연에게 사진 한 장을 내민다) 정연 씨 얼굴이 많이 뭉개졌어요. 일부러 그런 거처럼. 현우군은 심리치료와 정신과 상담을 적극적으로 해야 할 것 같네요.
정연	아들의 상처를 감히 어찌 제가 헤아릴 수 있을까요… 두고 두고 치료를 해야죠.
요원	어머니에 대한 깊은 골과 아버지의 죽음 그리고 친척의 방치, 게다가 사춘기… 지금 가장 힘들 때입니다. 마음 단단히 먹으셔야 할 것 같습니다.
정연	네.

암전.

#4. 다시 학교

효진과 혜숙이 앉아있는 곳. 정연이 들어온다.

효진	뉴스 봤어. 정연 씨 찾아서 임진강 건넜다고. 어찌나 감동

이던지. 막 울었지 뭐야.

혜숙　그런데 아들 아직도 못 만났어?

효진　왜? 이렇게 이슈가 되면 빨리 만나게 해줘야 되는 거 아니야?

정연　아들이 천천히 만나자네요.

효진　왜? 엄마 보고 싶어 넘어왔는데 왜 천천히….

혜숙　그래도 이제 한시름 났잖아. 좀만 기다리면 만날 테니.

정연　그런데 꿈을 자꾸 꿔요. 커다란 따오기 한 마리가 내 품으로 들어올 듯 말 듯 하더니 어깨에 앉았다가 내 귀를 쪼고는 날아가 버려.

혜숙　꿈은 그냥 신경 쓰지 마. 따오기라면 그 동요에 나오는?

정연　그래… 세상에 있다지만 볼 수 없는….그리고 혼자 열심히 세상과 싸우는 새. 꼭 우리 아들처럼… 어머니가 떠난 남쪽 나라 찾아가는 따오기.

혜숙　사춘기잖아. 세상아 다 덤벼. 풍차를 쓰러트리려는 돈키호테처럼 겁 없이 세상과 싸울 나이니까. 내 아들 녀석도 그랬어. 지금은 정신 차리고 잘살고 있지만.

효진　그것보다 나 오늘에야 고백하는데 정연 쌤한테 미안했어. 아들 버리고 왔다고 욕하고 엄마가 되어서 어찌 저리 멀쩡하게 생활하냐고 흉보고.

정연　아니에요. 맞는 말이죠. 나 같은 엄마는 욕먹어도 싸요. 엄마 자격도 없죠 뭐.

효진　내가 탈북민들에 대해 선입견을 가지고 있거든. 그런데 반대로 생각해보니까 만일 우리나라가 안 좋아졌을 때 외국에 갔는데 그쪽 사람들이 나한테 그러면 정말 서러울 거야. 일제 강점기 때 외국 건너간 사람들이 그런 힘든 과정을 겪었다잖아.

혜숙 　자자~ 맘 쓰지 말고 오늘 저녁에 조개찜 어때? (정연을 보며) 좋지? 맛난 거 미리미리 많이 먹어둬야 나중에 아들이랑 먹으러 가지. 부지런히 적어두도록 알았지?

효진 　자 그럼 조개찜을 위해 오늘도 달립시다~!

정연 　수고하세요~

혜숙 　효진 쌤. 쌤도 정연 쌤이랑 말 놔.

효진 　어? 난 났잖아?

혜숙 　정연 쌤~! 효진 쌤이랑 말 놔. 동무잖아~

정연 　(웃는다) 응.

혜숙과 효진 퇴장하는데 정연, 그 둘의 뒷모습을 물끄러미 바라본다. 암전.

#5. 하나원. 현우의 방.

침대 위 현우. 악몽에 시달리는 듯 얼굴을 찡그리고 괴로워한다.

목소리 　조국을 버린 반역자.

목소리 　너를 버린 나쁜 년이야.

목소리 　제국주의와 붙어먹은 창녀.

목소리　그년은 너를 이미 잊었어.

목소리　니가 죽어도 모를걸?

목소리　풀떼기가 씹히니? 니네 어미는 소고기 씹고 있을 거다.

목소리　네 아비 버리고 다른 남자 품에 있어.

목소리　증오해야 해.

목소리　넌 아무런 의미가 없어.

목소리　조국을 버리고 아들을 버리고 호의호식 하는 여자.

목소리　네 어미는 잡년이야.

목소리　현우야! 어머니를 용서해야 한다. 어머니가 원한 게 아니다.

현우　아… 아버지?

아버지　내가 능력이 없어서 어머니가 우릴 위해서 나갔을 뿐이야.

현우　어머니는 아버지 버리고! 날 버리고! 조국을 버리고! 남조선과 붙어먹었시요!

아버지　니가 부모가 되면 이해가 될 거야. 나쁜 건 나란다. 어머니를 미워하지 말거라.

현우　내는! 꼭 아버지의 복수를 하겠습니다!

아버지　너의 한만큼 어머니의 슬픔이 크다. 슬픔만큼 어머니의 상처 또한 커.

현우　관두십시오. 아버지가 그런 근성이니까 그렇게 가버린 거지요. 약해 빠져가지고. 전 아버지처럼은 살지 않겠습니다. 제가 얼마나 이를 갈고 칼을 간지 모르시지요?

아버지　그 칼끝이 돌아와 너의 가슴을 찔러 파고들 거야.

현우　아버지는 겁쟁이 비겁자입니다. 그렇게 맘에 걸리신다면 아버지의 복수가 아니라 제 복수를 하겠습니다. 상관 마십시오.

아버지, 슬픈 표정을 하며 떠난다. 한참 후 화들짝거리며 일어나는 현우. 악몽 때문에 식은땀이 흥건하다. 가쁜 숨을 고르려 하지만 쉽게 사그라지지 않는다. 주변을 돌아본다. 어둠. 머리를 쥐어뜯는 현우. 괴로움에 몸부림친다. 암전.

#6. 하나원 퇴소일. 정문 앞.

기자 몇 명이 대기하고 있다. 정연과 혜숙, 효진 함께 기다리고 있고, 한쪽에 요원도 서 있다. 한참 후 현우가 나타난다.

요원   어 여기~!
현우   (요원을 보고) 네
요원   저기 기자님들 좀만 비켜주시죠. 모자 상봉을 해야 해서요.
정연   현우야… 현우야!!! (현우를 끌어안는다)

기자들의 셔터 소리가 터진다. 혜숙과 효진 뒤에서 눈물짓는다. 요원 둘을 묵묵히 바라본다.

현우   잘 지내셨습니까?
정연   미안하다 아들… 내가 잘못했다.
현우   일 없습니다. 봤으니 됐지 않습니까? 저 많이 컸지요? 아빠랑 많이 닮았지요?

정연 그래… 아빠랑 똑 빼다박았어.

현우 아빠 아들인데 어디 가겠습니까?

기자 자 이쪽으로 봐주세요. 사진 좀 찍겠습니다~! 좀 더 다정히 서주세요. 어머니~

어딘지 불편하고 어두워 보이는 현우. 셔터는 계속 터지고 요원도 유심히 그 모습을 본다. 일행 퇴장했다 다시 등장한다. 방금 식사를 마치고 나오는 듯.

정연 많이 먹었어?

현우 네.

정연 별로 안 먹었는데… 괜찮니?

현우 처음으로 바깥세상에 나와서 그런 겁니다. 걱정하지 마십시오.

효진 그. 그래~ 아휴~ 현우는 정말 듬직하다. 우리 아들은 맨날 떼만 쓰는데

혜숙 맞아. 울 아들도 예전에는 정말 말 안 들었는데 현우는 참 착하네.

효진 혜숙 쌤. 우리 커피 뽑아올까? 밥 다 먹었지?

혜숙 응 그래~ 정연 쌤 커피 마실 거야?

정연 아니 괜찮아.

혜숙 현우는? 아 현우는 아직 어리니까 커피는 안 되고 율무차 뽑아줄까?

현우 일 없습니다.

혜숙 응 괜찮다고? 그래 그럼 우리만 뽑아서 먹을게~

효진 정연 쌤, 우린 요 앞 의자에 앉아서 차 마시고 있을 테니 갈 때 불러.

정연 그래요.

효진 현우야 더 먹고 싶은 거 있으면 말해.

혜숙 그래 이모들이 사주는 거니까 많이 먹어. (효진과 함께 퇴장)

정연 뭐 더 먹을래? 더 먹고 싶은 거 없어?

현우 됐습니다.

정연 아님 잡채 먹으러 갈래? 네가 좋아하는

현우 배부르게 많이 먹었습니다. 배 터지는 거 보고 싶습니까?

정연 아니 엄마는 그냥….

현우 적당히 하십시오. 제가 알아서 다 하겠습니다. 혼자 살아온 지 7년 넘었습니다.

정연 혼자 살아온 지 7년이라니? 너 2년 전에….

현우 언제 애육원에 들어간 지 아십니까? 7년 전입니다. 연락원 올 때만 이모가 저를 잠깐 데리고 나왔지요. 그리고 전화하고 돈 받으면 다시 애육원으로 들어가야 했고….

정연 너!! 왜 엄마한테 말 안 했니?

현우 말하면 오실 수 있었습니까? 말한다고 해결되는 게 있습니까? 더 먼 곳으로 쫓겨나지 않으려고 전 입 꾹 다물 수밖에 없었는데… 뭘 어캅니까?

정연 어찌 사람이 그럴 수가… 언니라는 사람이 어떻게….

현우 누가 누구를 욕합니까? 같은 피인데….(사이) 밥 다 먹었으면 가시지요. 며칠을 암 생각 안 하고 푹 자고 싶습니다. 귀찮다면 그냥 내 갈 길 가도 됩니다.

정연 그게 무슨 소리야! 가긴 어딜 가!

현우 어머니가 나를 귀찮아하는 거 같아서.

정연 아니야 현우야. 가자 집으로 가자.

먼저 나가는 현우. 그 모습을 물끄러미 바라보는 정연.

#7. 다시 학교.

효진과 혜숙, 정연이 앉아있다.

효진 괜찮아?

정연 뭐가?

효진 아들이 생각보다 벽이 커서.

정연 쉽게 안 깨지겠지. 천천히 허물어야지

혜숙 그래도 속으로는 그리워했고 만나고 싶었을 거야. 그러니 목숨 걸고 넘어왔지.

효진 그래. 사춘기라서 그래. 17살 넘으면 서서히 없어지더라.

혜숙 (표를 주며) 이거 언제 시간 내서 아들이랑 보러 가.

정연 (포를 받으며) 이게 뭔데?

혜숙 미국서 사는 성공한 탈북 피아니스트 연주회. 자극이 되지 않을까 하는데….

정연 그래 고마워. 시간 내볼게.

효진 학교 언제 보낼 거야? 학교 다니고 친구들 사귀면 금방 좋아질 거야. 밝아질 거고.

혜숙 우리 학교 오면 내가 이모로서 조카한테 아주아주 잘해주었을 텐데 아쉽다~~!!

효진 그런 것 때문에 친인척이 같은 학교 못 다니게 한 거잖아.

혜숙 뭐 마음으로 조카일 뿐이잖아. 진짜 친인척 관계가 아닌데 무슨 상관이야?

효진 우리 말고 엄마랑 아들이.

혜숙 아쉽다. 같이 학교 다니면 좋을 텐데… (정연을 보며) 무슨 생각해?

정연 어? 아냐… 그냥….

혜숙 십 년 묵은 때도 한 번에 벗길 순 없으니 너무 조급해 하지 말자. 현우는 착하니까 좀 지나면 좋아질 테니. 나중에 우리 아들하고 만나게 해야겠다. 외동이라 동생이 없어서 적적했는데 남자들끼리 좀 으리으리하게 만나라고 하지 뭐.

효진 그럼 그 중간은 우리 아들이 들어가는 걸로. 삼총사네. 우리처럼.

혜숙 그렇네? 삼총사! 아들만 낳은 엄마 삼총사. 그리고 그 아들들 삼총사

정연 (피식 웃는다)

혜숙 그래 웃으니 얼마나 좋아~ 웃자. 웃으며 살기에도 너무 짧은 인생이야. 웃음이 모든 걸 다 녹일 수 있을 거야.

효진 멋진 말을 하는 순간 이제 수업 시간이네. 자 들어가자.

혜숙	그래~ 오늘 저녁에… 아 맞다. 정연이는 아들한테 빨리 가
	야지?
정연	응. 미안.
혜숙	그럼 둘만 치맥하고 들어갈까나? 아들들한테 치킨 사갖고
	들어가면 용서해주겠지?
효진	그러자~ 치맥 콜~! 자 수업 들어가자 고고~
혜숙/효진	정연 파이팅~!!!

그 모습을 웃으며 지켜보다가 자연스레 무대 한 편에 있는 집 화
장실을 열고 들어가는 정연.

정연	(뛰쳐나오며) 이게 뭐야! 피!! 피!!! (순간 놀라 뛰쳐나온다) 아
	들!!! 아들 어디 있니?
현우	(등장하며) 저 여기 있습니다.
정연	화장실에 피! 무슨 일 있니? 너 어디 다쳤니?
현우	(붕대 감은 손을 보여주며) 이거 말입니까? 살짝 다쳤습니다.
	일 없습니다.
정연	어디 좀 봐봐.
현우	내 알아서 하겠습니다!! 걱정하는 척 하지 마십시오. 내가
	어찌 사는 것도 이리 궁금해 했으면 좋았을걸… 거울에 웬
	괴뢰놈이 저를 보고 웃었습니다. 멍청하다고! 여기 왜 있냐
	고! 그래서 혼내줬습니다. 됐습니까?
정연	현우야. 병원 가자.
현우	일 없습니다. 자꾸 같은 말 하게 마십시오. 제가 알아서 하

겠습니다. 아… 정 도와주실 거면 돈이나 주시라요. 어머니가 좋아하는 돈. 이모들한테 열심히 보낸 돈. 나 팔아 번 돈. 그거면 다 나을 겁니다.

정연　현우야….

현우　내 이름 그만 부르십시오. 역겹습니다! 제발 나한테 관심 끄십시오.

그대로 방으로 들어가 버리는 현우. 그 모습을 슬프게 바라보는 정연.
목소리가 뒤섞여 나오는 가운데 어둠 속에서 서서히 아버지 모습이 나타난다. 암전되었다가 용명 되면 현우가 여기저기 두리번거린다.

아버지　현우야.

현우　제가 이제부터 아버지의 원수를 처단하겠습다.

아버지　그러지 말거라. 내 가슴이 찢어진다.

현우　내가 얼마나 비참하게 살았는지 모르심까? 죽음보다 더한 삶이라 매일 언제 죽을까만 생각했습니다. 사는 것보다 죽는 게 쉬우니까. 배때지에 기름 두르며 산 저 여자와는 다릅니다.

아버지　뭐라 해도 넌 안 듣겠지.

현우　저 하고 싶은 대로 하겠습다. 아버지 혼자 춥고 어두운 곳에 외롭게 있는데! 저 여자는!

아버지　나보다 현우 네가 그렇게 보인다. 춥고 어둡고 외롭게… (사이) 내가 더 이상 널 찾아올 필요가 없구나. 엄마가 곧 나한테 올 테니….

아버지 사라진다. 현우 퇴장했다 손에 칼을 들고 등장. 소파에 잠들어 있는 엄마 쪽으로 천천히 다가간다. 무서운 표정으로 정연을 한참 바라보다 칼을 높이 든다. 손이 부들부들 떨리는 현우. 이윽고 정연의 머리카락을 한 움큼 잡아서 칼로 자른다. 정연 깜짝 놀라서 눈을 뜬다.

정연   현… 현우야!
현우   (잘린 머리카락을 보여주며) 이제는 살아도 산 게 아니오. 방금 죽은 목숨이니.
정연   현우야….
현우   나 부탁이 하나 있습니다. (사이) 내일 임진강에 데려다주시겠습니까?
정연   임진강?
현우   아무것도 묻지 말고 그냥 데려다주시지요. 고향 땅이 보고 싶어서 그런 거니까
정연   그… 그래….

현우, 퇴장한다. 그리고 방안으로 들어가 통곡한다. 울음소리에 마음이 무너지는 정연. 암전.

#8. 임진강변

현우가 서 있고 그 뒤에 정연과 혜숙, 효진이 서 있다. 북녘땅을 바라보는 현우.

현우 여기서는 그나마 고향 냄새가 희미하게 납니다. 남조선은 너무 고약한 냄새만 나고 시끄럽고 답답하고 숨이 막힙니다. (사이) 제가 왜 남조선에 온 지 아십니까? (사이) 어머니를 처단하기 위해서요. 그런데 이젠 필요 없게 되었습니다. 정말 죽이고 싶고 복수하고 싶었는데… 얼굴을 보니 그럴 마음이 사라져 버렸습니다. 더군다나 매번 나를 찾아오던 아버지가 슬퍼하더란 말입니다. 어머니도 처음부터 이렇게 될 줄 몰랐을 거라면서… 근데… 그런 생각이 들더란 말입니다. (사이) 엄마가 만약에 조국을 나오지 않았더라면 지금 어떻게 되었을까…? 결과는 같았을까? 신만이 알겠지요… 다 같이 살던가… 다 같이 죽었던가… (엄마를 바라보며) 보고 싶었습니다. 정말 죽고 싶은 만큼… 죽이고 싶은 만큼.

정연 미안하다 현우야….

현우 됐습니다. 우리 이제 서로 빚진 거 없습니다. 이모들 엄마 잘 챙겨주십시오.

효진 아들이 엄마를 챙겨줘야지 우리가 뭘 얼마나 챙길 수 있다고….

현우 (미소 지으며) 많이 챙겨주십시오. (강으로 뛰어드는 현우)

정연 현!!! 현우야~!!

효진	어머 어떡해!!! 저기 사람이 빠졌어요?
혜숙	얼른 나와!!! 위험해 현우야!!
정연	현우야! 현우야. (하면서 강에 들어가려고 하자 효진 혜숙이 막는다)
효진	사람이 빠졌어요~!! 도와주세요.
정연	현우야~! 얼른 나와!!! 제발~~!!!
현우	(돌아보고) 아무래도 난 남조선에 안 맞는 거 같습니다. 어머니 아버지랑 함께 살던 고향으로 돌아가서 살겠습니다~! 걱정 마십시오! 내 혼자 잘 살아갈 테니! 어머니는 어머니 삶 사십시오! 나중에 통일되면 그때 다시 만나든가….
정연	안 돼 현우야… 현우야~~!
소리	돌아오세요~!! 넘어가면 발포합니다!
정연	안 돼요! 안 돼!!! 제 아들이에요!!! 쏘지 마세요!
혜숙	쏘지 마세요!!
소리	다시 한 번 경고합니다. 더 이상 전진하면 발포합니다.
정연	제발~~~!!!

이때, 총소리 몇 방. 모두가 정지상태. 이어지는 그들의 움직임이 슬로우모션처럼 느껴진다. 정연 믿어지지 않는다는 듯 멍하니 바라보고 있다. 소리는 계속 반복되어 나고 있다.

소리	북쪽에서 발포를 했습니다. 관광객들은 모두 대피해 주십시오! 위험 상황입니다. 대피해 주시기 바랍니다!

암전.

#Epilogue

소풍날. 평범한 차림의 요원과 효진이 나와서 돗자리를 깐다. 그리고 그 위에 가지고 온 음식들을 올린다. 혜숙, 등장한다.

효진 왔어? 정연이는?
혜숙 응 저기. 안 선생님도 오셨네요.
요원 네 오늘은 시간이 되어서요.

정연이 웃음 띈 얼굴로 오고 있다. 공허한 눈빛이다. 두리번거리며 뭔가를 열심히 줍는다.

혜숙 많이 나아졌는지 모르겠는데 이제는 좀 웃기도 해. 자해도 이젠 덜하고.
효진 현우는… 어떻게 되었을까…?
혜숙 잘 넘어갔을 거야. 그렇죠 안 선생님?
요원 뭐… 저희도 전혀 알 수가 없네요. 죽었다는 정보도 살았다는 정보도 없으니… 마치 임진강 강바닥으로 깊숙이 숨어버린 것처럼….
혜숙 통일되면 만날 수 있겠지.
효진 그렇지? 통일되면 만날 수 있겠지? 그때… 가이드 꼭 부탁

해야지.

요원 언제면 끝날까요? 이 비극이….

효진 한민족 역사상 가장 길고 고통스러운 비극이죠. 제발 끝나
야 할 텐데….

혜숙 그나저나 정연이 참 이쁘다. 그치?

효진 그러게… 너무나 슬프게 이쁘다.

정연 뭔가를 계속 찾고 주우면서 노래를 시작한다. 현우가 환영
처럼 웃으면서 등장. 정연도 현우를 보며 활짝 웃는다. 세상에서
가장 환하고 슬픈 웃음을….

'보일 듯이 보일 듯이 보이지 않는 따옥 따옥 따옥 소리 처량한 소리
떠나가면 가는 곳이 어디메이뇨 내 어머님 가신 나라 해 돋는 나
라…'

끝.

Мамина страна

Автор Кан Де Гвон

Перевод на русский язык Цой Ен Гын

Действующие лица:

Ден Ен: около 40 лет. Перебежчица из Северной Кореи. Учительница английского языка.

Хен У: около 17 лет. Сын Ден Ен. Пересек через реку Имдин на Юг.

Маленький Хен У: около7лет.

Хё Дин: около 40 лет. Коллега Ден Ен по школе.

Хе Сук: около 40 лет. Коллега Ден Ен по школе.

Сотрудник госучреждения по информации: около 30 лет

Ян Бу: около 60 лет. Китаец, отчим Ден Ен.

Сестра: около 50лет. Старшая сестра Ден Ен.

Отец: около 40лет. Муж Ден Ен, умерший в Северной Корее.

Связной: брокер, зарабатывающий деньги путем распродажи товаров в Китае и Северной Корее.

(Сотрудник, приемный отец, связной – один артист может играть несколько ролей. Сестра, Ян Бу, маленький Хен У подают только голос)

Время действия

настоящее время

средняя школа, комната отдыха, госкомитет информации, квартира Ден Ен, побережье реки Имдин и т.д.

Пролог.

Сон. 8лет назад в Северной Корее. Дом, где жила Де Ен.

Спящий Хен У, держа в руке портфель, Ден Ен пытается тайно уйти из дома.

Хен У.	(проснувшись) Мама, не уходи.
Ден Ен.	Ты проснулся? Мама ненадолго отлучится.
Хен У.	Не обманывай. Я слышал ваш разговор с папой. Не уходи.
Ден Ен.	Послушай меня внимательно Хен У. Мама уедет только на несколько месяцев, заработает и вернется. Слушайся папу. Мама заработает много денег и вернется. Тогда мы сходим на рынок, купим тебе вкуснятину, одежду, обувь.
Хен У.	А ты точно вернешься?
Ден Ен.	Почему я не вернусь? Уеду ненадолго. Слушайся папу и жди меня. Понял?
Хен У.	Да.

Ден Ен. Вот... это кольцо- дедушкин подарок мне. Возьми его. Если будет очень тяжело, продай его. Хорошо? Мама очень верит, что наш Хен У будет ждать меня. Ты тоже веришь мне?

Хен У. Да, мама.

Ден Ен. Ну, сынок... Мама скоро вернется.

Хен У. Мама, спой мне колыбельную.

Ден Ен. Колыбельную?

Хен У. Ты споешь мне, а я засну. Вот тогда ты уходи.

Ден Ен. Хорошо. Я спою тебе колыбельную (поет)

Хен У заснул. Ден Ен, пряча слезы, тихо выходит из дома. Хен У слегка приоткрыв глаза, тихо плачет.

Хен У. Мама обязательно вернись. Сдержи свое слово...

Тишина. Картина былого постепенно исчезает. Ден Ен внезапно просыпается. Задумалась, посмотрела на часы и взяла телефон.

Ден Ен. (по телефону) Сестра, у тебя все нормально? С Хен У все порядке?

Сестра. Какое там в порядке?!Люди с охранки беснуются, ищут перебежчиков. Мужа твоего арестовали.

Ден Ен.	А Хен У? Что с ним?
Сестра.	О нем не беспокойся. Он у нас дома.
Ден Ен.	Тогда я вернусь.
Сестра.	Нет! Нельзя. Не возвращайся. Говорят, что и вернувшихся перебежчиков также наказывают.
Ден Ен.	Вернусь и я расскажу им про ситуацию, случившуюся со мною и они простят.
Сестра.	Даже не думай! Знаешь, тут сколько людей, пойманных в Китае? Не оставайся там, передвигайся дальше!
Ден Ен.	А как быть с Хен У?
Сестра.	Не беспокойся о нем. Переезжай в безопасное место и обоснуйся там.
Ден Ен.	Куда же ты меня посылаешь?
Сестра.	Поезжай в Южную Корею. Там живут очень хорошо.
Ден Ен.	Мне обязательно надо ехать туда?
Сестра.	Хочешь, чтобы все мы погибли? Там заработаешь деньги. Отправишь нам, тогда и ты заживешь и мы выживем.
Ден Ен.	Поняла. Поеду туда и сообщу тебе. (прервав телефонный разговор и, сидя на стуле, начинает давать интервью.) Убежала из Севера 8лет назад. Там я преподавала в институте английский язык. Люди думают,

что в институте профессора получают много. Но в Северной Корее они наравне с врачами едва сводят концы с концами. Говорили, что в Китае за внеурочное преподавание английского языка платят хорошо. Услышав такое, я пересекла реку Думан и попала в Китай. Но вместо преподавания меня продали на юг Китая. Думала, что перевернулся свет из-за настигшего меня несчастья. Но, к счастью, я встретила доброго человека. Я его считаю своим вторым отцом. Благодаря ему я там стала работать семейным учителем. Этот человек сделал для меня столько добра... Если бы не он...Трудно даже представить... Но мне пришлось тогда уехать из Китая.

Ян Бу. Ренрен. Сейчас поедешь?

Ден Ен. Паба...

Ян Бу. Не пойму о чем ты говоришь, но чувствую, что тебе надо ехать.

Ден Ен. Говорят люди из отдела безопасности Северной Кореи рыщут по всему Китаю и ищут перебежчиков.

Ян Бу. Что ты беспокоишься? Ты же моя дочь?

Ден Ен. Паба, независимо от этого могут арестовать. Отец и мать могут попасть в беду.

Ян Бу.   Ничего. Мы уже стары и бояться нам нечего.

Ден Ен.   Не спокойно у меня на душе.

Ян Бу.   Я по́нял. Ты же ведь тоже мать. Я хотел тебя оставить возле себя. Думал только о себе.

Ден Ен.   Когда обстановка улучшится, то я вернусь сюда в Китай.

Ян Бу.   Вот тогда повидаю внука, который находится в Северной Корее.

Ден Ен.   Спасибо Паба.

Ян Бу.   А что спасибо... Спасибо, что ты стала моей дочерью. И здорова.

Ден Ен.   Обязательно я вернусь сюда. Только будьте здоровы.

Ян Бу.   Бог, тебя защитит (уходит)

Ден Ен.   (вновь села на стул) Из Китая я поехала в Камбоджу. Там пряталась, потом перебралась в Хангук. Сотрудники из Охраны приходили к отчиму и расспрашивали про меня, но отец сказал, что не знает меня. За это время в Северной Корее казнили моего мужа. (задыхается). На свете остался мой единственный сын, которого хочу найти.

Погас свет.

1. Средняя школа в Сеуле.

Хё Дин и Хе Сук сидят за столом, пьют чай и судачат о том, о сем. Появляется Ден Ен.

Хё Дин. (увидев Ден Ен). Ден Ен сем, Ден Ен сем. Давайте вместе попьем чаю.

Ден Ен. Здравствуйте

Хё Дин. 2года работаем вместе, но ни разу не попили кофе.

Хе Сук. Сем, скорее садитесь сюда.

Ден Ен. У меня кое-какие дела и мне надо идти.

Хе Сук. Времени еще достаточно. Садитесь скорее сюда.

Ден Ен. ... (вынуждена сесть за их стол)

Хе Сук. Сем, Вам кофе? Или чай? Чай дунгылре? Или зеленый чай?

Ден Ен. Нет, спасибо. Я уже пила.

Хе Сук. Да? Ну, тогда...

Хё Дин. Вечно спешите. Давайте пообщаемся. А то всегда ходите одна.

Ден Ен. Да, извините.

Хё Дин. Ачто извиняться. Вы же не виноваты. Просто нам хочется подружиться с вами. Родились мы в разных странах, но в настоящее время живем тут в одной стране. Вы знаете, я с детства думала, что северяне похожи на волков или кротов и носят рога. Все это результат неправильного антикоммунистического воспитания.

Хе Сук. Точно. Когда с Ким Ир Сена сняли парик, то я увидела его свиную рожу. И подумала: там живут только животные.

Ден Ен. В Северной Корее тоже живут люди. Такие же люди.

Хё Дин. Просто нас так учили. Поэтому мы удивились, когда впервые увидели вас. Такая красавица.

Ден Ен. Впредь не пугайтесь.

Хе Сук. В одно время было ходячее выражение: мужчина Юга + женщина Севера. На слух немножко неприятно, но может быть, на самом деле северяне красивее?

Хё Дин. Н-да. Хорошо было бы такой как красавчик Хен Бин из спектакля « Нежданная любовь». Не так ли?

Ден Ен. Можно, я пойду?

Хё Дин. Чуть позже. Еще ведь есть время.

Хе Сук. Да-да. Посудачим и со временем подружимся.

Хё Дин. Вот так и становятся друзьями. Точно. Где вы

живете?

Ден Ен. В районе станции Новон.

Хё Дин. А я живу возле станции Санге. Значит, мы живем не далеко друг от друга. Хорошо бы встретиться в нашем районе. Так?

Хе Сук. Я давно хотела узнать у вас ... (подождав) Как то неудобно было спрашивать...

ДенЕн. Да, ничего. Нет, ничего.

Хе Сук. У вас есть семья на Севере?

Ден Ен. Есть. Есть старшая сестра. Есть и младшая.

Хе Сук. А родители?

Ден Ен. Они умерли.

Хё Дин. Вы замужем?

Ден Ен. Да.

Хё Дин. А муж находится на Севере?

Ден Ен. Он... умер.

Хе Сук. А...как.

Ден Ен. Так получилось...

Хё Дин. Ой! Извините. Я зря спросила об этом. Но уж очень хотелось узнать. Извините еще раз.

Ден Ен. Ничего.

Хё Дин. А детей нет?

Ден Ен. Детей...(про себя: есть 17-летний сын) Нет.

Хё Дин. Да, к счастью. Был бы ребенок, то было бы

тяжело. Мама перебежчица, а отец умер. Да уж. Адская жизнь. (пауза). Теперь надо встретить хорошего человека и зажить счастливо. Хотя перед мужем ... неудобно.

Хе Сук. Ничего всё обустроится!.. Поживете и еще будут хорошие деньки!

Хё Дин. До этого возвраста у вас не было детей? В чем-то проблема?

Ден Ен. (растеряна) Пора, мне надо идти. На переговоры.

Хё Дин. Ну, идите. (смотрит на удаляющуюся Ден Ен) Это точно? Что у нее есть сын?

Хе Сук. Да, я видела. Кажется, хотела отправить послание куда-то. Она забыла об этом.

Хё Дин. Не пойму никак. Может быть, она захотела пожить хорошо, приехала сюда, бросив ребенка? Захотела изменить судьбу.

Хе Сук. Неужели? Наверное, была какая-то причина.

Хё Дин. Допустим, была какая-то причина, но как можно было бросить своего ребенка в таком страшном месте?

Хе Сук. Побег из страны связан был со смертельным риском и поэтому безопаснее было оставить ребенка там.

Хё Дин. Надо жить вместе и умирать вместе.

Хе Сук. Нельзя так рассуждать. Ты умри, но ребенка спасай.

Хё Дин. Я бы ни за что не смогла бы убежать одна. Как можно оставить его одного? Она думает по-другому. По имеющимся фото, она была и в Европе. Да, сильна! Как можно оправдаться перед мужем, который погиб из-за нее и одиноко страдающим сыном. Да, перебежчики из Севера это жестокие люди.

Хе Сук. У меня тоже иногда проскальзывает мысль бросить мужа и сына и убежать куда-нибудь далеко... но...

Хё Дин. Скоро начнется занятие. Пошли. Не забудь: вечером встречаемся в хопе.

Хе Сук. Ладно. Выпьем пивка там. Успеха! (обе удаляются)

2. Школа. Ден Ен и разговор по телефону с сестрой (Северная Корея)

Ден Ен. (возбужденно) Не обманывай, говори честно. Хен У рядом с тобой? Спрашиваю он рядом с тобой?

Сестра. (растерянно) Нет его рядом. Пошел гулять с ребятами.

Ден Ен.	(торопливо) Правда? Он живет у тебя? Точно?
Сестра.	Да, правда. С ребятами пошел гулять
Ден Ен.	Точно? А какие ребята?
Сестра.	Ну, я скажу с кем. Разве ты их знаешь? Полтора года не было от тебя никаких вестей и вдруг ты послала человека.
Ден Ен.	Ты же знаешь! Из-за короны я не могла отправить ни денег, ни человека, вообще ничего. Мне тоже было трудно. Ничего не смогла сделать. (пауза) Точно скажи Хен У живет у тебя? Вы вместе?
Сестра.	(долгое молчание.потом тихим голосом) Да.
Ден Ен.	(строго) Передай трубку товарищу связному. Хочу удостовериться.
Сестра.	Ты не веришь мне?
Ден Ен.	Скорее передай.
Сестра.	Он вместе с нами. Правда.
Ден Ен.	(кричит громко) Благодаря моим деньгам, которых я посылала вам, вы живете в благоустроенной квартире. Хотела помочь вам. Но из-за того, что полтора года я не смогла послать вам деньги, вы выставили Хен У. Или это не так? Если это так, я могу убить тебя. Честно скажи, Хен У находится у тебя? Почему молчишь? Сестра, пожалуйста,

ответь мне. Передай трубку связному. Я сойду с ума. (прерывается телефонная связь) Сестра?! Сестра!!! Зачем прервала телефонную связь? Почему не отвечаешь?

Связной. Это я, связной.

Ден Ен. Мой сын находится там?. С ним все в порядке?

Связной. Похоже, что его нет тут. Женщина говорит, что он здесь, но тут нет следов присутствия мальчика. Ни портфеля и ни мальчиковой одежды нет. Хотел проверить, но она не дает. Выгоняет меня.

Ден Ен. (Плачет) Хен У... Хен У...

Связной. В прошлом году в провинции Пхеньян хотели переправить через реку Думан девочку младшего брата и об этом договорились с охранником. Но из-за сомнений, что впредь не отправят деньги, сделка не состоялась .Девочка была источником прибыли. Договорились насчет суммы, в результате из общей суммы 10 тысяч юаней отдали старшей сестре 3500 юань, 3500 юань отдали младшему брату. Охранник идет сюда. Все (прерывает разговор).

Ден Ен. (от огорчения у нее опускаются плечи, сидя прячет лицо)

Хе Сук. (подойдя ближе) Ден Ен сем, что вы делаете тут? (пауза). По-моему вы еще не кушали... Что случилось?

Ден Ен.   (быстро встает) Да, ничего.

Хе Сук.   На вас лица нет... Что с вами, сем?

Ден Ен.   Ничего.

Хе Сук.   Поговорите. Сохраню ваш секрет. Мы же с вами сем ровесницы. Товарищ.

Ден Ен.   Вы знаете слово товарищ?

Хе Сук.   Да, конечно. Прекрасное слово в нашем языке.

Ден Ен.   Но ведь тут слово товарищ, не такое распространенное?!

Хе Сук.   Воспринимается плохо, но оно не ругательное и не оскорбительное.

Ден Ен.   Да, конечно. Это слово хорошее.

Хе Сук.   Тогда давайте поговорим, товарищ.

Ден Ен.   И на Севере сейчас не применяют этот диалект. Все это где-то преувеличение.

Хе Сук.   Преувеличение? Обо? И вы применяете это слово?

Ден Ен.   Вы, что. Ведь я учительница английского языка.

Хе Сук.   Когда мы с вами вдвоем, то вы свободно говорите обо всем и мы общаемся как друзья.

Ден Ен.   Да, ничего.

Хе Сук.   А что, ничего. Мне то не так. Давайте впредь будем дружить. Так? Товарищ Ден Ен.

Ден Ен.   (смеется) Что с вами?

Хе Сук.	Говорите, что так будем.
Ден Ен.	Так будем.
Хе Сук.	Трудную тему мы отложим на потом, а сейчас пойдемте в кофейню, что перед школой и попьем кофе?
Ден Ен.	Давайте.
Хе Сук.	И ...еще...
Ден Ен.	Ладно.
Хе Сук.	Ну, пошли.
Ден Ен.	и Хе Сук уходят. Немного погодя заходят Хё Дин и Хе Сук.
Хё Дин.	Неудобно мне. Я-то не знала. И наговорила лишнее.
Хе Сук.	Впредь надо делать, чтобы ей было хорошо. Она испытывала одиночество и чувство ответственности как никто другой.
Хё Дин.	Так и поступим. Между прочим, так называемая сестра куда дела своего племянника?
Хе Сук.	Не сможем ли мы как то помочь ей в этом деле?
Хё Дин.	А чем мы поможем? Попробуем проследить за событиями
Хе Сук.	Один мой знакомый пастор занимается вопросами перебежчиков из Севера. Попробую узнать через него.

Хё Дин.	Хорошо. И я по своей линии узнаю.
Хе Сук.	Окей!!!Ну, успеха.

За это время две женщины шумно звонили, отправляли эсэмеску и по компьютеру проверяли материалы. Ночами бывало не спали, трудились на совесть. И они вновь встретились.

Хё Дин.	Ну, что нашла?
Хе Сук.	Нет. Да... Не легкое дело...
Хё Дин.	(села)Хорошо было бы, если как в драме, кончилось все благополучно.
Хе Сук.	(смотрит в смартфон) Не говори. Может быть по е-майлу что-нибудь есть?
Хё Дин.	Впору выпить кофе. Ты будешь?
Хе Сук.	(уставилась в смартфон) Хё ... Хё Дин сем. Драма стала действительностью.
Хё Дин.	Что там? Появился ?...
Хе Сук.	Да-да. Один юноша переплыл реку Имдин и ищет свою мать.

Информационная новость. 8 числа юноша по фамилии Нам, уроженец Ферен провинции Северного Хам Ген пересек реку Имдин и попал в руки пограничников.

На Севере он бродяжничал по базарам и там находил кое- какое пропитание. Он рассказал, что бежал на юг, чтобы найти свою мать⋯

3. В приемной учреждения информации.

В углу сцены сидит Ден Ен. Заходит сотрудник.

Сотрудник. Давно не виделись. Как поживаете?

Ден Ен. Благодаря вашим усилиям очень хорошо, учитель Ан.

Сотрудник. Ученики хорошо слушаются вас?

Ден Ен. Да. Ну, дети как дети. Везде одинаковы.

Сотрудник. У вас все хорошо. Но, скажите, это точно ваш сын?

Ден Ен. Да. Даже издали узнала: это мой сын.

Сотрудник. Вы говорили, что ваша сестра содержит его.

Ден Ен. Тетя, то есть моя старшая сестра бросила его. Спихнула насильно в детский дом.

Сотрудник. В детский дом. Имеется в виду дом приюта? Когда это было?

Ден Ен. В течение 2-х лет у нас не было связи. В

промежутках этих лет случилось... Раньше мы связывались по телефону...

Сотрудник. Получается, что за этот период вы не смогли поговорить?

Ден Ен. Да... Из-за короны связному трудно было попасть в Северную Корею.

Сотрудник. Хен У. Это имя сына? Правильно?

Ден Ен. Да. Нам Хен У.

Сотрудник. Вышел он из дома в поисках матери. Бродил. Собирал лекарственные травы, растения, продавал их на базаре и этим кормился. Спал, где попало.

Ден Ен. (рыдает) Он мучился, а я в это время спокойно спала тут...

Сотрудник. Не казните себя. Не только вы мучаетесь, госпожа О Ден Ен. Это боль и действительность всех перебежчиков. Нашли свободу, но потеряли семью...

Ден Ен. А когда можно встретиться с Хен У? Можно увидеть его до отправления в пункт изоляции?

Сотрудник. Сын сказал, что хочет попозже увидеться с матерью. Как только выйдет из пункта изоляции.

Ден Ен. Да? А почему?

Свет направляется в другую сторону. Хен У сидит. К нему приходит сотрудник.

Хен У.   Я не хочу показаться матери в таком неприглядном виде. Вот спадет с меня грязь, тогда я покажусь матери. Буду терпеть до тех пор, хотя хочется повидаться с ней.

Сотрудник. Это твое желание. Когда ты пересекал реку Имдин не встречались пограничники Севера?

Хен У.   Они были.

Сотрудник. А как ты сумел переплыть реку?

Хен У.   Когда я обитал на базарах и чтобы выжить, мне приходилось сражаться до смерти с подобными мне типами. Там были два солдата. Я побил их до состояния обморока и переплыл реку.

Сотрудник. Да, уж. Досталось тебе. Хочешь поговорить с матерью?

Хен У.   Да, ничего…(подумав немного). Давайте (берет трубку у сотрудника).

Ден Ен.   Это Хен У? Хен У! Хен У! Да, это мама. Бедненький. Сколько горя пришлось перенести тебе?

Хен У.   Да, ничего.

Ден Ен.   Хочешь, я приду к тебе?

Хен У.   Не приходи. Я потом сам найду тебя и приду.

Ден Ен. А нельзя ли наскоро повидаться?

Хен У. Потерпи несколько месяцев. Не виделись больше 10 лет, не сможешь потерпеть несколько месяцев?

Ден Ен. Да. Это так... Не виделись более 10лет. Так что несколько месяцев пройдут мигом.

Хен У. Будь здорова. Скоро приду к тебе.

Ден Ен. Хорошо, сынок. Если ты захочешь что-то поесть, скажи сотруднику. Я привезу.

Хен У. Хочется покушать искусственное мясо с кашей, что готовил отец.

Ден Ен. А...

Хен У. Не сейчас, а потом. Ты приготовишь.

Ден Ен. Конечно, я приготовлю тебе. Ну, береги себя.

Хен У. Понял.

Сотрудник взял трубку и прервал диалог. Подходит к Ден Ен.

Сотрудник. Он держал ее на груди. (подает фотографию Ден Ен) Ваше лицо сильно помято было. Будто нарочно кто-то сделал так. Хен У придется пройти психологическое обследование с последующим лечением .

Ден Ен. Смогу ли я облегчить нанесенную сыну рану
... Много времени понадобится для излечения
израненной души..

Сотрудник. Обида на мать, смерть отца, предательство родни
и вдобавок, переходной возраст... Сейчас для него
самое трудное время. Вам придется быть твердой.

Ден Ен. Да.

Потемнение.

4. Снова школа.

Сидят Хё Дин и Хе Сук. Подходит Ден Ен.

Хё Дин. Смотрела новость. Чтобы найти Вас, он пересек
реку Имдин. Это сильно тронула мое сердце.
Плакала навзрыд.

Хе Сук. Вы не встретились с сыном?

Хё Дин. А почему? Такое событие. Они должны дать
возможность быстрее встретиться.

Ден Ен. Сын хочет встретиться попозже.

Хё Дин. Ну, почему? Он же хотел встретиться с матерью и

пересек границу... Почему попозже...

Хе Сук. Теперь можно успокоиться немного. А встретитесь немного погодя.

Ден Ен. Я вижу один и тот же сон. Большая сказочная птица будто бы летит в мои объятия. Села мне на плечи, укусила ухо и улетела.

Хе Сук. Не обращай внимания на сон. Птица, которая упоминается в детской песенке?

Ден Ен. Да... Она живет на свете, но не увидишь ее. Она одна воюет со всем миром. Точно как мой сын... Птица летит в южную страну, куда уехала мать.

Хе Сук. Переходный возраст. Борется со всем светом. Как Дон Кихот боролся с ветряной мельницей. Не знает страха. Это такой возраст. У меня сын был такой же. Сейчас опомнился и живет хорошо.

Хё Дин. А я признаюсь, виновата перед Ден Ен сем. Ругала, что бросив сына, приехала сюда. Критиковала, что вот так живет беззаботно тут.

Ден Ен. Нет, вы были правы. Подобная мне мать заслуживает такого нарекания. Не может она называться матерью.

Хё Дин. Я имею некоторое субъективное мнение по отношению к перебежчикам с Севера. Подумала, если бы наша страна жила плохо и мне пришлось бы переехать в другую страну и также плохо относились они ко мне, мне было бы обидно. Во время японской оккупации, те люди, которые попали в чужую страну, испытывали трудный период.

Хе Сук. Давайте, успокоимся. Как вы смотрите на то, чтобы вечером сегодня поесть горячее блюдо из ракушек? (смотрит на Ден Ен) Хорошо? Надо испробовать разную вкуснятину, чтобы вы потом смогли свезти сына на дегустацию. Так, чтобы запомнилось надолго.

Хё Дин. Ну, тогда побежали на вкусняшки из ракушек.!

Ден Ен. Постарайтесь.

Хе Сук. Хё Дин сем, ты тоже найди общий язык с Ден Ен сем.

Хё Дин. А я и так с ней в нормальных отношениях.

Хе Сук. Ден Ен сем! Находите общий язык с Хё Дин сем. Вы же товарищи...

Ден Ен. (смеется) Да.

Хё Дин. с Хе Сук удаляются, Ден Ен смотрит вслед им.

5. Пункт изоляции. Комната Хен У.

Голос. Изменники родины!

Голос. Негодница, бросила тебя.

Голос. Проститутка, прилипшая к капитализму.

Голос. Она уже позабыла тебя.

Голос. Ты умрешь и не узнают.

Голос. Жуется травушка? Твоя матушка небось, жует говядину.

Голос. Она бросила твоего отца и теперь она в объятьях другого

Голос. Надо ненавидеть.

Голос. Ты ничего не значишь.

Голос. Женщина бросила Родину, сына бросила и живет благополучно.

Голос. Твоя мать негодница.

Голос. Хен У! Надо простить мать. Она поступила так не по-своему желанию.

Хен У. А... Отец?

Отец. У меня не было возможности и мать уехала ради нас.

Хен У. Мать бросила отца! Бросила меня! Присосалась к Южной Корее.

Отец. Станешь родителем, поймешь. Я плохой. Не отвергай маму.

Хен У. Я обязательно отомщу за тебя.

Отец. У мамы страдания не меньше твоей обиды. У нее

такая же большая рана.

Хен У. Перестань. И мама ушла из-за того, что у тебя
такой характер. Ты слабый. Я не стану жить как
ты. Ты не знаешь, сколько я точил нож.

Отец. Кончик ножа в конце концов вонзится в твою
грудь.

Хен У. Ты, отец трус. Если ты не сможешь, то я отомщу.
Не вмешивайся.

Отец с грустным выражением лица уходит. Через
мгновение Хен У просыпается в холодном поту и встает.
Хочет выровнять учащенное дыхание, но не удается.
Осмотрелся вокруг. Темнота. Хен У схватился за голову.
Страдает от горести.

6. Выход их учреждения изоляции. Перед
парадной дверью.

Несколько журналистов, Ден Ен, Хе Сук и Хё Дин
ожидают Хен У. В стороне стоит сотрудник. Появляется
Хен У.

Сотрудник. Вот, тут

Хен У.	(смотрит на сотрудника) Да.
Сотрудник.	Господа журналисты, посторонитесь. Пусть встретятся мать с сыном.
Ден Ен.	Хен У... Хен У... (обнимает сына)

Корреспондеты зашумели. Хе Сук и Хе Дин утирают слезы. Сотрудник смотрит на мать с сыном.

Хен У.	Все нормально?
Ден Ен.	Сынок, прости. Я виновата.
Хен У.	Да, ничего. Увидела же меня? Я вырос, правда? Похож на отца?
Ден Ен.	Да, копия отца.
Хен У.	А куда же деться? Я же папин сынок.
Корреспондент.	Посмотрите в эту сторону. Сфотографируем вас. Будьте немного поприветливее. Мама...
Хен У.	несколько мрачен. Корреспонденты суетятся. Сотрудник внимательно следит за всеми. Люди отходят, затем вновь появляются. Видимо, закончили трапезу и вышли.
Ден Ен.	Сытно поел?
Хен У.	Да.
Ден Ен.	Поел вроде немного. Ничего?
Хен У.	Это из-за того, что впервые за все время вышел

на свет. Не беспокойся.

Хё Дин.   Это так. Хен У такой степенный. Не то что наш сынок, капризуля.

Хе Сук.   И мой тоже в былые времена не слушался. Какой примерный сын Хен У.

Хё Дин.   Хе Сук сем, может попьем кофейку? Ведь мы покушали уже.

Хе Сук.   Да. А Ден Ен сем, попьете с нами кофе?

Ден Ен.   Да, ничего.

Хе Сук.   А Хен У? Он еще молод поэтому не кофе, а зерновой чай юлму?

Хен У.   Да, нет.

Хе Сук.   Ну, тогда мы сами попьем.

Хё Дин.   Ден Ен сем, мы попьем тут, а вы, когда пойдете позовите нас.

Ден Ен.   Хорошо.

Хё Дин.   Хен У, если ты хочешь покушать чего-нибудь, скажи.

Хе Сук.   Тетушки угощают, так что поешь вдоволь. (уходят две подруги)

Ден Ен.   Хочешь еще поесть чего-нибудь?

Хен У.   Достаточно.

Ден Ен.   Может, пойдем поешь овощное блюдо? Ты же любишь.

Хен У.	Я поел сытно. Хочешь увидеть как лопнет мой живот?
Ден Ен.	Да нет. Мать просто...
Хен У.	Не беспокойся. Я сам сделаю все, что надо. Ведь я прожил один более 7лет.
Ден Ен.	Как 7 лет? Ты 2года назад...
Хен У.	Знаешь, когда я попал в дом приюта? 7лет назад. Каждый раз, когда приходил связной, тетя выводила ненадолго. Звонил, получив деньги и снова надо было идти в приют...
Ден Ен.	Ты!! А почему не сказала об этом маме?
Хен У.	Ну сказал бы. Разве ты смогла бы приехать туда? Разве можно было решать разговорами? Чтобы меня не переселили в отдаленный район мне пришлось молча сносить все. Что говорить?
Ден Ен.	Как можно так? Ведь моя родная сестра?
Хен У.	Кто кого ругает? Одна кровь. (пауза). Покушали, теперь пошли. Несколько дней хочется ни о чем не думать, а только спать. Если надоест, то я намерен идти по своей дороге.
Ден Ен.	О чем ты говоришь? Куда ты собрался идти?
Хен У.	Мне кажется, что ты напрягаешь меня.
Ден Ен.	Нет. Хен У. Пошли вместе домой.
Хен У.	выходит раньше. Ден Ен смотрит вслед ему.

7. Снова школа.

Сидят Хе Дин, Хе Сук и Ден Ен.

Хё Дин.	Ну, как ничего?
Ден Ен.	А что?
Хё Дин.	Сынок-то оказался крепким орешком.
Ден Ен.	Наверное, легко не расколется. Надо откусывать не торопясь.
Хе Сук.	Тем не менее он любил душой, хотел встретиться. Поэтому перешел границу, рискуя своей жизнью.
Хё Дин.	Все это результат переходного возраста. После 17лет эти признаки исчезнут.
Хе Сук.	(дает билеты) Выбери время и сходите вдвоем с сыном.
Ден Ен.	(беря в руки билеты) А что это?
Хе Сук.	Концерт известного пианиста перебежчика из Севера. Живет в Америке. Может быть станет стимулом...
Ден Ен.	Спасибо. Выберу время сходим.
Хё Дин.	А когда ты отправишь его в школу? Будет ходить в школу, подружится с одноклассниками и сразу станет хорошо. И душой просветлеет.
Хе Сук.	Если придет в нашу школу, то я как тетя сделаю

для племянника хорошо. Но к сожалению...

Хё Дин.   Вот потому то и запрещается учиться в школе, где работают родственники.

Хе Сук.   Душой мы родня, но на самом деле у нас нет родственных связей.

Хё Дин.   Речь не о нас, а о матери и сыне.

Хе Сук.   А жаль. Хорошо было бы в одной школе (смотрит н а Ден Ен). О чем думаешь?

Ден Ен.   Да, так просто.

Хе Сук.   Невозможно сразу почистить 10-летнюю грязь. Так что не торопись. Хен У приличный парень и скоро ему станет хорошо. Потом я познакомлю его со своим сыном. Он у меня единственный сын, у него нет младшего брата. Пусть встречаются и найдут общий язык.

Хё Дин.   И я примкну туда своего сына. Получится тройка, как мы.

Хе Сук.   Да, на самом деле. Мамы, родившие только сыновей и тройка мальчиков

Ден Ен.   (смеется)

Хе Сук.   Как хорошо, когда ты смеешься... Давайте жить смеясь.. Жизнь коротка. Смех растворит все.

Хё Дин.   За веселыми разговорами прошло время. Надо идти на урок. Пошли.

Хе Сук. Сегодня вечером…Да, Ден Ен надо спешить к сыну.

Ден Ен. Да, извините.

Хе Сук. Придется нам вдвоем пойти. Купим сыновьям чикин. Тогда они нас может простят?

Хё Дин. Так и решили. Ну, пошли на урок.

Хе Сук. Хё Дин. Ден Ен, файтинг!!!

Ден Ен заходит в дом. Открывает дверь туалета.

Ден Ен. Что это? Кровь. Кровь. (выскакивает оттуда) Сынок! Сынок, где ты?

Хен У Я тут.

Ден Ен. В туалете кровь! Что случилось? Ты поранился?

Хен У. (показывает забинтованную руку) Это что ли? Слегка поранился. Ничего страшного.

Ден Ен. А ну. Покажи.

Хен У. Я сам справлюсь! Не делай вид, что беспокоишься. Хорошо было бы, если ты поинтересовалась раньше, когда я жил один. Из зеркала на меня смотрело какое-то чучело и смеялось. Обозвало дураком. Спрашивало, почему я здесь! И я проучил его. Успокоилась?

Ден Ен.   Хен У, дорогой, пойдем в больницу.

Хен У.   Да ничего. Не повторяй одни и те же слова. Я сам справлюсь. Между прочим, хочешь мне помочь, дай денег. Денег, которых ты любишь. Деньги, которых ты посылала моим тетям. Деньги, которые ты заработала, продав меня. Тогда я быстро вылечусь.

Ден Ен.   Дорогой Хен У...

Хен У.   Хватит звать меня без конца. Надоело. Прошу тебя, не проявляй ко мне интереса.

Хен У заходит в комнату. Ден Ен печально смотрит ему вслед. В темноте появляется образ отца. Хен У мечется с одного угла в другой.

Отец.   Хен У.

Хен У.   Теперь я отомщу за тебя.

Отец.   Не делай этого. У меня разрывается сердце.

Хен У.   Ты не знаешь о том, как я жил и мучился. Жизнь была хуже смерти и каждый день думал, когда я умру. В отличие от той женщины, которая наращивала жирок на животе.

Отец.   Что бы я не говорил, ты не послушаешь меня.

Хен У. Теперь я буду делать все так, как я хочу. Отец, ты же находишься один в холоде, одиночестве, темноте. Но эта женщина!

Отец. Хен У.. не я, а ты находишься в таком положении. В холоде, темноте и одиночестве.(пауза) Теперь мне нет надобности приходить к тебе. Скоро сюда придет мать...

Отец исчезает. Уходит Хен У. Он вышел, держа в руке нож. Медленно подходит к дивану, где спит мать. Смотрит на мать, поднимает нож. Руки у него дрожат. Взяв в руки клок волос, ножом отрезает волосы. Ден Ен испуганно открывает глаза.

Ден Ен. Хен ...Хен У!

Хен У. (показывая волосы) Считай, что ты уже мертва. Только что ты умерла.

Ден Ен. Хен У...

Хен У. У меня есть к тебе одна просьба. (пауза) Не смогла бы ты завтра меня отвезти к реке Имдин?

Ден Ен. Река Имдин?

Хен У. Ничего не спрашивай, просто отвези меня туда. Очень хочется увидеть свою родину.

Ден Ен. „...Да-да

Хен У уходит. Зашел в комнату и рыдает. Ден Ен смотрит на него с болью.

8. На берегу Имдин.

Хен У стоит. Позади него стоят Ден Ен, Хе Сук и Хё Дин. Хен У смотрит на Север

Хен У. Тут едва чувствуется запах родины. В Южной Корее ощущается лишь неприятный запах, тут шумно, душно, трудно дышать.(пауза). Вы знаете, почему я оказался тут?(пауза). Для того, чтобы убить свою мать. Теперь нет нужды в этом. Вправду я хотел убить, отомстить...Но посмотрел на нее и исчезло такое желание. Тем более, что каждый раз появлялся отец и он грустил. Сказал, что мать сама не ожидала, что так получится. Но потом подумалось (пауза). Что бы было, если мать не покинула родину?... Был бы такой же результат? Один бог знает... Все вместе жили или вместе умерли... (смотрит на мать). Хотел увидеть тебя. Так же как хотелось умереть, убить.

Ден Ен. Прости Хен У.

Хен У.	Ну, все. Теперь мы никто не в долгу. Тетушки, поберегите мою мать.
Хё Дин.	Сын должен ухаживать за матерью. А мы то что сможем..
Хен У.	(улыбаясь) Пожалуйста, хорошо поухаживайте. (прыгает в воду)
Ден Ен.	Хе... Хен У!!!
Хё Дин.	Ой, что делать?! Человек тонет!
Хе Сук.	Выходи скорее! Хен У, опасно же!
Ден Ен.	Хен У! Хен У ! (хочет прыгнуть в реку, но две женщины держат ее)
Хё Дин.	Помогите! Человек тонет!
Ден Ен.	Хен У, выходи скорее ! Пожалуйста!
Хен У.	(оглядываясь) Кажется, Южная Корея не по мне. Я вернусь на родину, где мать и отец жили вместе. Не беспокойтесь! Я проживу один! Мать, ты живи своей жизнью. Потом, когда Корея объединится, тогда быть может встретимся...
Ден Ен.	Не надо, Хен У... Хен У!
Голос.	Вернитесь!!! Будем стрелять!
Ден Ен.	Не надо! Нельзя! Это мой сын. Не стреляйте!
Хе Сук.	Не стреляйте!
Голос.	Еще раз предупреждаю! Дальше поплывете, будем стрелять.

Ден Ен. Пожалуйста…!!!

Слышны звуки выстрелов. Все замерли. Ден Ен не верится, что произошло ужасное. Звуки продолжают доноситься.

Голос. Выстрелили со стороны Севера. Туристы, уходите. Опасная ситуация. Прошу всех удалиться.

Эпилог.
Экскурсия. Сотрудник и Хё Дин расстилают коврик. Кладут туда еду. Появляется Хе Сук.

Хё Дин. Пришла? А где Ден Ен?
Хе Сук. Вон там. И вы учитель Ан здесь?
Сотрудник. Да, сегодня выдался свободный день.

Ден Ен улыбаясь подходит к ним. Взгляд равнодушный···Чего-то ищет на земле···Как будто не в себе.

Хе Сук. Кажется, ты стала выглядеть намного лучше. Теперь стала и смеяться. Стала увереннее.
Хё Дин. А Хен У… Как он?…

Хе Сук.	Переплыл реку, так, учитель Ан?
Сотрудник.	Мы тоже не знаем точно. Нет сообщений о том жив или мертв. Будто спрятался далеко на дне реки Имдин.
Хе Сук.	Когда объединимся, тогда может встретимся. Тогда нужен будет гид.
Сотрудник.	Когда закончится эта трагедия?
Хё Дин.	В истории одного народа происходит самая длинная больная трагедия. Хоть бы скорее закончилась...
Хе Сук.	Между прочим, Ден Ен у нас красавица, так?
Хё Дин.	Так то так. Красота с грустинкой...

Ден Ен что-то ищет и поет. Появляется Хен У. У него светлая улыбка. Они смеются весело На свете самый светлый смех и самый грустный смех.

..Будто бы все видно, но ничего не видится. Таок,так,таок. Светлый звук··· Уехал на чужбину. Это где? Страна, куда уехала мама. Там где восходит солнце.

Конец.

• Кан Де Гвон (1975г.рож)

« Мамина страна». Из-за разделения страны на две части, страдают простые люди. Появляются новые разделенные семьи. Члены такой семьи испытывают режущую боль при разлуке с близкими людьми. Рассказ беженки с Севера Кореи на юг, трагедия с ее сыном...

Автор произведений: « Музыкальный театр на улице Малдюк» « Мост Денадялгван», «Тамбьет бо», « Хия», « Лечебное мясо» « Всегда светлый», «Свет в Ноонсари...., « Дерево обещаний», « Хелло Оз».

«Кафе 07», «Тамбиет папа», «Без номера» попали в число лучших пьес Республики Корея.

Занимает должность Гендиректора общества драматургов РК, Гендиректора театрально общества г. Сеула, Гендиректора общества культуры и искусства инвалидов.

빈 방

김성진

Seong Jin Kim (1991년 출생, kim91go@naver.com)

2020 대전창작희곡공모 우수상 〈탄내〉
2021 대한민국연극제 명품단막희곡 공모 수상 〈마리모에는 소금을 뿌려주세요〉
2022 제8회 k페스트 작품상 대상, 제6회 아시아웹어어즈 작품상 대상, 제13회 LA웹페스티벌 작품상 대상 〈짠내아이돌〉
2023 칸 국제 시리즈 페스티벌 비경쟁부문 초청 〈짠내아이돌〉
작품집 『소년공작원』, 『가족사진』, 『동시대단막극선2』,

〈빈 방〉
현대인은 누구나 외롭지만 그 외로움을 가슴 깊은 곳에 묻어놓고 살아간다. 대부분의 인간은 자신의 결핍을 숨기고 싶은 마음이 있기 때문이다. 때문에 사람들은 자신만 외로움을 가지고 살아간다고 생각한다.
하지만 숨겨져 있을 뿐 우리는 모두 외롭다. 본 작품을 통해 힘내라는 위로나 응원의 메시지를 전하고 싶은 것이 아니다. 그저 네가 그런 만큼 우리도 그러하니 견뎌내자라는 이야기를 하고 싶었다.

등장인물

김희경(50대 초반, 여자)　　　부동산 중개인.
최상훈(20대 후반, 남자)　　　도서관 사서 보조
선지은(20대 중반, 여자)　　　최근 파혼.
박한수(40대 후반, 남자)　　　중소기업 생산직 반장.
그 외, 자장면 배달원.
*자장면 배달원은 최상훈 역이 1인 2역을 담당한다.

때

현재.

곳

빈 방.

무대

흔히 볼 수 있는 원룸이다.
반지하에 위치하고 있어 쇠창살이 있는 창문 너머로는
빛이 잘 들어오지 않게 막혀있고 고양이가 지나다닌다.
방 내부는 조그마한 책상과 작은 사이즈의 침대가 있다.
화장실 문이 있고, 조리가 가능한 가스레인지와 싱크대가 보인다.
방 안은 마치 누군가 살았던 것처럼 생활감이 가득하다.
드문드문 아기 고양이의 울음소리가 방 안에 퍼진다.

불이 밝으면 한여름.

장마인 듯 창문 밖 빗소리가 추적추적 들린다.

빈 방에 문이 열린다.

반팔 차림의 김희경과 와이셔츠를 잔뜩 걷어붙인 최상훈,

함께 집으로 들어온다.

김희경 이게 사실상 반지하라고 하기도 좀 그래요.

최상훈 ….

김희경 그냥 한 칸 아래니까. 사실상 1층이라고 봐야지.

열려있는 화장실 문이 보인다.

화장실은 계단을 두 칸 올라가야만 들어갈 수 있다.

김희경 (화장실 계단을 보며) 아… 화장실은 어쩔 수 없어요. 그래도
팬찮지 않아요? 총각 혼자 사는데 이만한 충분하지. 잠만
잘 거 아니야?

최상훈 … 네 그러네요.

방 안을 둘러보는 최상훈.

더운지 땀을 뻘뻘 흘리고 서류가방을 매고 있다.

김희경 그 가방 좀 내려놔도 될 것 같은데. (사이) 왜, 별로에요?

최상훈 아니요. 팬찮은 것 같아요.

김희경 (반색) 그렇다니까. 반지하도 관리 잘하면 팬찮아.

요즘 장마라 그렇지. 겨울 되면 건조하다니까요.

최상훈 (벽지를 만지며) 누가 사나요?

김희경 아니에요. 빈 방이에요. (상훈이 말이 없자) 아… 주인집에서 방 빠지고 청소를 안 해놔가지고. 방 빠진 지는 좀 됐어요.

최상훈, 침대를 쓸어본다.

김희경 침대는 그냥 써도 돼. (사이) 맘에 안 들면 빼고.

최상훈, 침대에 앉는다.

김희경 요즘 이 근방 반지하 500에 40도 쉽지 않아요 총각. 여기만 안 빠져서 그렇지 이 동네 다 빠졌대니까. 이 가격에 더 볼 데도 없어요. 명륜동은 학생들이 살아가고 싼 건 잘 빠져. 성대생들 다 여기 살잖아. (사이) 여기가 올라오긴 힘들긴 한데. 이 뒤쪽은 성대 후문이랑 연결되어 있어서 금방이야. 종점이라도 8번 버스 여까지 다니는데. (사이) 뭐, 좀 고지대긴 하지. (사이) 이봐 총각.

최상훈 (딴생각하다 정신 차린 듯) 네?

김희경 사람이 말을 하면 대꾸를 해야지.

최상훈 죄송합니다.

김희경 ….

최상훈 시간이 좀 필요해서.

김희경 (미안한지) 그래 방계약이 뭐 쉬운 건 아니지… 좀 살다 나가도 되지 뭐. 더 좋은 집 가도 되고. (사이) 학생이야?

최상훈, 김희경을 처다본다.

김희경 미안. 가방을 무거운 거 들고 다니길래.

최상훈 회사 갔다 왔어요.

김희경 아 그래서… 급히 구해야하는 거 아니야? 회사 마치고 바로 온 거면. (상훈을 빤히 보다가) 회사가 어딘데?

최상훈 파주 쪽이요.

김희경 파주? 무슨 파주. 회사가 파주에 있다고?

최상훈 네.

김희경 근데 왜 여기에 방을 잡아요?

최상훈, 말이 없다.

김희경 이보세요! (사이) 지금 나랑 장난해요? 아이 답답해 증말. 아니 계약 안 할 거면 나가던가.

김희경, 현관문을 열어젖힌다.

최상훈 여기서, 살아야 해요.

김희경 … 네?

최상훈 … 여기서 살고 싶어요. 내가 그렇게, 선택할 거예요.

최상훈, 얼굴에 눈물이 가득하다.

김희경, 열어놨던 현관문을 닫는다.

최상훈   연기가 하고 싶어서.

김희경   … 연기?

최상훈   대학로에 오면 연기를 할 수 있다고 해서.

김희경   회사 다닌다면서요.

최상훈   도서관에서 일해요. 사서 보조.

김희경   아니 좋은 직장 두고 왜.

최상훈   반납하면 꽂고 반납하면 꽂고. 그게 내 일이에요. 반납하지 않으면 전 아무 일도 하지 않아요. 누군가 책을 찾으면 책을 갖다줘요. 요즘은 그마저도 컴퓨터로 다 찾을 수 있지만. 누군가 책을 찾지 않으면 전 아무, 아무 일도 하지 않아요.

김희경   나도 집을 구하러 와야만 일을 해요. 무슨 뚱딴지같은 소리에요.

최상훈   아줌마는 몰라요. 내가 일생을 어떤 기분으로 살아왔는지.

김희경   내 알바 아니죠 그거야.

최상훈   … 일평생을 수동적으로 살아왔는데 거기서도 내가 수동적으로 일을 하고 있어요. 마음속이 무언가 허해요. 텅 비어서.

김희경   … 결혼은 했어요?

최상훈   아니요.

김희경   그럼 도전해보면 되겠구만 뭐. 연기하려는데 방부터 구하는 건 또 어디 있어. 극단 같은 게 있으면 알아보고 그러고 와야지.

최상훈　여기 살아야 안 흔들리고 할 수 있을 것 같아서.

김희경　참내.

최상훈　엄마가 좀 편찮으세요.

김희경　….

최상훈　한번도 선택 같은 걸 해보지 못한 인생이라서 그래요.

김희경　지금, 그래서 선택을, 한 거예요?

최상훈, 침묵한다.

최상훈　아줌마는 꿈이 뭐였어요?

김희경　꿈?

최상훈　아줌마도 부동산 중개인이 꿈은 아니었을 거 아니에요.
아, 그렇다고 부동산 중개하는 직업을 비하하는 말은 아닙
니다.

김희경　꿈… 꿈… 뭐, 있었겠죠?

최상훈　아줌마는 행복하세요?

김희경　뭐 행복해야만 사나요. 그냥 사는 거지. 꿈을 꾸지 않았던
사람이 어디 있어요. 다 당신처럼 꿈을 쫓아가면 세상이 돌
아가겠어요? (사이) 꿈을 쫓을 만한 사람이 있는 거고. 현실
을 쫓아야 되는 사람이 있는 거고 한 거지.

최상훈　꿈을 쫓을 만한 사람은 어떤 사람인데요?

김희경　모든 걸 다 내던질 수 있는 사람?

김희경, 가만히 있다가 상훈을 보고는.

김희경　그럴 수 있어요?

최상훈, 빈 방을 둘러본다.

최상훈　사람이 산 지 오래 돼서 그런가 쓸쓸해 보이네요.

김희경　그냥 다 맞춰서 사는 거지. 요즘 누구 하나 안 힘든 사람 있나?

최상훈　그게 문제인 거예요. 우리 그렇게 살면 안 되는 거잖아요.

김희경　도서관 사서로 있더니 철학책을 너무 많이 본 거 아니에요?

최상훈, 김희경을 흘겨본다.

김희경　그렇게 쳐다보지 말아요. 그렇다고 나를 욕할 순 없을 걸요. 그렇다면 이 세상 대부분의 사람들을 욕해야할 테니까.

사이.

김희경　어때요. 이 방은 마음에 안 드는 것 같고. 다른 방이라도 볼래요?

최상훈, 한참을 생각한다.
그것은 방에 대한 생각이 아니라 자신의 결심에 대한 생각이다.

최상훈의 핸드폰이 울린다. 한참 쳐다보다가 결국 받는다.

최상훈   여보세요. 어… 엄마… 야근이야.

사이.

최상훈   (엄마의 말을 못 들은 듯) 어, 어 가야지. 그러네. 시간이 벌써 이렇게 됐네… 어, 뭘 별일 없어. 뭐 언제는 내가 힘이 있었나. 야근해서 그런 거 아니야… 어, 날짜 잡혔다고? 언젠데… 어, 에이 잘 되겠지. 수술 한두 번 하는 것도 아니고. 어, 내가 내일 들를게. 뭘 미안해 됐어… 엄마 버스 온다. 끊어.

전화 끊는 최상훈, 일어난다.

최상훈   갈게요.

현관문 열고 퇴장하는 최상훈.

김희경   (나가는 상훈을 바라보며) 힘, … 그래 힘내란다고 힘이 나냐. 그럼 세상 사람들 벌써 다 힘났지.

김희경, 최상훈의 뒷모습 바라본다.

김희경 잘 선택했어요. 당연한 건데 왜 짠하냐.

김희경, 현관문을 닫으려다 빈 방을 둘러본다.

김희경 오늘따라 허하네. 빈 방이.

김희경, 퇴장한다. 빈 방은 홀로 자리를 지키고 있다.
비가 그치고, 곧 고양이 울음소리가 드문드문 퍼진다.
그 소리가 마치 빈 방이 내는 울음소리 같다.
빈 방이 홀로 오랫동안 비춰진다. 아무런 움직임 없이.
그렇게 빈 방에 낮과 밤이 계속해서 흐른다.
비밀번호 누르는 소리와 함께 가을 옷차림의 선지은이 등장한다.
어두운 표정에 깊은 눈동자의 그녀는 어딘가 우울해 보인다.
여기저기 둘러보는 지은. 침대 위로 올라가 천장 쪽을 바라본다.

선지은 ⋯ 거미줄.

김희경, 가을 옷차림을 하고 등장한다.

김희경 뭐해요?
선지은 ⋯.
김희경 그건 여기 사람이 안 들어온 지 좀 돼서 그래. 문제 있는
         거 아니에요. 왜 장판 때문에? (사이) 장판 뭐 괜찮은 거 같
         은데?

선지은 ….

김희경 안 계셔 지금. 왜 뭐 때문에.

선지은 월세 이야기 좀 하려구요.

김희경 방 다 보고 해도 안 늦어. 여기 할머니, 아마 시장 간 걸 거야 잠깐.

선지은 (싱크대를 보다가) 후드가 없네요.

김희경 … 뭐, 그렇지? 요리 좀 해?

선지은 뭐, 그냥.

김희경 요즘 집에서 요리 해먹는 사람이 어디 있나. (지은이 대답이 없자) 알았어. 알았어. 내가 이따 할머니 오면 후드 이야기 할게.

선지은 오랫동안 방이 안 나갔나 봐요.

김희경 뭐 이 방이 인기가 없어서 그런 건 아니고. 요즘은 보증금 좀 더 높은 데로 해서 월세 낮추려고 하니까. (사이) 자기도 월세 낮추려고 그러는 거지? 보증금 더 내고?

선지은 … 아니에요 그런 거.

김희경 그래? 그럼 왜. 말을 해야 도와주지.

선지은 아줌마가요?

김희경 뭐가.

선지은 절 왜요?

김희경 뭘.

선지은 왜 도와주냐고요.

김희경 (지은을 빤히 쳐다보다가) 나도 복비 받아야지. 이봐요. 나도 먹고 살아야지… 이거 해서 얼마 나온다고 참.

선지은　보증금이 좀 걸려요. 나오려면.

김희경　계약이 언제 끝나는데.

선지은　… 계약이 끝나는 게 아니라 제가 그 방을 나오는 거예요.

김희경　아, 같이 사는 친구가 있구나? (한참 말이 없자) 뭐, 회사를 이
　　　　쪽으로 옮겼어? (한참 말이 없자) 같이 사는 친구 때문에?

　　　선지은, 김희경의 말에는 대꾸하지 않고 이곳저곳 본다.
　　　김희경은 자신과 말을 섞기 싫은 것을 알아차리고 한쪽에 앉아
　　　가만히 선지은을 지켜본다. 꽤 오랜 시간이 흐른다.
　　　한쪽 벽지가 뜯어진 곳을 바라보는 선지은.

선지은　도배는 해주나요?

김희경　(삐친 듯) 아마 따로 내야할 거예요.

선지은　… 아, 그렇구나.

김희경　(신경 쓰이는지) … 복비 좀 깎아 줄 테니까 도배하는데 보태
　　　　쓰던가.

선지은　… 아니요. 괜찮아요.

　　　김희경, 선지은을 의아한 눈으로 바라보자.

선지은　(시선을 느끼고) 아줌마가 왜요.

김희경　(무시하며 다가가는) 어디 벽지 한번 봐봐.

　　　김희경, 선지은에게 가까이 다가가는데.

김희경 혹시 술 마셨어요?

선지은 네.

김희경 무슨 술을 마시고 집을 보러….

선지은 기억은 다 해요.

김희경 (지은을 빤히 보다가) 아줌마가 왜요가 아니라 그냥 내 딸내미 또래인 거 같아서 그랬어요. 오바했으면 미안하고… 까칠하게 굴 일인가. 내가 돈 달래는 것도 아니고.

선지은 … 그럼 또 아는 사람이 하나 늘잖아요.

김희경 네?

선지은 ….

김희경, 다시 자리로 가 앉는다.

김희경 우리 딸애 이번에 결혼하거든.

선지은 … 부럽네요.

선지은, 침대로 가 앉는다.

김희경 왜.

선지은 주인아줌마 기다릴래요.

김희경 주인아줌마가 아니라 할머니야. (대답이 없자) 그럼 나도 같이 있어?

선지은 … 맘대로.

김희경 그럼 부동산에 같이 있다가 전화 오면 다시 와.

선지은   아니에요.

김희경   여기서 뭐해 그럼. 가서 차라도 한 잔하고 기다려.

선지은, 대꾸하지 않는다.

김희경   밥은 먹었어?

선지은   (희경을 쳐다보며) 안 먹었으면요.

김희경   그럼 가서, 뭐 먹든가.

선지은   신경 쓰지 말아요.

김희경   이봐요. 나도 손님 응대하는 거예요. (한참 다른 곳 보다가) 십 몇 년 동안 중개일 하다보니까, 방 구하러 오면 별별 사람 다 온다. 이제 뭐 놀랍지도 않아. 아, 술 마시고 온 건 최초네… 그래서 얼굴만 봐도 어떤 사람인지 감이 와.

선지은   … 나는 어떤 사람인데요?

김희경   글쎄, 그렇지만 먼저 이야기하는 건 예의가 아니겠지.

선지은   (사이) 짐 빼려고요. 그 집에서. 바로 나가야할 것 같아서.

김희경   술 마시다 그런 생각을 했어?

선지은   네.

김희경   그래 세상사 다 쉽지가 않다.

선지은   무슨 일인지 안 물어봐요?

김희경   물어보면 답은 해주니?

선지은   ….

김희경   무슨 일인지가 뭐가 중요하니. 힘들고 쓸쓸한 거 그렇다고 사라지는 것도 아닌데.

선지은, 김희경의 말에 목이 멘다.

선지은 관계를 맺는 게 왜 이렇게 힘이 들죠.

김희경 … 원래 그게 제일 힘든 거야.

선지은 관계를 맺고 나면 그 후에 벌어지는 일들이 너무 무섭네요.
(사이) 그 사람은 내 마음 속에서 나가면 끝이지만, 나는 나
오기가 너무 힘들잖아요. 마음 주면 안 되는데 뭐, 그게 마
음대로 되나.

김희경, 웃는다.

선지은 왜 웃어요.

김희경 그런 일이 벌어지면 또 이렇게 내가 사람을 믿어서 이랬구
나. 하고 또 시간이 지나면 또 그런 일이 벌어지고. 또 벌어
지고.

선지은 아줌마도 그래요?

김희경 ….

선지은 그래요. 아줌마도 말하기 싫으면 말하지 마세요.

김희경 우리 마음속에 누구나 빈 방 하나쯤은 있잖아.

선지은, 일어난다.

김희경 어디 가.

선지은 모르겠어요.

김희경   뭐?

선지은   가야겠어요.

김희경   갑자기 왜.

선지은   위로가 되어버리잖아요.

김희경   위로되면, 안 되는 건가?

선지은   그럼 또….

김희경   ….

선지은   내가 그랬잖아요. 관계를 맺는 게 무섭다고.

김희경   계약 안 해?

선지은, 방을 둘러본다.

선지은   아니요. 이젠 무엇도….

김희경   (잠시 바라보다가) 그럼 어떡하게.

선지은   ….

김희경   … 혹시, 필요하면 연락해.

선지은   아니요. 아무와도 이제는.

선지은, 그냥 돌아서다가 결심한 듯 김희경을 쳐다본다.

선지은   같이 사는 10년 지기 친구가 결혼을 해요. 곧.

김희경   (약간 의아한) 그래서 방을 보는구나.

선지은   네. 저는 엊그제 파혼을 했구요.

선지은, 퇴장한다.
김희경, 한동안 선지은의 뒷모습을 바라본다.

김희경 그래. 잘 가. 어디서 또 어떻게, 그렇게 지내겠지. 시간이 지나면.

고양이 울음소리, 창문가로 들린다.
김희경, 창문 쪽을 바라보다 이내 빈방을 둘러본다.

김희경 왜 네가 우니. 눈치도 빨라.

김희경, 퇴장한다. 빈 방이 홀로 오랫동안 비춰진다.
아무런 움직임 없이.
그렇게 빈 방에 낮과 밤이 계속해서 흐른다.
바깥에서 환한 빛이 들어오면 시간이 겨울이 된다.
파카를 입고 있는 박한수, 전화를 받으며 등장한다.

박한수 여보세요? (사이) 아 네. (반색) 천천히 오세요. 그럼요.
저 시간 괜찮습니다… 넵.

전화 끊는 박한수.
빈 방으로 들어오는 박한수, 어딘가 약간 신나보인다.
박한수, 파카를 벗어 책상 위에 올려둔다.
침대를 바라보더니 높이 점프하여 침대에 뛰어든다.

침대에 누워 있다가 핸드폰 꺼낸다.

핸드폰으로 유튜브 영상을 틀어 시청하는 박한수.

영상을 보며 큭큭댄다.

꽤 오랜 시간. 침대에서 몸 돌려 눕는데 냉장고가 보인다.

굴러떨어져 냉장고 앞으로 가는 박한수.

박한수　미성… 반점.

박한수, 냉장고에 붙은 전단지를 바라보다가 핸드폰을 꺼낸다.

어디론가 전화를 거는 박한수.

박한수　네… 혹시 아직 영업하시나요? 네. 배달시키려고 하는데요.
여기가 잠시만요. (핸드폰 액정으로 확인하는) 서울특별시 종
로구 명륜동 177-32 B01호요. 아, 사람이 한 명인데… 그
럼 군만두도 주세요. 자장면이랑 군만두 하나. 네.

전화 끊는데 바로 전화가 울린다.

한참동안 고민하다가 전화를 받는다.

박한수　어… 어딜 가긴. 볼일 있어서 나왔지. 그냥, 뭐 아 친구들
만나러 나왔어. 야. 나 일주일에 하루 쉰다. 하루. 어… 아니
무슨. 수학 지금 다니잖아. 학원. 과외를 또 붙인다고? 밤 9
시에 들어오는 애를, 뭔 주말까… (사이) 알았어. 알아서 해.
얼만데… 40만 원? (한숨) 한숨 쉰 거 아니야. (뭐라 둘러댈지

고민하다가) 그냥 숨 고른 거야. 어 알았어. 나 잠깐 전화 들
어온다. 여보. 어.

전화 끊고, 돌려서 바로 전화 받는다.

박한수 (받자마자 큰 소리에 놀란 듯) 왜 너까지 전화 받는데 소리를
지르고 그러냐. 아빠 친구 좀 만나러 왔어… 아빠도 친구
있어. 왜 근데… 알아 아는데. 나도 9시에 끝난다고 이야기
했지. 왜 나한테 화를 내. 내가 가란 것도 아닌데! (사이) 미
안하다. (무의식적으로) … 이런 날 집에 없어서 다행이지.
어, 노래방 간다고? 5만 원? 무슨 노래방이 5만 원이야. (사
이) 그래. 맛있는 거….

전화 끊긴다.

박한수 여보세, 여보세요? 지 용건만 말하고 끊어 맨날.

박한수, 한숨 크게 쉰다.

박한수 숨 막혀.

박한수, 창문을 바라보다 창문을 연다.
다시 침대로 올라가 누워 눈을 감는다.
창문을 통해 햇빛이 들어와 박한수를 때린다.

비밀번호 누르는 소리 들리고, 김희경 등장한다.

몸 일으켜 세우는 박한수. 두 사람, 마주본다.

김희경 뭐해요?

박한수 (민망한) … 그냥, 휴식?

김희경 참내. 방 다 봤어요? 늦어서 미안해요. 미리 해둔 약속이 있

　　　　어서.

박한수 괜찮습니다. (가만히 있다가) 40만 원이라고 했죠?

김희경 네?

박한수 월세요.

김희경 네.

박한수 정말 딱 떨어지네요.

김희경 뭐가요?

박한수 아닙니다.

김희경 하실 거예요?

말이 없는 박한수.

김희경 뭔 이 방에만 들어오면 다 꿀 먹은 벙어리가 돼. (사이) 말던

　　　　가 그럼. 아깐 다 할 거처럼 이야기 하시더니. 그니까 제가

　　　　방 보고 결정하라고 했죠.

박한수 (멋쩍은) 방은 마음에 듭니다.

띵동, 벨 울리는 소리.

김희경　뭐야?

배달원　자장면이요!

김희경　예?

배달원　자장면이라구요.

김희경　배달 잘못 오셨….

김희경, 말을 멈추고 박한수를 바라본다.

박한수　… 밥을 안 먹어서.

박한수, 자장면 받으러 나간다.
군만두까지 들고 들어오는 박한수.

김희경　(어이없는) 군만두도 시켰네요.

박한수　너무 높아서 자장면 한 그릇은 배달 안 된답니다.

김희경　잘하셨어요.

박한수, 자장면과 군만두를 먹는데 기분이 좋아보인다.

김희경　중식 좋아하시나 봐요.

박한수　그래 보이나요? 마음이 편해서 그런가 봐요.

김희경　빈 방에서 신발 신고 밥 먹는데….

박한수, 멋쩍은 듯 웃는다.

김희경 바닥 차요.

박한수 괜찮습니다.

김희경 … 창문은 왜 열어두고.

박한수 (의미심장한) 답답해서요.

밥 먹는 시간. 떨그럭 떨그럭 그릇 부딪치는 소리.
후루룩 후루룩 음식 먹는 소리.

박한수 여기서 하루만 있다가 가면 안 됩니까.

김희경 예? (황당해서 한수를 쳐다보다가) 아저씨 방 구하러 온 거 맞
아요?

박한수 하루 방값은 드릴게. 5만 원 정도면 되나? 요즘 모텔방 5만
원씩 하드만. 아 주말이니까 좀 더 받나?

김희경 아저씨 여긴 제 집 아니에요… 주인 할머니한테 물어보세
요. (사이) 모텔방을 잡든가요.

박한수 모텔방은 뭔가 집 같지가 않아서.

김희경 (먹는 걸 보다가) 여기서 제가 이러고 지켜보고 있는데 밥이
잘 넘어가요?

박한수 이만큼 편한 곳이 없어서 제가.

묵묵히 자장면 먹는 박한수.

박한수 쉴 데가 없어요 제가.

긴 시간. 김희경, 가방 속에서 물 한 병을 꺼낸다.

김희경　자요. 천천히 먹어요.

박한수　물을 들고 다녀요?

김희경　말도 마세요. 요즘 중개 이쪽은 알아보는 집 반경이 점점 넓어져서, 한번 왔다갔다하려면 힘들어요.

박한수　중개일 할 만합니까.

김희경　뭐 할 만해서 해요. 먹고 살라고 하는 거지. 남의 돈 먹기가 쉬운가.

박한수　그쵸. 남의 돈 먹기가 쉽지가 않죠.

김희경　직장은?

박한수　쉬는 날입니다.

박한수, 자장면 먹으면서 담담하게 이야기한다.

박한수　생산직 반장합니다.

김희경　안 물어봤는데.

박한수　(후루룩대며) 3교대에요. 거기 컨테이너 벨트 앞에 서면 그냥 컨테이너 벨트도 그렇고 나도 그렇고 다 기계 같아요. 열 시간 정도 일하나. 왜 이러고 사나 몰라.

김희경　….

박한수　웃긴 건 하루 종일 일만 하는데 집에 내 몸 하나 뉘일 시간도 공간도 없다는 겁니다. 월급날 되면 생활비다 뭐다 애들 학원비 가져가고 남는 것도 없고, 다음날 되면 또 출

근, 퇴근… (말하다가 민망한 듯) 오늘 초면인데 별 이야기를
다 해요.

김희경 뭐 어때요.

박한수 문득 이렇게 살다가 죽을지도 모른다는 생각이 드니까 무
섭더라고요. 쉬는 날 집에 있으면 와이프 등쌀에. 딸애는
볼 시간이 없어서 그런가 사춘기라 그런가 왜 이렇게 어색
한지. 쉬는 날 점심에 밥 먹으면 그게 그렇게 얹혀요. 하루
종일 더부룩해.

크게 웃는 박한수. 이내 표정이 쓸쓸해진다.

박한수 뭔가 허해요. 아줌마도 그래요?

김희경 (한참 말이 없는) … 나는 안 그래요.

박한수 (사이) 그래. 다 그렇게 살면 안 되지.

김희경 중개업 이래 보여도 나름 보람도 있고, 뭐 그렇게 외롭지는
않아요.

박한수 모두가 외롭게 살진 않는가 봐요.

김희경 … 딛고 일어서야죠. (생각하다가) 그래서 방 구하러 왔어요?

박한수 아까 잠깐 혼자 있었는데 얼마나 좋던지.

쓸쓸한 웃음 짓는 박한수.

김희경 근데 왜?

박한수 40만 원이면 애 과외 하나 더 시킬 수 있나 봐요.

김희경	….
박한수	이번 달부터 시키자고. 요즘 교육열이… 아시잖아요. 애들은?
김희경	뭐, 그냥.

김희경, 말을 얼버무린다.

| 박한수 | (사이) 오늘 너무 많이 이야기했다. |

박한수, 그릇을 정리하여 비닐봉지에 넣는다.

김희경	요번 겨울에도 이 방은 비어있겠네.
박한수	아이고. 미안하게 됐습니다.
김희경	나한테 미안할 게 뭐 있나요. 얘만 춥지.
박한수	네?

그릇을 밖에 내놓으려는 박한수.

| 김희경 | 내가 내놓을게요. 그냥, 가세요. |

눈치 보는데 희경의 괜찮다는 제스처에 일어나는 박한수.

| 박한수 | 갈게요. 감사합니다. (한수, 나가려다가) 내 마음이요… 뻥 뚫린 것 같고 그래요. 구멍이 난 것 같아요. |

김희경, 쓴웃음을 짓는다. 박한수, 퇴장한다.

김희경 아저씨 마음속에도 있네요 빈 방.

창문을 통해서 눈이 내린다. 열어놓은 창으로 눈발이 들어온다.

김희경 눈 온다….

김희경의 핸드폰이 울리자 침대에 앉아 전화를 받는다.

김희경 여보세요. (딸의 전화) … 어, 오랜만이네. (듣다가) … 알아 바쁜 거. 그래도 가끔 전화는 해. (사이) 전화하는 게 뭐 힘들다고. (듣다가) 기다리긴. 요즘 공부는 할 만해? 친해진 애들좀 있어? 거기 애들이 동양인이라고 무시 안하니? (듣다가) … 엄마한테는 다 애야. 서른아홉이면 뭐. 말도 못 해… 아빠는? (듣다가) 뭘 통화를 해. 그냥 너 통해서 잘 있는지 알면 됐지. 아빠가 잘 해주지? (듣다가) … 그래 그럼 됐다. 아빠한테 잘 해. (듣다가) 애는. 너 때매 아빠 얘기 하지. 갈라선 지 몇 년 쨌데 관심은 무슨. (듣다가) 뭘 미안해… 응 영상통화로 얼굴 봤잖아. 요즘 세상 좋아져서 너무 잘 보인다야. 남자답고 괜찮더라. 남자가 그거면 됐지 뭐. (듣다가) 뭘미안해. 네 탓도 아닌데. (듣다가) 어이구 거기 결혼식장에앉아있으면 너네 할머니가 퍽이나 좋아하겠다. 좋은 남자겠지. 아빠가 허락했다며. 남자한테 잘 해. 지지고 볶고 싸

우지 말고. (듣다가) 나이 먹어 봐라. 인생 딴 거 없다. 마음
맞는 사람 만나서 좋은 가정 이루는 게 꿈….

김희경, 문득 얼마 전 생각이 났는지 말을 멈춘다.

김희경 (헛웃음) 아니야. 몇 달 전인가? 누가 꿈을 묻더라. 아줌마
꿈은 뭐냐고. 갑자기 그 생각이 나네. (눈가가 촉촉해지는) 아
무튼 지금 그 말 지켜야한다. 석사까지만 따면 자주 오겠다
고. (듣다가) 참나. 공부나 열심히 하셔요. 어, 어 그래 들어
가야지. 그래! 딸, 사랑….

전화, 끊긴다.

김희경 (전화기를 쳐다보며) 오글거리게 뭔 사랑. (한숨)

김희경, 앉아 빈 방을 찬찬히 둘러본다.
창문을 닫으려다 멈추는 김희경, 가만히 눈발을 바라본다.
창문을 닫지 않는다.

김희경 그래 너도 숨통 좀 틔여야지.

밖으로 들리는 고양이 울음소리.

김희경 울지 마.

김희경, 퇴장한다.

외로운 빈 방, 창을 통해 눈발이 쏟아져 들어온다.

막.

Пустая комната

Автор Ким Сен Дин

Перевод на русский язык Цой Ен Гын

Действующие лица:

Ким Хи Ген: женщина около 50 лет, брокер по недвижимости.

Чве Сан Хун: парень за 20 лет, работник библиотеки

Сен Ди Ын: женщина за 20лет, разведена недавно.

Пак Хан Су: мужчина за 40лет. Руководитель производственного отдела среднего предприятия.

И еще разносчик тядянмен (он исполняет вторую роль - Чве Сан Мена)

Время

2021г

Место

пустая комната.

Сцена.

Часто встречающийся ванрум, находящийся в полуподвальном помещении . Через железную решетку окна почти не поступает свет и за окном бегают кошки. В комнате стоят маленький столик и маленькая кровать. Видна дверь в туалет, есть маленькая кухонька с газплитой. Комната, будто кто-то жил тут, вроде есть признаки жизни, но выглядит сумрачно. Изредка доносится плач котенка.

Лето в разгаре. Но снаружи слышен шум дождя. В пустую комнату открывается дверь. Входят Ким Хи Ген, одетая в кофту с короткими рукавами и Чве Сан Хун, одетый в рубашку с закатанными рукавами.

Ким Хи Ген. Вообще- то слово полуподвал не совсем подходит.

Чве Сан Хун. ….

Ким Хи Ген. Просто находится на этаж ниже. Можно считать, что это первый этаж.

Смотрит на открытую дверь в туалет. Туда можно войти, переступив две ступени.

Ким Хи Ген. (посмотрев на ступени в туалет). А вот с туалетом ничего не поделаешь. Но, ничего. Вам молодому парню подойдет. Вы же будете тут только ночевать?

Чве Сан Хун. Да, это так.

Он смотрит на комнату. Может быть ему жарко, он потеет, на плече портфель с документами.

Ким Хи Ген.   Портфель можете снять. (пауза) Ну и что?

Чве Са Хун.   Нет. Кажется не плохо.

Ким Хи Ген.   Да, хоть и полуподвал, но при хорошем уходе будет нормально. Сейчас сезон дождей, но зимой здесь сухо.

Чве Сан Хун.   (потрогав обои) Кто-то живет?

Ким Хи Ген.   Нет. Комната пустая. (тот молчит) А... Хозяин дома долго не убирал комнату... Давно пустует комната.

Чве Сан Хун.   смотрит на кровать.

Ким Хи Ген.   Кровать еще можно использовать (пауза). Если не нравится, можно избавиться от нее.

Чве Сан Хун.   садится на кровать.

Ким Хи Ген.   В эти дни в полуподвальном помещении этого района нелегко найти за 40. Обычная цена 500. Здесь только не разобрали. А так в этом районе больше нет таких квартир. Тем более за такую оплату. В районе МенРюн живут студенты и дешевые помещения быстро расходятся. Все учащиеся живут тут.(пауза) Правда, подниматься сюда трудно. Но позади присоединены ворота

Сендэ и туда можно добраться мигом. Хоть и конечная остановка, но автобус № 8 ездит сюда. (пауза). Горная местность...но(пауза) Послушай, парень.

Чве Сан Хук. (думал о другом. Придя в себя) Что?

Ким Хи Ген. Человек разговаривает с тобой, а ты молчишь.

Чве Сан Хун. Извините.

Ким Хи Ген···.

Чве Сан Хун. Нужно немного времени.

Ким Хи Ген. Да, не просто так заключать договор на аренду... Ну, поживете немного и уйдете. Найдете получше квартиру.(пауза) Учитесь?

Он смотрит на нее.

Ким Хи Ген. Носите такой большой портфель. И поэтому...

Чве Сан Хун. Был на фирме.

Ким Хи Ген. А-а поэтому...Срочно надо найти? Если прямо пришли из фирмы, то... (смотрит в упор на него) А где находится фирма?

Чве Сан Хун. В районе Пхадю.

Ким Хи Ген. Пхадю? Что за Пхадю? Фирма находится в Пхадю?

Чве Сан Хун. Да.

Ким Хи Ген. А почему снимаете комнату тут?

Он молчит.

Ким Хи Ген. Послушайте! (пауза) Вы что, играете со мной? Да, уж. Если не хотите заключить договор, то уходите.

Она открывает входную дверь.

Чве Сан Хун. Мне надо жить тут.
Ким Хи Ген. .... Что?
Чве Сан Хун. .... Хочу жить тут. Я решил так.

У него на глазах слезы. Она закрывает дверь.

Чве Сан Хун. Хочу играть роли.
Ким Хи Ген. ....Играть роли?
Чве Сан Хун. Сказали, что если попаду в Дэханро, то можно получить роли.
Ким Хи Ген. Но вы же сказали, что работаете на фирме.
Чве Сан Хун. Работаю в библиотеке. Ответственный по упорядочению книг.
Ким Хи Ген. У вас же хорошая работа, так зачем...
Чве Сан Хун. Возвращают книги, а я регистрирую, регистрирую. Вот вся моя работа. Если не

возвращают, то мне делать нечего. Если кто-то попросит книгу, я должен найти ее. Сейчас по компьютеру можно найти любую книгу. Но если никто не ищет, то я сижу без дела.

Ким Хи Ген. Ну и я работаю, только тогда, когда кто-то ищет квартиру. Так что парень не пори ерунду.

Чве Сан Хун. Тетя, вы не знаете, как я прожил до сих пор и с каким настроением.

Ким Хи Ген. Откуда мне знать об этом.

Чве Сан Хун. ....Прожил свою жизнь машинально и работаю там машинально. На душе тошно. Пусто там.

Ким Хи Ген. ... Женат?

Чве Сан Хун. Нет.

Ким Хи Ген. Тогда можно попытаться. Но, если хочешь играть роли, то зачем начинать с поиска квартиры. Вначале надо найти театр, а потом можно прийти сюда.

Чве Сан Хун. Если буду жить тут, кажется, не буду уже колебаться.

Ким Хи Ген. Вот уж.

Чве Сан Хун. Мама у меня не совсем здорова.

Ким Хи Ген. ....

Чве Сан Хун. В жизни никогда не пытался чего-то выбирать самостоятельно.

Ким Хи Ген.   И поэтому решили выбрать такой вариант?

Он молчит.

Чве Сан Хун.   А вы тетя, о чем мечтали?

Ким Хи Ген.   Мечта?

Чве Сан Хун.   Наверняка, вы не мечтали быть брокером по недвижимости? Но это не говорит о том, что я принижаю вашу специальность.

Ким Хи Ген.   Мечта, мечта. Да что там мечта?

Чве Сан Хун.   А вы счастливы?

Ким Хи Ген.   Разве только счастливым можно жить. Просто живем. Кто не мечтает о чем-то? Но если, как вы будут бегать за мечтой, разве жизнь продвинется? (пауза) Есть люди, которые могут бегать за мечтой, и есть люди, которые вынуждены бегать за действительностью.

Чве Сан Хун.   А кто они такие, которые могут бегать за мечтой?

Ким Хи Ген.   Это тот, кто может бросить всё.

Ким Хи Ген замолчала, потом посмотрев на него···

Ким Хи Ген.   А вы можете так?

Он посмотрел на пустую комнату.

Чве Сан Хун. Видимо, давно тут никто не жил и поэтому не уютно.

Ким Хи Ген. Каждый живет как может. Где вы видели, того, кто живет легко?

Чве Сан Хун. Это вопрос. Нам нельзя так жить.

Ким Хи Ген. Проработали в библиотеке и прочитали много книг по философии. Не так ли?

Он смотрит на нее с недоумением.

Ким Хи Ген. Не смотрите на меня так. Вы не можете отругать меня за это. Тогда придется отругать большинство населения планеты.

Пауза.

Ким Хи Ген. Ну, как? Кажется, комната не пришлась по душе. Посмотрите на другие комнаты?

Он долго думает. Он не думает о комнате. Мысль у него о другом. У него зазвенел телефон. Долго смотрел на него и, наконец ответил.

Чве Сан Хун. Алло. Да, мама... я на вечерней работе.

Пауза.

Чве Сан Хун. (будто не слыша маму). Да, надо идти. Но много прошло времени. Нет все в порядке. А когда я был сильным... Все из-за вечерней работы.... Да, назначен день, говоришь? А когда... Ну, будет все хорошо. Не первая же операция. Хорошо, я завтра навещу. Да, что там неудобного?... Ну, все. Подходит автобус. Прерываю.

После разговора он встает.

Чве Сан Хун. Я пойду.

Открыв дверь, уходит.

Ким Хи Ген. (посмотрев на уходящего Сан Хун) Сила.... От того, кто-то сказал, будь сильным, он разве станет таким? Тогда все люди земли были бы сильными.

Она смотрит на удаляющегося Чве Сан Хуна.

Ким Хи Ген. Выбор его правильный. Все было как надо. Чего тянул.

Ким Хи Ген хотела закрыть наружную дверь и стала осматривать комнату.

Ким Хи Ген. И сегодня впустую. Пустая комната.

Она уходит. Комната одна сторожит себя. Дождь перестал лить. Изредка слышен кошачий визг. Звук будто исходит из комнаты. Комната давно пустует. Она без движения. Вот так проходят дни и ночи в пустой комнате. Слышен звук, кто-то нажимает на секретный код двери. Появляется Сен Ди Ун, одетая по- осеннему. Она недовольна. Глубоко сидящие глаза выражают тревогу. Смотрит туда-сюда, поднялась на кровать, глядит на потолок.

Сен Ди Ын. .... Паутина...

Заходит Ким Хи Ген, одетая по-осеннему.

Ким Хи Ген. Чем занимаетесь?
Сен Ди Ын. ....

Ким Хи Ген. Это от того, что комната долго пустовала. Не проблема это. Вы из-за пола? (пауза) Вроде ничего.

Сен Ди Ын. ....

Ким Хи Ген. Нету никого. Почему?

Сен Ди Ын. Хочу поговорить об оплате за квартиру.

Ким Хи Ген. Осмотрите все в комнате. Не будет поздно. Бабушка, наверное ненадолго пошла на рынок.

Сен Ди Ын. (посмотрев на раковину) Здесь нет вытяжного аппарата.

Ким Хи Ген. ....Что.. там? Готовите на кухне?

Сен Ди Ын. Да, так.

Ким Хи Ген. Кто сейчас готовит дома? (та молчит). Поняла, поняла. Потом, когда придет бабушка скажу ей про вытяжку.

Сен Ди Ын. Долго наверное, не брали комнату.

Ким Хи Ген. Не из-за того, что комната плохая. Сейчас стараются поднять залоговую сумму, а месячную оплату понизить.(пауза). Вы тоже этого хотите? Оплатить больше сумму залога, а плату понизить?

Сен Ди Ын. .... Нет. Не это.

Ким Хи Ген. А что тогда. Надо же сказать. Тогда можем помочь.

Сен Ди Ын. Вы, тетушка?

Ким Хи Ген. Что?

Сен Ди Ын. Почему меня?

Ким Хи Ген. Что?

Сен Ди Ын. Почему помогаете мне?

Ким Хи Ген. (смотрит на Ди Ын). Мне надо получить за усердие поощрительную надбавку. Послушайте. И мне ведь, надо прожить.... Сколько я там получаю за это...

Сен Ди Ын. Проблема в залоговой сумме. Если захочу уйти.

Ким Хи Ген. А когда кончается срок договора?

Сен Ди Ын. ... Дело не в окончании срока договора, а в том, что я хочу съехать из этой комнаты.

Ким Хи Ген. А-а, есть друг с которым живете вместе? (после мол чания). Перевелись на фирму сюда? (после долгого м олчания) Из-за друга с которым живете?

Сен Ди Ын. не отвечает на вопросы. Смотрит только по сторонам. Ким Хи Ген, догадалась, что Ди Ын не хочет разговаривать с ней. Проходит немало времени. Ди Ын смотрит на то место, где порваны обои.

Сен Ди Ын. А обои заклеят?

Ким Хи Ген. (обидевшись) Наверное, надо оплатить отдельно.

Сен Ди Ын. Вот как.

Ким Хи Ген. (занервничала)... От поощрительной надбавки

выделю вам на оклеивание обоев.

Сен Ди Ын. Да, нет, не надо.

Ким Хи Ген. смотрит на женщину с подозрением.

Сен Ди Ын. (Почувствовав ее взгляд) Тетя, вы что?

Ким Хи Ген. А ну, давайте посмотрим на обои.

Она подходит ближе к Сен Ди Ын.

Ким Хи Ген. Случайно вы не пили?

Сен Ди Ын. Да. Выпила.

Ким Хи Ген. Как можно выпившей прийти на осмотр комнаты.

Сен Ди Ын. Я в трезвом уме.

Ким Хи Ген. (Смотрит пристально на нее) Я не придираюсь. Просто, мне показалось, что вы ровесница моей дочери. Если переборщила, прошу извинить меня. Можно спокойно поговорить. И я не выманиваю у вас деньги.

Сен Ди Ын. .... Тогда у вас прибавляется еще один знакомый человек.

Ким Хи Ген. Что?

Сен Ди Ын. ....

Ким Хи Ген снова села на свое место.

Ким Хи Ген. Моя дочь скоро выйдет замуж.

Сен Ди Ын. .... Завидки берут.

Сен Ди Ын. садится на кровать.

Ким Хи Ген. А почему?

Сен Ди Ын. Я подожду хозяйку квартиры.

Ким Хи Ген. Не хозяйка она, а бабушка (нет ответа). Тогда и я останусь тут.

Сен Ди Ын. ....Как хотите.

Ким Хи Ген. Тогда вместе побудем на фирме по недвижимости. Придете, когда позвонят.

Сен Ди Ын. Нет.

Ким Хи Ген. А что тут делать? Пойдите, выпейте хоть чаю и ждите.

Сен Ди Ын. молчит.

Ким Хи Ген. А вы поели?

Сен Ди Ын. (смотрит на Хи Ген) Нет, не ела.

Ким Хи Ген. Тогда идите поешьте что-нибудь.

Сен Ди Ын. Не берите в голову.

Ким Хи Ген. Послушайте. Я же общаюсь с клиентом (смотрит в другую сторону) Около 10 лет занимаюсь посредничеством, встречаюсь со всяким людьми, которые приходят в поисках квартиры. И поэтому ничему не удивляюсь. Да, кстати, впервые встречаюсь с выпившим клиентом....

Поэтому, как увижу человека, так сразу определяю, что это за человек.

Сен Ди Ын. .... Я какая?

Ким Хи Ген. Да, но... Как-то не прилично, думаю, первой начать такой разговор.

Сен Ди Ын. (пауза) Хочу съехать с этого дома. Кажется, надо срочно съехать с квартиры.

Ким Хи Ген. Выпила и пришла такая мысль?

Сен Ди Ын. Да.

Ким Хи Ген. Да, нелегко жить на этом свете.

Сен Ди Ын. Не спрашиваете почему?

Ким Хи Ген. Если спрошу, разве ответишь?

Сен Ди Ын. ....

Ким Хи Ген. Разве важно в чем причина?! Не уйдут же от этого все трудности и невзгоды.

Сен Ди Ын. от слов Ким Хи Ген стало еще труднее.

Сен Ди Ын. Почему так трудно создавать отношения.

Ким Хи Ген. ... Это самое трудное в жизни.

Сен Ди Ын. Дела, которые разворачиваются после создания отношений слишком страшны (пауза). Тот человек ушел из моего сердца и на этом конец. Но мне самой трудно выходить из этого состояния. Нельзя отдавать всю душу, но разве так получается?!

Ким Хи Ген.	смеется.
Сен Ди Ын.	Почему смеетесь?
Ким Хи Ген.	Когда случается такое, то думаешь, что я опять поверила человеку, но проходит время, снова и снова повторяется то же самое и вот результат.
Сен Ди Ын.	Тетя и вы так?
Ким Хи Ген.	….
Сен Ди Ын.	Если не хотите, не говорите.
Ким Хи Ген.	В нашей душе у всех имеется одна пустая комната.
Сен Ди Ын.	встает.
Ким Хи Ген.	Куда ты собираешься?
Сен Ди Ын.	Не знаю.
Ким Хи Ген.	Что?
Сен Ди Ын.	Надо идти.
Ким Хи Ген.	Что это вдруг?
Сен Ди Ын.	Совсем успокоюсь.
Ким Хи Ген.	А разве это плохо?
Сен Ди Ын.	Тогда снова…
Ким Хи Ген.	….
Сен Ди Ын.	Я же вам говорила, что создавать отношение страшновато.
Ким Хи Ген.	А договор не будете заключать?
Сен Ди Ын.	оглядывается.

Сен Ди Ын.	Нет. Теперь ничего…
Ким Хи Ген.	Что ты будешь делать?
Сен Ди Ын.	….
Ким Хи Ген.	Если понадоблюсь, позвони
Сен Ди Ын.	Нет. Теперь ни с кем…
Сен Ди Ын.	повернулась к Ким Хи Ген.
Сен Ди Ын.	Женится друг с которым общаюсь 10лет. Скоро.
Ким Хи Ген.	(удивленно) Поэтому ищешь квартиру.
Сен Ди Ын.	Да. А я вчера разошлась.
Сен Ди Ын.	уходит. Ким Хи Ген смотрит ей вслед.
Ким Хи Ген.	Ну, счастливой дороги. Может быть где-то, когда-то. Время пройдет. Так и будем жить.

Кошка плачет. Слышно как за окном шумят. Ким Хи Ген смотрит в окно и глянула еще раз на пустую комнату.

Ким Хи Ген.	Что ты плачешь. Догадалась в чем дело.

Уходит. Прожектор направлен на пустую комнату. Все здесь без движения. Проходит день и ночь в пустой комнате. Наступила зима. Появляется Пак Хан Су, одетый в толстый жакет. Он разговаривает по телефону.

Пак Хан Су. Алло? (пауза). Да, я. Не торопитесь. Да, конечно. Нет, у меня есть время...да.

Закончил разговор. Заходит в пустую комнату. Он снимает жакет и бросает его на стол. Посмотрел на кровать и прыгнул на нее. Полежал немного и вытаскивает смартфон. Смотрит программу ютуб. Много времени проводит. Повернулся и смотрит на холодильник. Подошел к холодильнику.

Пак Хан Су. Непорядок....

Посмотрел на запись ,что висит на дверце холодильника, и звонит.

Пак Хан Су. Да... Вы еще работаете? Да. Хочу заказать. Подождите тут адрес (смотрит на смартфон) город Сеул. Район Дёнро, Менрюндон177-32 номер B01. Тядянмен и манты по одной порции. Ну, спасибо.

Снова зазвучал телефонный звонок.
Долго думал и все-таки решил поговорить..

Пак Хан Су. ... Куда пошел. Вышел ...есть кое- какие дела.
Просто... Встретиться с друзьями. Послушай,
я отдыхаю один день в неделю. Раз в неделю.
Что там. Она же ходит на арифметику. Учебное
заведение...На внеурочные занятия? Она и так
приходит в 9 вечера. Что до конца недели...(пауза).
Понял, поступай как знаешь. Сколько? 40 тысяч
вон? (глубокий вздох) Это не вздох. Просто так дышу.
Ну, понял. Минуточку, тут звонят... Алло.

Тут же разговаривает с другим.

Пак Хан Су. (услышав громкий голос). Да, а зачем так повышаешь
голос. Да, папа вышел, чтобы встретиться с
другом. У меня тоже есть друзья. А что... Знаю
я...Я тоже говорил, что заканчиваешь в 9 часов.
Что ты сердишься на меня. Не я же послал (пауз
а) Извини. (не сознательно).... Хорошо, что в такой
день не дома. Что, собралась в караоке? 50тысяч
вон? Где это, караоке за 50 тысяч вон? (пауза) Так,
вкуснятины...

Прерывается разговор.

Пак Хан Су.   Алл-о, Алло?. Ты всегда говоришь только о своих

проблемах и на этом заканчиваешь.

Пак Хан Су глубоко вздыхает.

Пак Хан Су.   Аж, трудно дышать.

Он посмотрел на окно, открыл его. Снова подошел к

кровати и лег. Закрыл глаза. Солнечный луч светит

прямо на него. Слышно: кто-то нажимает на секретный

код. Заходит Ким Хи Ген.

Ким Хи Ген.   Чем занимаетесь?

Пак Хан Су.   ... Просто отдыхаю.

Ким Хи Ген.   Вот еще. Осмотрели комнату? Извините,

опоздала. Была там, где раньше договаривались.

Пак Хан Су.   Да ничего. (немного погодя). Сказали 40 тысяч вон?

Ким Хи Ген.   Что?

Пак Хан Су.   Квартплата.

Ким Хи Ген.   Да.

Пак Хан Су.   Прямо в точку попал.

Ким Хи Ген.   А что?

Пак Хан Су.   Нет, ничего.

Ким Хи Ген.   Будете брать?

Пак Хан Су.	молчит.
Ким Хи Ген.	Интересно, кто заходит в эту комнату, все становятся немыми будто проглотили мед . (пауза) Не хотите, не надо. Недавно вы как будто были согласны. Поэтому я посоветовала вам вначале осмотреть комнату.
Пак Хан Су.	Комната-то нравится.

Вновь звучит звонок.

Ким Хи Ген.	Что это?
Разносчик.	Тядянмен!
Ким Хи Ген.	Что?
Разносчик.	Привез тядянмен.
Ким Хи Ген.	Вы ошиблись...

Ким Хи Ген смотрит на Пак Хан Су

Пак Хан Су.	.... Я еще не поел.

Он пошел за тядянмен.

Ким Хи Ген.	И манты заказали.
Пак Хан Су.	Слишком здесь высокое место и из одного

тядянмен заказ не принимается.

Ким Хи Ген. Ну и хорошо сделали.

Пак с удовольствием ест свой заказ.

Ким Хи Ген. Наверное, вы любите перекусы.

Пак Хан Су. Видно, да? Наверное, от того, что на душе спокойно.

Ким Хи Ген. В пустой комнате, в обуви едите...

Пак Хан Су. смеется.

Ким Хи Ген. Пол холодный.

Пак Хан Су. Да, ничего.

Ким Хи Ген. ...А зачем открыли окно?

Пак Хан Су. (важно) Тошно на душе, не хватает воздуха.

Он с аппетитом поедает свою еду.

Пак Хан Су. А нельзя ли так: остаться на один день.

Ким Хи Ген. Что? Вы на самом деле пришли арендовать квартиру?

Пак Хан Су. Я заплачу за один день. Хватит 50 тысяч вон? Сейчас в мотелях берут 50тысяча вон. Вообще-то конец недели. Берете больше?

Ким Хи Ген. Дядя, это не мой дом...Спросите у бабушки

хозяйки. (пауза) Может, пойдете в мотель?

Пак Хан Су. В мотеле не чувствуешь, как в квартире.

Ким Хи Ген. (смотрит как он ест). Под моим надзором, наверное, еда не вкусна?

Пак Хан Су. Вы знаете, я еще не был в таком комфортном месте, как тут.

Он продолжает есть.

Пак Хан Су. Мне негде отдохнуть.

А время идет. Ким Хи Ген вытаскивает бутылку воды из сумки

Ким Хи Ген. Нате вам. Ешьте спокойно.

Пак Хан Су. Носите воду?

Ким Хи Ген. Не говорите. Сейчас очень большой спрос на квартиры и мне как посреднику трудно ходить туда-сюда.

Пак Хан Су. Ну и как, работа посредника.

Ким Хи Ген. Справляюсь. Надо делать, чтобы прокормиться. Нелегко правда забирать чужие деньги. Деньги достаются с трудом.

Пак Хан Су. Это правда. Нелегко достаются чужие деньги.

Ким Хи Ген. Где работаете?.

Пак Хан Су. Сегодня выходной.

Пак Хан Су ест и разговаривает с охотой.

Пак Хан Су. Руководитель производственного звена.

Ким Хи Ген. Я же не спросила.

Пак Хан Су. Трехсменная работа. Там так. Стоишь перед контейнерами, и я и контейнер всё кажется механизмом. Работаем около10 часов. Не знаю, зачем так живу.

Ким Хи Ген. ....

Пак Хан Су. Самое смешное, то, что я целый день работаю, а домой придешь нет места и времени, чтобы отдохнут ь. Получу зарплату, она расходится на жизнь, на оплату за учебу детей и ни гроша не остается. А на другой день надо опять на работу... с работы...Первый раз вижу Вас и своими разговорами...

Ким Хи Ген. А что такого.

Пак Хан Су. Внезапно пришла мысль, что вот так живя, можно и умереть. И стало страшно. Когда в выходной день дома, то жена садится на шею своими проблемами, а дочку не увидишь. Может от того, что период полового созревания. В общем тошно. В выходной день обед не лезет в горло. И так целый день не в настроении.

Он громко смеется. И тут же мрачнеет.

Пак Хан Су. Чего-то не хватает. У вас тоже так?

Ким Хи Ген. (помолчав). ... Я нет.

Пак Хан Су. Да. Нельзя так жить всем.

Ким Хи Ген. Работа есть работа. Иногда получаешь удовольствие. Ну и не так тут одиноко чувствуешь.

Пак Хан Су. Мне, кажется, все живут не так одиноко.

Ким Хи Ген. .... Надо встать на ноги. (подумав) Так, вы пришли снимать квартиру?

Пак Хан Су. Недавно я побыл один тут и как было хорошо.

Он кисло улыбается.

Ким Хи Ген. Ну и что?

Пак Хан Су. Наверное, за 40 тысяч вон можно послать на внеурочные занятия ребенка.

Ким Хи Ген. ....

Пак Хан Су. Начну с этого месяца. Сейчас стремление к

учебе... Ну, вы знаете... А дети?

Ким Хи Ген. Да, так.

Она немногословна.

Пак Хан Су. (пауза). Сегодня я наговорил много.

Он собирает остатки пищи, посуду все кладет в целлофановый мешочек.

Ким Хи Ген. По-видимому эта комната будет пустовать и в эту зиму.

Пак Хан Су. Вы, извините, что так получилось.

Ким Хи Ген. А что извиняться передо мной. Ей только будет холодно.

Пак Хан Су. Что?

Пак Хан Су хочет вынести мешочек на улицу

Ким Хи Ген. Я вынесу. Можете идти.

Пак Хан Су встает. Он понял жест Ким Хи Ген.

Пак Хан Су. Ну, тогда я пошел. Спасибо Вам. (хотел выйти и)

Знаете...как будто душа моя раскрылась. Да. Будто там образовалась дыра.

Ким Хи Ген усмехнулась. Пак Хан Су ушел.

Ким Хи Ген.   И в душе дяди осталась пустая комната.

За окном выпал снег. В комнату проникает холодок

Ким Хи Ген.   Снег идет...

У нее прозвучал смартфон. Она села на кровать.

Ким Хи Ген.   Алло. (звонит дочь). Ой, давно не звонила (слушая ее). Знаю, что занята. Но все равно звони иногда. (пауза). Что тебе трудно позвонить... (слушает) Ну, да жду. Как у тебя с учебой? Нашла друзей? Они не пренебрегают от того, что ты азиатка? ... Для матери все вы дети. Ну и что 39. Не говори. А папа? Какое, звонит?!. Через тебя узнаю, что у него все порядке. Он же хорошо относится к тебе? Ну и хорошо. Отнесись к нему хорошо. Да, что там. Из-за тебя я говорю про папу. Столько лет прошло после развода. Какой там может интерес. Не извиняйся... Да лицо видела по скайпу. В хорошее время мы живем. Хорошо было видно. Ты знаешь он ничего как мужчина. Да, достаточно хорош. Не извиняйся. Есть и моя вина. Если буду сидеть на свадебной церемонии, очень обрадуется твоя бабушка. Наверное, хороший мужчина. Говоришь, папа разрешил. Хорошо отнесись к нему. Не ругайтесь. С возрастом поймешь.. Такова жизнь. Создать семью с человеком, который по душе –это мечта.

Она ненадолго прервала разговор, будто вспомнив чего-то.

Ким Хи Ген. Нет.(смех) По-моему несколько месяцев назад. Кто-то спрашивал про мечту. О чем мечтает тетя? И вдруг вспомнила (Слезы будто на глазах) Одним словом, надо сдержать слово. Как получишь кандидатскую степень, скажи, буду посещать чаще. Ну что там. Занимайся усерднее. Да я пошла. Ну все дочка. Люблю...

Разговор прервался.

Ким Хи Ген.   (посмотрев на телефон) Какая там любовь (глубокий вз
дох)

Ким Хи Ген сидя смотрит внимательно на комнату. Хотела закрыть окно, но раздумала. Смотрит, как идет снег. Не закрывает окно.

Ким Хи Ген.   Ну и тебе надо немного подышать

Слышен кошачий плач.

Ким Хи Ген.   Не плачь.

Ким Хи Ген уходит. Одинокая пустая комната. За окном летят снежинки.
Занавес.

• **Ким Сен Дин** (1991г.рож)

2020г Лауреат литературной премии в конкурсе авторов пьес в г. Дэден за «Запах гари».

2021г. Лауреат премии на театральном фестивале Республика Корея за одноактную пьесу «Раскидайте соль на Маримо».

2022г. Лауреат главной премии на 8-ом фестивале « К-фест», на фестивале» « Азия Веб 03» и « Веб фестивале в
г. Лос-Анджелесе. за « Годовщина ребенка».

2023г. Данная пьеса была выставлена на Международном Канском фестивале как внеконкурсное произведение.

Выпустил сборник произведений: « Юный агент», « Семейное фото», одноактные пьесы-2, « Годовщина ребенка с соленым вкусом».

« Пустая комната»-наш совремянник кто бы ни был иногда чувствует себя одиноким. Он живет, запрятав свое одиночество в глубине сердца. Но как бы он не спрятал его, все равно не может избавляться от своего одиночества. Автор не ставит своей целью давать зрителям успокоения или какую-то помощь. Он просто делится с болью героя пьесы...

• 번역 최영근

약력
1939년 8월 18일 출생.
출생지. 러시아, 사할린, 크라스노고르스크시.
1964년. 유즈노사할린스크 사범대학 러시아어과.
1977-1978. 카자흐스탄 기자자격향상 대학 (알마티시) 알마티 고급당학교 기
　　　자과.
1997년. 모스크바 유럽대학. 인문학 전공 철학박사.

주요 경력 및 활동
1971-1984. 카자흐스탄 "레닌기치" 신문사. 기자, 문화부, 농업부, 문예부 부장
　　　역임. 소련기자동맹 맹원.
1984-2002. 카자흐스탄 방송공사. 우리말 방송국장, 해외 방송국 국장, 카자
　　　흐라디오본부 러시아말방송 편집인.
2003-2005. "고려일보" 신문 사장-주필 역임.
2005-2017. 카자흐스탄 국립아카데미 고려극장 학예부장.

Цой Ен Гын (Евгений Григорьевич)

Год,месяц, день рождения. 1939. 08.18
Место рождения. Россия. Сахалинская обл. г.Красногорск
　　　Образование
1964г. Педагогический институт, филологический факультет.
　　　г.Южно-Сахалинск.
1977-1978гг. Институт усовершествования журналисткого
　　　мастерства.Факультет журналистики Высшей партийной
　　　школы. г.Алматы.
1997г. Московский Европейский университет.Ученое звание
　　　доктора философии по специальности «филология».
　　　Основная трудовая деятельность
1971-1984гг. Газета « Ленин Кичи» г. Кзыл-Орда. Корреспондент,
　　　зав. отделами культуры,сельского хозяйства,литературы и
　　　искусства. Член Союза журналистов СССР.
1984. Организовал с помощью борца за Независимости Кореи

Хван Ун Дена редакцию радиовещания на корейском языке.

1984-2002гг. Госкомитет по телевидению и радиовещанию Каз .ССР. (ныне Госкорпорация РК). Главный редактор радиовещания на корейском языке,директор радиовещания на зарубежные страны, зам.Генерального директора Казахского радио (курировал передачи на русском языке).

2002г. Государственный Республиканский корейский театр. Зав. литчастью.

2003-2005г. Главный редактор газеты « Коре Ильбо»

2005-2018г. Заведующий литературной частью корейского театра, представитель корейского театра в Республике Корея.

• 번역 감수 니 류보비 아브구스토브나
(카자흐스탄 국립아카데미 고려극장 예술감독)

Авторский надзораНи Любовь августиновна(государственный Республиканский Академический Корейский Театр Музыкальной Комедии)

한국 단막극 2

Сборник Корейский одноактнаых пьесы

초판 1쇄 인쇄일   2023년 10월 12일
초판 1쇄 발행일   2023년 10월 19일

지 은 이   안희철 • 김나영 • 김정숙 • 김현규 • 강제권 • 김성진
번   역   최영근
번역감수   니 류보비 아브구스토브나
만 든 이   이정옥
만 든 곳   평민사
　　　　 서울시 은평구 수색로 340 〈202호〉
　　　　 전화 : 02) 375-8571
　　　　 팩스 : 02) 375-8573
　　　　 http://blog.naver.com/pyung1976
　　　　 이메일   pyung1976@naver.com
등록번호   25100-2015-000102호
 ISBN   978-89-7115-832-6   03800
정   가   19,000원

이 책은 한국문화예술위원회 예술 국제교류 지원사업으로 출간되었습니다.